苦悩する男 下

ヘニング・マンケル

退役した海軍司令官、ホーカン・フォン＝エンケは、自宅であるストックホルムのアパートメントから散歩にでかけ、そのまま戻らなかった。ヴァランダーは娘リンダのため、そして初孫クラーラのために、ホーカン失踪の謎を調べ始める。海軍時代の経歴になんらかの秘密が隠されているのか？　海軍時代のホーカンの知り合いに話を聞くが、彼の行方は杳として知れない。そんな中、今度は妻のルイースまでもが姿を消してしまったのだ。ときおり襲う奇妙な記憶の欠落に悩まされながら、ヴァランダーは捜査を進めるが……。刑事ヴァランダー最後の事件。

登場人物

クルト・ヴァランダー……イースタ警察署の刑事
マーティンソン……同、刑事
クリスティーナ・マグヌソン……同、刑事
スヴェン・ニーベリ……同、鑑識課の刑事
レナート・マッツソン……同、署長
リンダ……マルメ警察署の刑事。クルトの娘
ハンス・フォン＝エンケ……リンダのパートナー
クラーラ……リンダとハンスの娘
モナ……ヴァランダーの別れた妻。リンダの母
ホーカン・フォン＝エンケ……ハンスの父。退役した海軍司令官
ルイース・フォン＝エンケ……ハンスの母。元語学教師
ステン・ノルドランダー……ホーカンの友人
スティーヴン・アトキンス……元アメリカ軍の潜水艦艦長
エスキル・ルンドベリ……漁師
ファニー・クラーストルム……元ウェイトレスの老女
ジョージ・タルボス……元アメリカ大使館職員

イッテルベリ……………………ストックホルム警察の刑事
ヘルマン・エーベル……………東ドイツからの亡命者
バイバ・リエパ…………………ヴァランダーのかつての恋人
リリャ・ブルームス……………バイバの友人

苦悩する男　下

ヘニング・マンケル
柳沢由実子訳

創元推理文庫

DEN OROLIGE MANNEN

by

Henning Mankell

目次

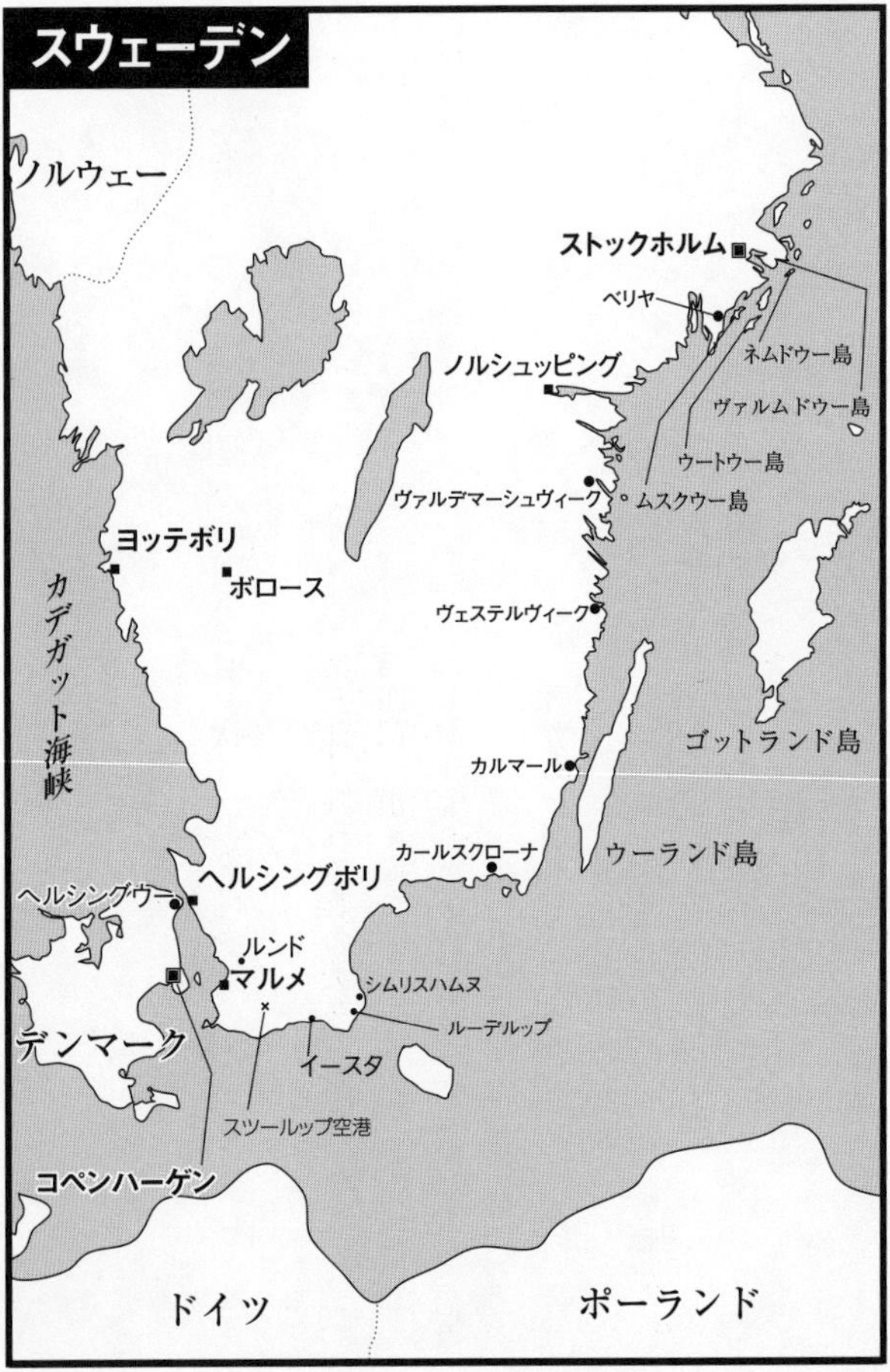

スウェーデン
ノルウェー
ストックホルム
ベリヤ
ネムドウー島
ヴァルムドウー島
ノルシュッピング
ウートウー島
ヴァルデマーシュヴィーク
ムスクウー島
ヨッテボリ
ボロース
カデガット海峡
ヴェステルヴィーク
ゴットランド島
カルマール
カールスクローナ
ウーランド島
ヘルシングボリ
ヘルシングウー
ルンド
マルメ
シムリスハムヌ
ルーデルップ
デンマーク
イースタ
スツールップ空港
コペンハーゲン
ドイツ
ポーランド

苦悩する男　下

第三部　眠れる森の美女の眠り（承前）

22

ヴァランダーはイッテルベリがファックスで送ってくれた法医学者の報告書のコピーを受け取りにイースタ署に寄った。そこからフールへ向かったが、途中、めったにしないことをしてしまった。イースタから北に向かう道路端で手を上げていたヒッチハイカーを乗せたのである。三十歳ほどの長髪の女性で、片方の肩に小さなリュックを背負っていた。そもそもなぜヒッチハイカーなどを乗せたのか、自分でもわからなかった。単なる気晴らしだったのかもしれない。ここ数年の間に町の出入り口に立つヒッチハイカーが極端に少なくなっていることには気がついていた。安価のバスの便や航空便が一般的になってきていて、ヒッチハイクはもう廃れてしまったのだ。

彼自身は十七歳と十八歳のときの二回、ヒッチハイクしてヨーロッパへ行った。父親がそのようなやり方で冒険旅行をすることには大反対だったにもかかわらず。その二回とも、パリまでヒッチハイクで往復したのだった。雨の道端で濡れながら止まってくれる車を延々と待っていたこと、荷物が重かったこと、乗せてくれた運転手のくだらないおしゃべりなどはいまでも記憶にあった。だが、それでもヒッチハイクで忘れられない思い出が二つあった。一つはベルギーのゲントの町外れで、一台の車が止まり、驚いたことにそのままスウェーデンの、しかもスコーネのヘルシングボリまで乗せてくれたのだ。あのときの嬉しさはいまでも忘れられない。二つ目もやはりベルギーでのこと。土曜日の夜で、パリへ向かっていたときのことだ。小さな村で足止めを食らい、仕方がなく安いレストランでスープだけを飲み、その後橋の下で野宿でもしようと思って外に出た。突然道路端に一人の男が現れ、記念碑の前でトランペットを取り出し、葬送曲を吹き始めた。第一次と第二次世界大戦で死んだ戦士たちを悼む、心にしみるトランペットの音だった。あの音色を彼は決して忘れない。

とにかく、その早朝、女性が一人、道端に親指を上げて立っていた。まるで他の時代から現れたような姿だった。車を止めると、女性は走ってきて運転席の隣に座った。ヴァランダーがフールまでならと言うと満足そうにうなずき、その先のスモーランド県が目的地だと言った。きつい香水の匂いがし、ひどく疲れて見えた。女性が膝下まで引っ張り下げたスカートの裾の方に、何か水滴のようなシミがあるようだった。ヴァランダーはすでに車を止めたときから後悔していた。なぜ見ず知らずの人間を乗せたりしたのだ？　どんな話をすればいい？　女性は何も話さなかった。ヴァランダーもまた口をつぐんでいた。リュックの中で携帯電話が鳴った。彼女はそれを取り出すとディスプレーを見、そのまま閉じた。

「電話は面倒だね」ヴァランダーが言った。

「応えたくなかったら応えなくていいんだから」

かなりきついスコーネ弁だった。出身はマルメだな、とヴァランダーは見当をつけた。労働者階級だ。どんな仕事、どんな暮らしをしているのか想像できた。左手の薬指に指輪はしていない。両手の指をちらっと見る。どの指も爪が根元までギザギザに嚙まれていた。介護業務とか美容師ではないだろう。ウェイトレスでもない。女性は不安げだった。下唇をきつく締めている。いや、ほとんど嚙んでいるようだ。

「長いことあそこに立っていたのかな？」

「十五分ほど。最初の車を降りなければならなかった。車を運転していた男、面倒なタイプだったから」

女性は淡々と話した。ぼーっとしている。話すのも億劫《おっくう》な様子だった。ヴァランダーはそれ以上話すのはやめることにした。フールでこの女性は降りる。そうしたら二度と会うことはない。なんという名前だろう？　彼は頭の中で勝手にカローラという名前を彼女につけた。どこから来たのかもわからない。フールまで来たとき、どこで降ろそうかと声をかけた。

「何か食べたいから、適当にその辺のカフェの近くで」

道路沿いのレストランのそばに車を停めた。女性はきまり悪そうに少し笑いを見せ、礼を言うと車を降りていった。ヴァランダーはバックギアを入れた。そのとたん、自分がいまどこに行こうとしているのか、わからなくなった。頭の中が空っぽだった。いま自分はフールにいる。ヒッチハイカーを降ろしたところだ。だが、なぜ自分はフールにいるのか？　落ち着かなければ。彼は目を閉じて、すべてが元どおりになるのを待った。

一分ほど経って、自分がどこへ行くところだったのか、思い出した。それにしてもなぜ突然頭の中が空っぽになったのだろう？　なぜ病院に行っても医者たちは説明してくれないのか？

ヴァランダーは車を走らせた。これから会おうとしている男のところへ行ったのは五年か六年前のことだが、道は憶えていた。その小道は深い森の中をくねり、アイスランドポニーが草を食んでいる野原を抜けると、低地に入っていく。その道の突き当たりに赤いレンガ造りの家があるのだ。数年前に来たとき同様、廃屋同然の建物だ。わずかに変わっているのは、新しい郵便受けが木戸のそばにつけられていることだ。その家がその小道の行き止まりで、郵便配達車もゴミ収集車もここで折り返すのだ。郵便受けの箱には赤いペンで太くエーベルと書かれている。ヴァランダーはエンジンを止めると、車から降りずに、初めてヘルマン・エーベルに会ったときの記憶を辿っていた。もう二十年以上も前、一九八五年か、八六年のことだ。エーベルは東ドイツから非合法な手段でスウェーデンに渡ってきた。そして政治亡命を望み、それが認められた男である。ヴァランダーが当直のときのことで、男が突然イースタ署に現れて自分は外国からの逃亡者であると言った。ヴァランダーはいまでもはっきり憶えている。相手も自分も下手な英語で苦労したこと、そしてエーベルが自分は東ドイツの秘密警察シュタージの人間で、もし自分の亡命が認められなかったら死ぬしかないと言ったことを。ヴァランダーは亡命申請の書類の作成を手伝った。エーベルは亡命が認められ、その後ヴァランダーに会いに来た。短期間にほとんどパーフェクトなスウェーデン語を身につけていて、ヴァランダーに感謝の言葉を繰り返した。何に対する感謝かとヴァランダーが訊くと、エーベルは敵国から来た男に対しヴァランダーがじつに親切だったことに感謝する、その親切に自分は非常に驚いたのだと言った。エーベルは東ドイツが敵対する国々について喧伝した悪意あるプロパガンダはまったくデタラメなものだったとわかったと言った。とにかく、誰かに感謝しなければ気が済まないのだと。そしてその対象が、最初に自分が亡命したいと告げた警官、ヴァランダーになったのだった。

その後二人は少しずつ付き合い始めた。その理由はエーベルの最大の楽しみがヴァランダーと同じイタリアンオペラだったためだ。ベルリンの壁が崩壊したとき、エーベルはテレビ中継をヴァランダーが以前住んでいたマリアガータンのアパートで涙を浮かべながらいっしょに観た。そして自分がかつていかに共産主義の理想に共鳴した熱烈な信奉者だったか、そしていかにそれが次第に深い失望に変わったかを熱心に語った。とくに耐えられなかったのは自己嫌悪がどんどん深くなることだった、と。あのシステムのもとでは大勢の人間が盗聴し、尾行し、市民を拷問した。彼はシステムの優遇者の側にいた。大きな晩餐会でエーリッヒ・ホーネッカー書記長と握手したことさえあった。偉大な指導者と握手したことを誇らしく思った。その後、あんなことはしなければよかったと後悔した。しまいに自分はいったい何をしているのかと疑い、東ドイツはデタラメな政治プロジェクトだという思いが強くなって、もはやここから逃げ出すより他はないと思ったと言った。行先がスウェーデンだったというのはスウェーデンなら成功の確率は高いと思ったからだと言った。そして偽のパスポートを持ってスウェーデンのトレレボリ行きの船に乗ったのだった。

ヴァランダーはエーベルがいまだに過去を恐れて暮らしていることをよく知っていた。東ドイツという国はもはや存在しなくても、彼がひどい扱いをした人々はまだ生きている。ヴァランダーにはその恐れは誰にも消すことができないとわかっていた。それはまさにエーベルの中にあって、永遠に消えないものだろう。時が経つにつれ、エーベルはますます人を恐れ、隠れて暮らし、ヴァランダーとも次第に会わなくなり、いまでは完全に付き合いがなくなっていた。最後に会いに行ったのは、エーベルが病気だという噂を聞きつけたときだった。ある日曜日の午後、ヴァランダーは車でエーベルの様子を見に出かけた。そのときは大きな変化は見えなかったが、少し痩せているようだった。ヴァランダーよりも十歳は下だったが、年老いて見えた。だが、エーベルは何も言わず、ヴァランダーもまた何も訊かなかったため、二人は黙って向かい合ったまま座っていた。あとでヴァランダーはその日のぎこちない訪問のことをいろいろ思ったのだった。

赤い煉瓦《れんが》の家のドアがわずかに開けられた。ヴァランダーは車から降りた。

「おれだ。イースタの古い友人だよ」

ヘルマン・エーベルは家の前の石段に出てきた。よれよれのジャージの上下を着ている。おそらく故郷から持ってきた数少ない衣類に違いないとヴァランダーは思った。前庭はガラクタだらけだった。エーベルはわざと踏めば音が出るようなものを家の周りに置いているのではないかとヴァランダーは疑った。

エーベルはヴァランダーを見て目を瞬かせた。外の明るさに慣れていないようだった。

「あんたか。最後にあんたが来たのはいつだったかな?」

「もう何年も前だ。だが、あんたはおれに会いに来たことはないね。イースタから引っ越したんだが、それも知らないいんじゃないか？」

ヘルマン・エーベルはうなずいた。頭の毛が薄くなっていた。その落ち着きのない目の動きを見て、この男はまだ昔のことで復讐されるかもしれないという恐怖を抱いているのだとヴァランダーは思った。

エーベルは腐りかかった木製のテーブルと折りたたみ式の椅子を指差した。家の中に入れたくないらしい。ヘルマン・エーベルの家の中はいつも散らかってはいたが、いままではヴァランダーを家の中に案内していた。今はもしかすると人に見せられないほどの散らかりようなのだろうか。もしかするとゴミの山の中で暮らしているのかもしれない。どの椅子も壊れかかっていたが、ヴァランダーはその中で比較的まともな椅子にゆっくり腰を下ろした。エーベル自身は立ったまま、壁に寄りかかっていた。この男の頭脳はまだかつてのようなキレのよさを保っているのだろうか、とヴァランダーは思った。エーベルは頭のいい男だ。いまの生活は彼が本来持っているインテリジェンスには釣り合わない。約束の場所に現れたエーベルが顔も洗わず、汚い臭いを発していたこともある。着るものもかまわない。真冬に薄い夏の服で現れたこともあった。しかしそんな人を戸惑わせる、あるいは人が避けるような格好の後ろに明晰な頭脳があるのだ。ヴァランダーは早い段階でそれに気づいた。エーベルが物事を分析するとき、ヴァランダーは政治の見方、社会のシステムが異なるとこうまで違うのだと驚いた。

ヘルマン・エーベルはヴァランダーがシュタージでどんな仕事をしていたのかと訊くとたいていは苛立ち、怒りをあらわにした。彼にとってそれは依然として難しく、苦しい、いまだに深い傷になっていることだった。だがたまにヴァランダーが追及しないときに、自分から話しだすこともあった。ある日エーベルは、一時期自分は殺人を専門とするセクションで働いていたことがあると言った。今回イッテルベリが法医学者の報告書のことを話すのを聞いて、ヴァランダーがすぐにこの男のことを思い出したのはそのためだった。

エーベルが腰を下ろした。今日は臭わないなとヴァランダーは思った。水が張られた子ども用の小さな盥《たらい》が、ひどく散らかった庭の隅に置かれている。そのすぐそばにタオル、石鹸、爪やすり、そして拷問の道具のように見える不審な道具が置いてあった。だが、その小さな盥の水が、エーベルが体を洗うことに使われているのは疑いなかった。

エーベルの手に数枚の紙があった。両方の耳には鉛筆が挟まれている。先端に消しゴムがついているタイプの鉛筆だ。スウェーデンに亡命してからエーベルはずっとドイツ各地の新聞にクロスワードパズルを作成することで生活してきた。もっとも難解なクロスワードパズルに取り組む上級者たちのためのパズルが彼の得意とするものだった。クロスワードパズルを作成することは一つの芸術である、それは言葉を組み合わせるだけではないのだ、もっと難解なテーマ、様々な歴史的人物間の連想とでもいうべきものがあるのだ、といつかエーベルはヴァランダーに話したことがあった。

ヴァランダーはエーベルの手にしている紙を目で指して言った。

「また難解な出題か？」

「うーん。いままで自分が作ってきた中で一番難しい問題だ。もっともエレガントなヒントが古典哲学の中にあるというやつだ」

「だが、人が解けなければ意味がないんだよな?」

ヘルマン・エーベルは答えなかった。ヴァランダーはそのとき突然、この男は誰にも解けないクロスワードを作るのが夢なのかもしれないと思った。一瞬、エーベルは恐怖のあまりついに頭がおかしくなったのだろうかと思った。あるいは、丘陵の低いところにあるこの家に向かって道が少しずつ迫ってくるような気がしているのかもしれない。

わからなかった。ヘルマン・エーベルは依然として彼にとって不可解な人間だった。

「あんたの協力がほしいのだ」と言って、ヴァランダーは法医学者の報告書を取り出して、ゆっくり丁寧《ていねい》に状況を説明した。

ヘルマン・エーベルは汚れた眼鏡をかけた。数分間報告書を読んでから、急に立ち上がって家の中に姿を消した。ヴァランダーは待った。十五分経ってもまだエーベルは戻ってこなかった。寝てしまったのか、それとも食事の用意でも始めて、客が外のグラグラ動く椅子に座って待っていることなどすっかり忘れてしまったのだろうか。ヴァランダーはそのまま待ち続けたが、次第に我慢できなくなってきた。あと五分だけ待とうと思った。

次の瞬間、ヘルマン・エーベルが外に出てきた。黄色くなりかけた古い紙となにやらぶ厚い本を腕に抱えている。

「これは別の時代に属するものだ」エーベルが言った。「探し出すのに時間がかかってしまった」

「だが、見つけたわけだ？」

「あんたは賢いね、私のところに来たのだから。あんたに今協力できるのは、おそらく私しかいないだろう。だが同時に、これは私に昔の辛い思い出をよみがえらせるものであることもわかってほしい。これを探しながら、私は泣いた。外まで聞こえたか？」

ヴァランダーは首を振った。大げさに言っていると思った。エーベルの顔に涙の跡はなかった。

「薬の成分に見覚えがある」エーベルが続けた。「それは私を〝眠れる森の美女の眠り〟から目覚めさせるものだ。死ぬまでそっとしておいてほしいと私は願っていたのに」

「ということは、あんたはそれが何かを知っているのだね？」

「たぶん。報告書に書かれている成分、化学合成物質は私が昔働いていたときに使っていたものだ」

そう言って、エーベルは黙った。ヴァランダーは待った。こういうとき、ヘルマン・エーベルは話しかけられるのを嫌う。一度だけ、彼はヴァランダーに告白したことがあった。ウィスキー数杯の影響もあったかもしれない。シュタージ内で昔彼は高い地位にいたために権力を持っていた、当時は誰も彼に逆らう者がいなかった、と。

エーベルは分厚い本を両手で大事そうに抱えていた。まるでそれが聖なる書物ででもあるかのように。ためらっているようだ。ヴァランダーはただ待った。そのときクロウタドリが盥の縁にとまった。すぐさまエーベルは厚い本でテーブルをバンと音を立てて叩いた。クロウタドリは飛んでいった。ヴァランダーはエーベルがなぜか鳥を極端に怖がっていたことを思い出した。

「話してくれ。あんたが説明できるその成分とは何なのだ?」ヴァランダーが静かに訊いた。

「千年前に、私はそれと関係があった。それはもう私の人生から消えたと思っていた。だが、今日のような夏の素晴らしい天気の日に、あんたは私が何よりも忘れたいと思っているものを思い出させにやってきた」

「あんたが忘れたいと思っているもの。それは何なのだ?」

ヘルマン・エーベルはため息をつき、頭に手をやって少ない髪の毛を掻いた。いまはしっかりと彼を摑まえておかなければならない、とヴァランダーは思った。さもなければ彼はまた次の穴の中に引っ込んでしまうだろう。難しいクロスワードの中に身を隠してしまうだろう。

「あんたが忘れたいと思っているものは何なのだ?」ヴァランダーは繰り返した。

ヘルマン・エーベルは椅子を揺らし始めた。答えない。ヴァランダーはもう待てないと思った。

「あんたが誰を殺したかは、いまは何の意味もないことだ」とはっきりと言った。「ただその成分を話してくれればいいのだ」

「その近くに昔いたことがある」

「そんな答えじゃダメだ。なんだ、その『近くにいたことがある』とは? もっとはっきり言ってくれ。あんたは昔、おれの頼みには必ず答えると言ったではないか」

「もちろん忘れていない」

エーベルは首を振った。この状況は彼にはつらいのだとヴァランダーは思った。

「ゆっくりでいい。おれはあんたの答えが知りたいだけだ。あんたの考え、あんたの意見が聞きたい。だが、おれは急いでいない。別の日に戻ってきてもいいんだ」

「いや、残ってくれ！　私はただ、昔に戻るのに時間が少し必要なだけだ。自分で埋めたトンネルの穴を、また掘り返して開けなければならないのだから」

ヴァランダーは立ち上がった。

「散歩してくる。アイスランドポニーを見てくるよ」

「三十分あればいい。時間をくれ」

ヘルマン・エーベルは額の汗を拭った。ヴァランダーは低地から坂道を上って、近くの牧場へ行った。早速小柄な馬が数頭やってきて彼の手に鼻先を押し付けた。十二歳のときのリンダを急に思い出した。あるとき、リンダは学校から帰ってくると、馬がほしいと言った。それはモナと彼の最大の危機のときで、そのあとモナは離婚の決心を彼に伝えたのだった。リンダの言葉を聞いて、ヴァランダーはすぐに友達で競走馬の訓練所を経営しているステン・ヴィデーンを思い浮かべた。いつも厩舎《きゆうしや》に馬が数頭いるから、リンダに一頭くらい貸してくれるのではないかと思った。だが、モナは絶対にだめだと言った。リンダは自分の部屋に閉じこもってしまい、この話は終わりになった。そのあとどうなったか、彼は憶えていない。だが、リンダはそれ以後二度と馬のことは口にしなかった。

三十分後、ヴァランダーは戻った。風が吹き始め、南から雲が立ち上がってきた。蝶番の壊れているフェンスを開けると、ヘルマン・エーベルが庭の椅子に座っていた。分厚い本のそばにもう一つ何かがある。古い手帳のようだ。茶色い表紙が見える。ヴァランダーが椅子に座ると、エーベルは早速話しだした。興奮すると、エーベルはしゃがれ声になる。声が割れるのだ。ヴァランダーは、まだヘルマン・エーベルが東ドイツをこの世のパラダイスだと信じていた時代に、彼に尋問されたらどうだったろうと思ったことは度々ある。考えるだけで嫌な気分になった。

「イーゴル・キーロフという男がいた」とエーベルは話し始めた。「通称ボリス。それは彼自身が使っていた偽名だ。ロシア人で、モスクワにあるKGBの特別部に通じるセクションの責任者だった。その男はベルリンの壁が築かれる数ヵ月前に東ベルリンにやってきた。私は数回直に彼に会ったことがあるが、いっしょに仕事をしたことはない。だが噂によればボリスは〈仕事のできる男〉だった。いい加減なことや手抜きは許さなかった。彼が東ベルリンにやってきてから何ヵ月も経たないうちにシュタージの高官たちが移動されたり、降格されたりした。ボリスはソ連が送り込んだスターだったと言っていい。東ベルリンにおけるKGBの輝ける星、もっとも恐れられた存在だった。東ドイツに来てからまだ半年も経たないうちに、彼は英国が誇るスパイ網を破壊した。三人、もしかすると四人のイギリス人スパイが非公式の裁判のあと死刑にされた。通常なら彼らはロンドンの刑務所に入れられているソ連の、あるいは東ドイツのスパイと交換されるところなのだが、ボリスはウルブリヒト書記長に直談判してイギリス人秘密情報員たちを死刑にすると決定させた。目的は厳しい警告を海外と国内に発し、売国行為は許さないと印象づけることだった。ボリスは東ベルリンに来て一年もしないうちに恐るべき存在として知られるようになっていた。噂によれば、その生活はじつに簡素。結婚しているか、子どもがいるか、酒を飲むか、ひいてはチェスをするかに至るまで、私生活はまったく知られていなかった。唯一、間違いなく言えたことは、ボリスはシュタージとKGBの間に効率のいい協働組織を作り上げることにかけて非常に優秀だったということだ。その彼の終末が知られたら、それこそ東ドイツ全体が大きなショックを受けただろうが、もちろんそれは表には決して出なかった」

「何が起きた?」ヴァランダーが訊いた。

「ある日、彼は突然いなくなったのだ。魔術師が自分の頭の上に布をかけて、次の瞬間姿を消すように。もちろん魔術ではなかったから、拍手をする者はいなかったが。偉大な英雄はなんとイギリスに、そしてもちろんアメリカに魂を売ったのだ。ボリス自身がイギリスの情報員たちの処刑の責任者であることをどうやって隠したのか、私は知らない。もしかしてその必要がなかったのかもしれない。情報員の仕事は、本来シニカルでなければやっていけないものだから。ボリスの裏切りはKGBにとってもシュタージにとっても大変な衝撃だった。おびただしい数の頭が吹っ飛んだ。ウルブリヒト書記長はモスクワに駆けつけ、ひどい叱責を受けて戻ってきた。ボリスの正体がわからなかったのは彼の落度ではなかったにもかかわらず。シュタージのリーダー、マルクス・ヴォルフがクビにならなかったのは奇跡だった。実際、もしマルクス・ヴォルフがある命令を発しなかったら、クビが飛んだのは間違いなかった。その命令が発せられたおかげで、いまあんたはここに座っているのだから。その命令はなにがなんでも実行されなければならないものだった」

ヴァランダーはようやく話がわかってきた。

「ボリスは死ななければならない、ということ？」

「そのとおり。ただし、ボリスはただ単に死ぬだけでなく、許されないほどの大罪を犯してしまったという後悔のあまり、自分の裏切りを悔やんで自殺したように見せかけることが絶対条件だった。それと同時に自分の裏切りは許されざるものと告白する手紙を残すこと。ソ連と東ドイツ万歳と唱え、大いなる自己嫌悪とそれに見合うほど大量の、我々が特別に製造した睡眠薬を摂取して死ぬことが条件となったのだ」

「それで？」

「私はその期間ベルリンにほど近い実験室で働いていた。偶然にもそこはナチの連中がかつてユダヤ人問題の解決方法を決めた場所であるヴァンゼーのすぐ近くだった。突然そこに新しく一人の男が派遣されてきたのだ」

ヘルマン・エーベルはここで言葉を切り、茶色い表紙のノートを指差した。

「あんたはさっきこれに気がついたね。じつはこれを探し出すのに時間がかかったのだ。どうしてもどこにしまったか思い出せなかった。あんたの記憶力はどうだね？」

「問題ない」ヴァランダーは話題を避けて言った。「続けてくれ」

ヘルマン・エーベルはヴァランダーが記憶力の話題を避けたがっていることを察知したようだった。秘密警察で働いた経験のある人間は、口調や口には出さない警戒には特別に敏感で、言いすぎや誤算はそのまま命につながるということを知っているのだ。

「クラウス・ディートマー。彼は女子の水泳選手コーチグループから抜擢されてきた男だ。それは確かだ。ま、正式なトレーナーだったわけではなかったがね。彼は偉大なスポーツの奇跡と言われた現象を演出した舞台裏の人間の一人だった。痩せた小さな男で、音を立てずに動き回り、女のような手をしていた。そのような彼の外見から彼を誤解して、存在するだけで申し訳ないと思っている男のように見る者たちがいたが、それは大きな間違いだった。熱狂的な共産主義信奉者で、夜寝る前にヴァルター・ウルブリヒトに祈りを捧げていたに違いない。その男が私の所属していたグループのリーダーとなった。我々の唯一の任務、それはボリス、すなわちイーゴル・キーロフを殺すための、普通の睡眠薬としか見えない薬剤を作ることだった」

ヘルマン・エーベルは立ち上がり、また家の中に入った。ヴァランダーは家の窓から中を覗く誘惑に打ち勝てなかった。やはり思ったとおり、部屋の中はとんでもないカオスの状態だった。新聞紙、衣類、ゴミ、汚れた皿と食事の残りが部屋の空間を埋め尽くしていた。その中を人が歩いたところだけ道ができている。悪臭がガラスを突き通して外まで漏れてくるような気がした。太陽は雲の中に隠れ、日差しはなかった。エーベルが戻ってきた。ジャージのズボンを吊り上げながらグラグラの椅子に腰を下ろすと、顎を撫で始めた。急に痒くなったとでもいうように。この男とは間違っても代わりたくないとヴァランダーは思った。自分は自分のままでいいと感謝したくなった。

「ほぼ二年かかった」とヘルマン・エーベルは汚い指先を見つめながら言った。「多くの者が、イーゴル・キーロフを捜し出すことに国が不釣り合いな金を出していると思っていたと思う。だが、イーゴル・キーロフを捕まえることは面子《メンツ》の問題だった。キーロフは共産主義の最高の教会で誓いを立てた人間なのだから、罪を犯したまま死なせるわけにはいかないというわけだった。とにかく、我々はそう時間をかけずに例えばイギリスの薬局で普通に売られている睡眠薬とほぼ同じ材料の調合に成功した。問題はキーロフを取り囲んでいる防御装置をどう潜り抜けるか、その瞬間を見極めることだった。最大の難関はキーロフの用心深さだった。彼は自分の犯した行為の意味をもちろん承知していたし、追っ手が来ることも知っていたからだ」

突然ヘルマン・エーベルは咳き込み始めた。喉がゼーゼーと鳴っている。ヴァランダーは待った。風が後ろ首に冷たく感じられ始めた。

「情報員は日々の暮らしの中でもっとも大切なことはルーティンを変えることだと知っている」とヘルマン・エーベルはようやく咳がおさまると言った。「もちろん、キーロフもそれを知っていた。だが一つだけ、瑣末なことで彼は失敗した。その失敗が命取りになった。毎週土曜日の午後三時、キーロフはノッティング・ヒルのパブに行き、テレビでサッカーを観戦した。いつも同じ席に座り、ロシアン・ティーを飲んだ。土曜日の三時十分前にそのパブに来て、試合が終わると家に帰った。我々の〝外壁を登る人間たち〟は、どこにでも入り込むことができる者たちだが、長い間彼を監視してきた結果、ついにいつ、どこで、どう彼を始末するかの結論に達した。彼らが目をつけたのは、そのパブの二人のウェイトレスがときどき臨時雇いだったという点だった。我々の用意するウェイトレスに替えることができる、と。一九七二年の十二月のある土曜日、死刑が断行された。偽のウェイトレスたちが毒入りの紅茶をキーロフの前のカップに注いだ。私が読んだ報告書にはきっちりと、キーロフが観た最後の試合はバーミンガム対レスターで、結果は引き分けだったとあった。家に戻ると、キーロフは自分のベッドで約一時間後に死んだ、とあった。イギリスの情報機関は、最初キーロフは自殺したと判断した。その証拠にそこには彼の自筆による遺書があり、彼自身の指紋も残されていたからだ。彼らは快哉の声をあげた。イーゴル・キーロフは死に値する、ようやく落ち着くべきところに落ち着いたというわけだった」

ここまで話すと、ヘルマン・エーベルはヴァランダーの話した死んだ女性について、いくつか質問した。ヴァランダーはできるかぎり答えた。だが、彼の中には苛立ちがあった。ここでいつまでもエーベルの問いに答えている暇はなかった。エーベルはそれがわかったらしく、口を閉じた。

「つまりあんたは、ルイースはかつてイーゴル・キーロフが殺されたのと同じ薬で殺されたというのか?」

「ああ、そう見える」エーベルが言った。

「ということは、ルイースは殺されたと? 自殺に見せかけた殺人だというのか?」

「その法医学者のレポートが事実に即したものならば、そういうことになる」

ヴァランダーは信じられないというように首を振った。彼には想像もつかないことだった。

「現在この薬剤を製造しているのは誰だ？　シュタージも東ドイツももはや存在していないというのに？　あんた自身、スウェーデンにいて、クロスワードパズルを作っているというときに？」

「秘密情報機関というものはいつだってあるのだ。名前を変えるかもしれないが、いつだって存在するのだ。スパイ行為は現在の世界ではあまりないと思う者は、世の中を知らない。忘れてならないのは、昔の優秀なスパイたちはいまでも健在だということだ」

「優秀なスパイたち？」

ヘルマン・エーベルは傷ついた顔で質問に答えた。

「我々が何をしたにせよ、人々が我々について何を言おうとも、我々は専門家だったのだ。我々は仕事を熟知していた」

「しかし、なぜこともあろうに、ルイース・フォン＝エンケがこんな目に遭ったのか？」

「その問いには、もちろん私は答えることができない」

「しかし、あんたは確信があるのか？」

「あんたが持ってきたこの報告書を見るかぎり、答えは言ったとおりだ」

ヴァランダーは急に疲れを感じ、不安になった。立ち上がると、ヘルマン・エーベルの手を取って握手した。

「また来るよ」と背を向けて歩きだしながら言った。

「ああ、そうだろうと思っている。こんな世の中だ。何が起きてもおかしくない」

ヴァランダーは車に乗り、家に向かった。イースタの入り口の環状交差点《ラウンドアバウト》まで来たときに雨が降り始めた。車から降りて玄関まで走ったときには土砂降りになっていた。ユッシが金網の向こうから吠えだした。ヴァランダーは家に入るとキッチンテーブルを前にして座り、雨が窓に叩きつけるのを眺めた。頭髪から雨の雫が落ちてきた。

ヘルマン・エーベルは正しいに違いない。ルイース・フォン＝エンケは自殺したのではない。殺されたのだ。

23

ヴァランダーは冷蔵庫を開けて、スーパーで買った肉を取り出した。焼いたその肉にカリフラワー半分を添えて昼食にすることにした。テーブルに用意して、帰宅途中に買ったタブロイド紙を開いた。大人になってからずっと、誰にも邪魔されずに新聞を読みながら食事することが彼のもっとも好むライフスタイルだった。だが、その日にかぎって誰にも邪魔されずに読めるはずの新聞が、そうはいかなかった。新聞を開くなり、大きく拡大された顔が彼の目に飛び込んできた。そしてこれまた拡大された文字が視界を埋めた。いま見えているものは本当だろうかと思った。それは間違いなく今朝車に乗せたヒッチハイカーの顔だった。ヴァランダーは目を丸くして新聞を読んだ。その女は前日、マルメの中心街のスードラ・フーシュタスガータンの近くのアパートで両親をナタで叩き殺し現在逃亡中、とあった。警察は動機は不明であるとしている。だが、その女が彼女であることは間違いなかった。残虐な殺人を行《おこな》った女の名前はカローラではなくアンナ＝レーナとある。警官の一人――ヴァランダーはその名前にかすかに覚えがあるという気がしたが――は、これまでにないほど残酷な暴力、制御できないほどの激情、一家が住んでいた小さなアパートで起きた前代未聞の暴力事件と表現した。警察は現在その女を全国指名手配して捜しているとあった。ヴァランダーは新聞と食事の皿を同時に押しやった。これは悪夢か。同じ女であるはずがないと思った。そのあとパッと電話をつかみ、マーティンソンのプライベートナンバーに電話をかけた。

「こっちにきてくれ。至急おれの家に来てほしい」

「いま、孫たちといっしょに水遊びをしてるんです。あとでいいですか?」

「いや、待てない」

かっきり三十分後、マーティンソンはヴァランダーの家の前に車を停めた。雨が止み、空は晴れていた。ヴァランダーはすでに門の外に立ってマーティンソンを待っていた。ヴァランダーの日常の振る舞いを熟知しているマーティンソンは、何か深刻なことが起きたに違いないと思っていた。犬の囲いから放たれたユッシは嬉しそうにマーティンソンの周りを飛び跳ねた。ヴァランダーはそのユッシに何度か辛抱強く声をかけて座らせた。

「とうとうこの犬もあなたの命令を聞くようになったんだ」マーティンソンが言った。

「いいや、そんなことはない。キッチンで話をしよう」

二人はキッチンへ行った。ヴァランダーは新聞を開き、写真を指差した。

「おれは今朝、ヒッチハイクしていたこの女をフールまで乗せた。女はスモーランドへ行くと言っていた。もちろん、それは本当じゃないかもしれない。新聞にこのような写真が載ることで、彼女はすでに見つけられているかもしれない。とにかく、警察が捜索するべきなのはフール近辺なのだ」

マーティンソンは目を丸くしてヴァランダーを見た。

「ついこの間、ヒッチハイカーを車に乗せないと確認し合ったじゃないですか」

「おれもそうしていた。今朝だけだ、例外だったのは」

「フールへ行く途中で?」

「そこに友達がいるんだ」

「フールに、ですか?」

「お前はおれの友達の居場所を全部知っているわけじゃないだろ。フールに友達がいて悪いか? お前にはヘブリーディズ諸島に友達はいないか? おれの話はみんな本当だ」

マーティンソンはうなずいた。ポケットから手帳を取り出した。ペンは……インクが出てこなかった。ヴァランダーはペンを一本マーティンソンに渡し、ハエが止まっている食事の上に布巾をかけた。マーティンソンはヴァランダーの言うとおりに、女の服装、話したこと、正確な時間を書き記した。電話に手を伸ばしたマーティンソンを、ヴァランダーが止めた。

「匿名の市民からの情報だと言ってはどうだ?」

「それはもう考えてますよ。まさか、イースタで有名な警察官がヒッチハイカーの女を乗せてやったなどと言うはずないじゃないですか」

「おれはあの女が誰か知らなかったんだ」

「しかし、あなたも新聞が本当のことを知ったらどう書き立てるか、知ってますよね。退屈な夏、あなたはニュースを探しているマスコミのいい餌食になりますよ」

マーティンソンが署に電話をかけるそばで、ヴァランダーは彼がなんと言うか、耳をそばだてた。

「匿名の情報だ」と、最後にマーティンソンは言った。「どうやっておれの電話番号を知ったのかはわからない。だが、電話してきた男はシラフで、話は信用していいと思う」

そう言って、マーティンソンは電話を切った。

「おいおい、昼食どき、シラフじゃない人間などいるか？」ヴァランダーが言った。「最後の付け足しは不必要だったんじゃないか？」

「その女が捕まったら、きっと知らない男に乗せてもらったと言うでしょう。それが全部で、その男があなただということはまったく表に出ない。誰も知らないことになる。大丈夫です」

ヴァランダーはそのとき急に、その女が他にも何か言っていたと思い出した。

「おれが乗せてやったとき、その女はそこまでは別の車に乗せてもらったが、運転手が面倒な男だったので降りたと言っていた。それを話すのを忘れてた」

マーティンソンは新聞に載っている写真を指差して言った。

「美人じゃないですか。殺人者であろうがなかろうが、美人ですよ。黄色いミニスカートをはいていた？」

「うん、ちょっと目立ったな」ヴァランダーが言った。「短く噛まれた爪のことさえ除けば。あれを見たら、どんな男もゲンナリするだろうよ」

マーティンソンは驚きの笑いを浮かべてヴァランダーを見た。

「こういう話、久しくしてなかったなあ。女性のことをいろいろ話すこと。昔はよくやってましたね」
ヴァランダーはコーヒーはどうかと勧めたが、マーティンソンは断った。マーティンソンを見送ると、ヴァランダーは食べかけの食事に戻った。旨くはなかったが、空腹は満たされた。食後、ユッシを連れて長い散歩をした。それから家の裏庭の垣根の木の枝を剪定し、斜めに垂れ下がっていた郵便箱をきちんと打ち付けた。その間ずっとヘルマン・エーベルから聞いた話を考えていた。イッテルベリに電話したいと思ったが、翌日まで我慢することにした。考える時間がほしかった。自殺とみられたものに他殺の可能性が出てきた。しかもそれは彼のまったく理解できない範疇《はんちゅう》のことだった。同時に彼の中で、何かを見逃したという感じがふたたび強くなってきた。いや、それは彼だけでなく、なんらかの形で捜査に加わっている者すべてが感じたことだったかもしれない。それがなんなのか、彼にはわからなかった。昔からの直感とでもいうべきものだが、それが当たっているかどうか、彼にはもはや自信がなかった。

午後五時ごろ、ヴァランダーは急に体の具合が悪くなった。三十分も経たないうちに熱が出て吐き気がし、実際に吐いた。焼いた肉にしっかり火が通っていなかったのかもしれないと思った。前日、暑い日中に長時間スーパー袋の中に入れたまま車の後部座席に置いていたのだ。テレビの前に横たわると、チャンネルを回してはときどきトイレに走って時間を過ごした。電話が夜の九時ごろに鳴ったときはちょうどトイレから出てきたばかりだった。受話器を取った。リンダだった。ヴァランダーの様子を聞いて最初は不安がったが、まもなくこの突然の不調はインシュリンとは関係ないらしいことがわかってホッとしたようだった。

「明日にはよくなってるわよ、きっと。紅茶を飲むといいわ」

「それが何も飲めないんだ。すぐにもどしてしまうから」

「それじゃ、水はどう？」

「それを訊くか？　おれがいままで何を飲んでいたと思う？」

「野菜を食べなくちゃダメ」

「それがいまおれの気分が悪いのとどう関係あるんだ？」

「明日そっちに行ってみてあげるわ。まったくね、だんだんおじいちゃんに似てきたわ」

ヴァランダーは体を丸めてソファに横になっていたが、気分が悪くなってトイレに駆け込むのを二回繰り返した。ソファに横になったまま、テレビの映画チャンネルに目を通したが、観たい映画は何もなかった。しまいにアジアのボクシングをやっているチャンネルに落ち着き、小さいアジア人の男が巨大なオランダ人の男をノックアウトするのを観た。ヴァランダーは自分が殴られたような気分になった。真夜中過ぎにようやく眠りにつき、ヘルマン・エーベルとルイース・フォン＝エンケの夢を見た。朝の五時、まだ体全体に力はなく頭も痛かったが、腹の具合は落ち着いた。紅茶を飲んだが、大丈夫だった。窓の外にユッシが緊張した面持ちで立っているのが見えた。片足を上げて、遠くの畑の方を見ている。ヴァランダーの方からは何も見えなかった。明け方に森の中から出てきた鹿だろうか？　その様子を見て、父親だったら永遠に繰り返し描き続ける絵のモチーフにしそうだと思った。夜明けの犬とかいうタイトルで。

ま、その代わりに父親はときどき雷鳥を描き加えたりするおきまりの絵を単調に描いていたが。

ヴァランダーは昨夜の夢のことを思い出した。エーベルのゴミ溜めの家の中にいた。ルイースがはしごの上でバランスをとりながら黄色いカーテンを下げていた。ヴァランダーはこの数週間、どこにいたのかと彼女に訊いた。次の瞬間彼女ははしごから落ちて、その場で死んでしまった。ヘルマン・エーベルがゴミの間をかき分けてこっちに歩いてくる。緑色のドイツの軍服を着ている。まだとても若く、その口は大きな穴で、歯が一本もなかった。こっちに向かって話しかけているのだが、ヴァランダーにはまったく聞き取れなかった。次の瞬間、目が覚めた。不安と無力感で起き上がれなかった。今や腹の具合のせいで起き上がれないのではなく、ルイースの死のために不安と無力感に打ちのめされているのだ。そうなのだ、変化が起きている。いままではホーカンが主な人物だったのだが、いつのまにかルイースがヴァランダーの関心の中心になっていた。そこから始めようと思った。もう一度資料に目を通すのだ。だが今回は角度を変えて見てみよう。だがその前に、数時間ちゃんと眠らなければならない。彼は服を脱ぎ、ベッドに体を横たえた。蜘蛛《くも》が一匹天井に巣を張っていた。まもなく彼は眠りについた。

朝八時、ヴァランダーが気をつけながらゆっくりと朝食をとっていたとき、リンダが車でやってきた。クラーラを連れている。そして、近寄らないで、クラーラになんだかわからないウィルスをうつさないでとヴァランダーに向かって叫んだ。少なくとも二メートルは離れていてちょうだいと。ヴァランダーはリンダがそんなに朝早く来たことに内心苛立った。夏休み中ぐらいゆっくり誰にも邪魔されずに食事したかった。

二人は庭の椅子に腰を下ろした。

「どう？　具合は？」

「ああ、ずっといい」

「わたしが言ったとおりでしょ？」

「はあ？　お前は何か言ったかね？　もっと野菜を食べろとか？　お前はおれが何を食べているかなど、知らないじゃないか」

リンダはため息をつき、首を振って何も言わなかった。ヴァランダーはリンダの髪の毛に青い色の筋が入っていることに気がついた。

「なぜ髪の毛に青いものが入ってるんだ？」

「格好いいと思って」

「ハンスはなんと言ってる？」

「きれいだと思ってるわ、きっと」

「それはどうかな。なぜあいつはクラーラの世話をしないんだ？　おれの不調がクラーラにうつるかもしれないときに」

「今日はどうしても休めないんですって」

リンダは急に心配そうな顔をした。彼女の顔を一瞬不安が横切った。

「なぜあいつは休めないんだ？」

「世界経済の動きに何かおかしなものがあるらしいの」

「おれにはその世界経済の動きなるものがさっぱりわからん。第一ハンスは株の売買部門で働いているんじゃなかったか？」

「そうよ。そういう仕事をしているわ。でも他の仕事もしているの。デリバティブのオプションとかね」

ヴァランダーはやめてくれと言うように手を振った。

「おれにはわからんことだから、もういい」

ヴァランダーはグラスに一杯の水を持ってきた。クラーラは庭で嬉しそうによちよち歩いている。

「それで？　モナはどうしてるんだ？」

「うん、静かにしてる。電話にも出ない。家に行ってベルを鳴らしても出てこない。家にいるのは確かなのに」

「飲んでいるんだろうか？」

「わからない。わたしとしては、もう一人子どものような人の世話をする余裕はないの。この子で手一杯よ」

航空機が低く空を飛んできた。スツールップ空港に向かって着陸態勢に入っているのだ。轟《ごう》音《おん》がおさまってから、ヴァランダーはヘルマン・エーベルに会いに行ったことを話し、そこで知り得たことを詳しくリンダに伝えた。話しているうちにルイースは殺害されたのだという確信をもったが、もう一つの疑問も深まった。誰がルイースの死を望んだのかという疑問である。あの静かな女性が東ドイツとどのような関係を持っていたというのだろう？　しかもその国はすでに崩壊し、存在しないというのに？　そもそもルイースが東ドイツとどんな関係があるというのだ？


クラーラはリンダの足元でちょこちょこと動いている。リンダはゆっくり頭を横に振った。

「いまの話を疑うつもりはまったくないわ。でも、これはいったい、どういうことなの？」

「わからない。いまおれの頭にあるのは一つの問いだ。ルイース・フォン＝エンケは何者だったのかということ。おれの知らないなにがあるのかということだ」

「そもそも他の人間について、私たち、なにを知っていると思う？」リンダが言った。「それはあなたがいつも私に言っていることよね。なにを聞いても驚かないということ。もう一つ、東ドイツとルイースは関係がなかったわけじゃないのよ。言わなかったかしら？」

「彼女がドイツの古典文化に関心があったこと、そしてドイツ語を教えていたということ以外は聞いていない」

「わたしがいま考えているのは、ずっと昔のこと。五十年も昔のことよ」リンダは話し始めた。「ハンスが生まれる前のこと、いえ、シグネも生まれていなかったころのことなの。本当は直接ハンスから聞いてほしい話よ」

「まずお前から聞こう」

「そんなに大げさな話じゃないの。一九六〇年代の初めころ、ルイースは東ドイツに行ったことがあるの。スウェーデンの女子の飛び込み選手たちといっしょに。運動選手の交換試合の類のイベントで。ルイースは当時スウェーデン女子飛び込み選手のトレーナーだったらしい。彼女自身十代のころは有望な飛び込み選手だったらしいわ。でもそれについてはあまり知らない。それで彼女は東ベルリンとライプツィヒに数年にわたって複数回行ったことがあったみたい。でもそれは突然終わったのよ。ハンスの説明によるとなぜルイースが東ドイツへ行かなくなったのか、理由があるらしいの」

「理由？」

「ええ。ホーカンが東ドイツへの旅行はやめなさいと言ったらしい。スウェーデンの軍隊のキャリア組の妻が敵国とみなされている国へ旅行するのは好ましくないと。当時の東ドイツはソ連側のもっとも恐ろしい国の一つとみなされていたわけだから」

「しかしそれは推測だろう？」

「ルイースはいつだってホーカンの言うことに従ってたわ。わたしが思うに、六〇年代の初めの話よ。妻は夫の言葉に従う、そういう時代だった。ホーカンが海軍で高いポストに就き始めていたころの話よね」

「もし本当にホーカンがそう望んだとして、ルイースはどう反応しただろう？」

「わからない」

クラーラが突然泣きだした。何か鋭いものが手に刺さったらしい。子どもの泣き声に耐えられないヴァランダーは、ユッシの犬小屋のある金網の方へ行って、ユッシを撫でた。そしてクラーラが泣き止むまでそこにいた。

「私が泣いたときはどうしてたの？」リンダが訊いた。

「若いころはもっと子どもの泣き声に耐えられたものさ」

二人は黙って石の間から生えているタンポポを不思議そうに見ているクラーラを眺めた。

「ホーカンとルイースがいなくなってから、もちろんわたしもずっと考えてた」リンダが話し始めた。「過去に遡《さかのぼ》って、二人のお互いに対する態度、そして他の人たちに対する態度を思い出してみた。ハンスにも知っていることをすべて話してと働きかけたわ。当たり前と思ってとくに気にかけてもいなかったようなことをもう一度点検してみてと。そしてほんの二、三日前にちょっとおかしいことを発見したの。ハンスはすべてを私に話してはいなかったのだと気がついたのよ」

「何について？」

「お金のこと」

「金？　どの金のことだ？」

「わたしが知らなかったお金があるらしいの。ホーカンとルイースは一般的に言っていわゆるいい暮らしをしていたわ。でも目を見張るような贅沢《ぜいたく》とか、人に見せびらかすようなお金の使い方などは決してしなかった。でも、そうしたかったら十分にそんなことができるほどのお金を持っているらしいの」

「どれほどの規模の金のことだ？」

「口を挟まないでよ」リンダがピシャリと言った。「いまから話すから。わたしのテンポで話させて。言うまでもないことだけど、ハンスは私に話すべきことのすべてを話してなかったということが問題なのよ。これはとても不愉快なことよ。わたし、この話をきちんとさせるつもり」

「いまお前が話している金のことは、事件と直接に関わることか？」

「ううん、そうじゃない。でも、わたしはハンスの曖昧《あいまい》な態度が嫌いなの。これ、いま話すべきことじゃないわね」

ヴァランダーはかまわないというように両手を上げ、それ以上は何も訊かなかった。リンダはクラーラがタンポポを食べようとして口に持っていっていることに気がつき、慌ててクラーラの口からタンポポを吐き出させ、それでまたクラーラが泣きだした。赤ん坊の泣き声が何よりも嫌いなヴァランダーだが、今回はなんとか我慢して、席を立ちはしなかった。

ユッシは犬の囲いの中であきらめたようにこの光景を眺めていた。これがおれの家族だ、とヴァランダーは思った。ここにいないのは姉のクリスティーナ、そして別れた妻のモナ。それ以外はここにいる。

まもなく騒ぎは静まった。リンダはまたブランコソファに座って揺らし、クラーラはふたたび〝発見の旅〟を始めていた。

「その椅子、危ないぞ。いつ壊れるかわからない」ヴァランダーが言った。

「おじいちゃんの古い椅子ね。この椅子が壊れたって、わたしは大丈夫生き残るわ。せいぜいここの手入れされていない荒れた庭に尻餅をつくだけだから」

ヴァランダーは何も言わなかった。リンダはいつもおれのすることをチェックしていて、ちょっとでも足りないところがあるとすぐにケチをつける。それが気にくわなかった。

「今朝目が覚めたとき、知りたいことが一つ頭に浮かんだの。それがどうしても消えないのよ。こんなにホーカンとルイースのことが緊急のことなのに。でも、こんなに長い間、どうしてこのことを知らないでいたのか、自分でも不思議なほどなの。パパにもママにもこれを訊かなかった。もしかすると答えを知るのが怖かったのかしら？　自分が行きあたりばったりのセックスで生まれたなんて、誰も思いたくないものね」

ヴァランダーは緊張し、警戒態勢をとった。リンダはめったにモナのことをママとは言わない。パパと呼ぶこともあまりない。怒ったときと皮肉を言うとき以外には。

「怖がる必要ないわ。心配そうな顔になってる。あなたたちがどういうふうに出会ったのか知りたいだけ。両親の最初の出会い。わたし、それを知りたいのよ」

「おれの記憶はだいぶ情けなくなってきているが、それを忘れるほどボケてはいない。おれたちは一九六八年にコペンハーゲンからマルメに向かっていたフェリーボートの中で出会った。ある晩、遅く。ゆっくり進む船の方だ、快速船ではなく」

「四十年前、ってわけね」

「二人とも若かった。モナはテーブルに向かって座っていた。人が多くてぎゅうぎゅう詰めだった。おれは隣に座ってもいいかと訊いた。彼女はどうぞと言った。それから先のことはいつか別のときに話そう。昔のことを話すとは思わなかったから。さっきの金の話に戻ろうじゃないか。どのくらいの規模なんだ？」

「二百万クローナほど。でも、そのフェリーがマルメの港に着いてから二人がどうしたか、いつか必ず話してね」

「そのときは別に何も起きなかった。いつかこの続きを話すと約束するよ。そうか、二人は百万単位の金を隠していたということか？　どこからきた金だろう？」

「こつこつ貯めたんじゃない？」

ヴァランダーは顔をしかめた。こつこつ貯めた金にしては金額が大きすぎる、自分にはとてもできないことだと思った。

「本当か？　税金のごまかしとか、何か怪しいことをしていたんじゃないか？」

「ハンスによれば、そんなことはないって」

「だが、ハンスはお前にこの金のことはほとんど話していなかったんだろう？」

「そうなの。なぜそうしたのかわからないけど。ほんの数ヵ月前までは、そのお金はハンスの両親のもので、何をしようと私たちにはまったく関係なかったんだから」

「何をしようと？　どうしたんだ、二人はその金を？」

「ハンスに適当なところに投資してくれと頼んだのよ。気をつけて、大胆な投資などはしないでと」

ヴァランダーは考えた。いま聞いたことはなぜか重大な意味のあることのように思えてならなかった。警察官となって以来、金は人間が他人に対して犯すもっとも残酷で、最悪の犯罪の原因であることを見てきた。金ほど多く犯罪の原因となるものはないと言い切っていいほどだ。

「二人のうちどっちが金を扱っていたんだ？　二人ともか、それともホーカンだけか？」

「それはハンスに訊かなくちゃわかんない」

「それじゃ二人でハンスに訊こう」

「二人で、じゃなく。わたしが訊く。それで何かわかったら、教えるから」

クラーラが地面に座り込んだ。あくびをしている。リンダがヴァランダーに向かってうなずいた。ヴァランダーはクラーラを抱き上げるとそっとブランコソファに寝かせた。クラーラがにっこりとヴァランダーに笑いかけた。

「父親に抱っこされている自分を思い描いてみるんだけど、できないのよ」リンダが言った。

「なぜだ？」

「わからない。意地悪で言ってるんじゃないんだけど」

白鳥のつがいが畑の上を飛んできた。父と娘は白鳥の飛ぶ姿と、羽が風を切る音に耳を澄ました。

「でも、本当かしら。ルイースが殺されたなんて」とリンダが言った。

「捜査が進んだらわかる。が、それはあり得るとおれは思う」

「でも、なぜ？　そして、誰がそんなことをしたの？　それになに、ルイースがハンドバッグの中にロシア語の資料を持っていたなんて？　まったくナンセンスというより他ないでしょ」

「彼女はロシア語の書類を持っていたんだ。ロシアに渡すはずのものだったかもしれない。おれの話をきちんと聞いてくれ」

ヴァランダーはリンダが腹を立てるかと思ったが、彼女はただうなずいただけだった。

「一つだけ肝心なことが残っている。ホーカンはどこだ？」

「死んだのか、それとも生きているのか、それさえわからないわ」とリンダ。

「ルイースが死んで発見されたいま、おれにはホーカンはますます生きているように思えてならない。これはまったく論理的じゃない話だが。なぜおれがそう思うのかについては、何の合理的な説明もできない。長年警察官をやってきたカンとでも言うか。だが、そのカンさえも、近頃では必ずしも当たらないのだが。それでもおれは、ホーカンは生きていると感じるんだ」

「ホーカンがルイースを殺したの？」

「それを示唆するものは何もない」

「でも、それを否定するものもないんでしょう？」

ヴァランダーは黙ったままうなずいた。彼自身、まさにそう考えていた。リンダは彼と同じ思考回路を辿っていた。

それから三十分後、リンダ親子は帰っていった。

夜、ヴァランダーはユッシと散歩に出かけた。昼間刈られたばかりの草の匂いがあたりに漂っていた。

そのとき突然、考えが閃いた。すべてはホーカン・フォン＝エンケから始まっているのだ。従ってホーカン・フォン＝エンケですべてが終わるということでなければならない。ルイースは中間点なのだ。さっきまではそうではないような気がしていたのだが。

だが、それが何を意味するのか、彼にはわからなかった。家に戻った。それまでよりもっと困惑していた。そのとき唯一、彼にとって迷いなく確信できたのは、あのユーシュホルムでの誕生パーティーでホーカン・フォン＝エンケは間違いなく苦悩していたということ。

そうなのだ。すべてはあの苦悩する男から始まったのだ。

そうにちがいないのだ。絶対にそうにちがいないのだ。

24

七月のある晩。

ヴァランダーはペンを持ったまま座っていた。いま書き始めた手紙の始まりのこの言葉は、まるで一九五〇年代の古い映画のタイトルのように見えてならなかった。あるいはそれよりもさらに十年ほど前の小説のタイトルか。子どものときに目にしたような本。自分が生まれるよりずっと前に亡くなった祖父のコレクションの中にあった言葉のような気がした。

そう見えるのを別にすれば、書いていることは事実のままだった。七月のある晩のことである。ヴァランダーはすでにベッドに就いていた。と、突然、あと二、三日で姉のクリスティーナが誕生日を迎えることに気がついた。彼女の誕生日には手紙を書いて、おめでとうという言葉とともに郵便で送るのが習慣となっていた。それで彼はまた起き上がった。疲れてはいなかったので、ベッドに入って眠れない時間を過ごさなくて済むと思ったのだ。紙と万年筆を持ってキッチンテーブルへ行った。万年筆は五十歳の記念にリンダがプレゼントしてくれたものである。最初の言葉〝七月のある晩〟はそのまま残した。短い手紙になった。孫のクラーラがいて嬉しいということ以外、なにも書くことがなかったからである。年を追うごとに手紙は短くなっている。どう終わらせたらいいのだろう。手紙を読み返してみた。つまらない手紙だと思ったが、付け加える言葉が見つからなかった。クリスティーナとの関係は父親の死亡後ほとんど途絶えていた。ヴァランダーがストックホルムに行った折に会う程度で、それもほとんどなくなっていた。二人はまったく似ていなかった。その上、子どものころの思い出はまったく異なっていて、話し始めて何分も経たないうちに二人とも黙り込み、互いを見つめ合うばかりだった。そして、互いにこれ以上話すことがないことに驚くのだった。

ヴァランダーは手紙を封筒に入れて、またベッドに戻った。窓が少し開いていた。遠くから音楽と人々の笑い声が聞こえてくる。窓の外の草木が風に揺れる音も聞こえる。マリアガータンからここに移ってきてよかったと思った。ここでは町とは全然違う音が聞こえる。そして匂いも。

ベッドの上に横になり、その日の夜警察署へ行ったときのことを思い出した。予定していたわけではなかったのだが、パソコンの調子が悪かったので、急に夜の九時ごろイースタ署へ行ったのだ。夜番や宿直の同僚たちとばったり会ってしまうのを避けるために地下から建物に入り、暗証番号を打って署の中に入って自分の執務室まで誰にも会わずに行くことができた。廊下を歩いているとき、他の部屋の中から談笑する声が聞こえた。かなり酔っ払っている者もいる様子だった。自分が尋問の責任者でなくてよかったとヴァランダーは思った。

休暇に入る前に、彼は一大決心をして机の上の書類の山を片付けた。いま、机の上はかなりスッキリしていた。上着を脱いで椅子の上に置くと、早速パソコンを開いた。用事に取りかかる前に、彼は机の引き出しの鍵を開けて、中からファイルを二つ取り出した。一つには「ルイース」、もう一つには「ホーカン」と記されていた。名前をペンで書いたのが滲んで、文章の一部がインクで少し汚れていた。最初のファイルを横に置き、二番目のファイルを開いた。そうしながらも数時間前にリンダと交わした会話を思い出していた。

リンダはクラーラがようやく眠りにつき、ハンスが紙おむつを買いに出かけたあと、ヴァランダーの家に電話をかけてきた。両親の金のこと、ルイースと東ドイツの関係、他にもまだ何か話していないことがあるかというリンダの問いに対し、ハンスは淡々と答えたという。ハンスは最初、自分の話を信じていないのかと傷ついた様子だったが、リンダが長い時間をかけて、これは彼の両親に何が起きたのかを知るために訊いているのであって、他に理由はないと説明すると、ようやく理解してくれたとリンダは言った。ルイースの死はいまでは殺人事件かもしれないという可能性が出てきたのだからというリンダの説明に、ハンスはようやく納得し、リンダの意図を理解して、できるかぎり思い出して答えてくれたという。

ヴァランダーはポケットから持ってきたメモを取り出して開いた。そこにリンダとの会話が簡単に書かれていた。

両親がハンスに個人的な金融アドバイザーになってほしいと頼んだのは、彼が現在の仕事に就いてからのことだった。頼まれた金額は二百万クローナ弱だったが、現在その金額は二百五十万クローナほどに増えている。その金は彼らが貯蓄したものとルイースの親族からの遺産を合わせたものだった。彼らの貯蓄高と親族からの遺産がどのくらいの割合だったのか、ハンスは知らないと言った。ルイースの親族の名前はハンナ・エドリングといい、一九七六年に亡くなっているが、彼女はスウェーデン西部にファッションブティックを数店所有していたという。遺産相続に関する税金上の問題もなかった。ただし、ホーカンは毎年税金を払う時期になると社会民主党の財産税に関して文句を言っていたが。ホーカンがいなくなった現在、税制が変わってそれは廃止されたのだが、ハンスは財産税が廃止されていくばくかの金額がまた財産に加わったとホーカンに報告することができなくて残念だとリンダに語ったという。

「ハンスによれば、両親はお金について、じつに変わった態度をとっていたらしいの。『金のことは話すものじゃない。金はあるだけでいいのだ』と言ってたらしいわ」

「もし本当にそうだったのなら、それは上流階級の態度だな」とヴァランダーが言った。

「上流階級よ、あの人たちは、完全に。そんなこと、わざわざ言う必要さえない。事実なんだから」とリンダは答えた。

一年に二回、ハンスは両親に財政状況を報告した。何度か、めったにないことではあったが、ホーカンはハンスに投資先を企業名を挙げて指定してくることもあったが、実際にハンスが父親の推した企業の株を買ったかどうか確かめもしなかったという。ルイースの投資先に関する態度はさらに無関心だったと言える。ただし、一度だけ例外があったという。ルイースは投資した金額から二十万クローナを引き出してくれとハンスに頼んだという。そのようなことはめったになかったので、ハンスはよく憶えていると。それまでは、金を引き出すのは決まってホーカンで、豪華船のクルーズとかフランスのリビエラで休暇を過ごすときなどにハンスに頼んだという。二十万クローナを引き出してくれと頼まれたときハンスは母親に何に使う金かと訊いたが、ルイースは黙って言われたようにしなさいとピシャリと言ったという。

「それだけじゃないの。このことはホーカンには言わないでと言ったらしい。それはとてもおかしなことよ。だって、ホーカンは早晩、そんなに大きな金額が引き出されていればわかるはずだから」

「それは必ずしも秘密とは関係ないかもしれないな」ヴァランダーが言った。「彼女はホーカンを驚かすつもりだったのかもしれない」

「そうかもね。でも、ハンスによれば、ルイースが彼に向かって脅かすような声で言ったのは、あとにも先にもそのときだけだったというのよ」

「脅かすような、とハンスは言ったのか？」

「ええ」

「それは変かもしれないな。脅かすというのは強い言葉だから」

「ええ。私の印象では、ハンスはその言葉を慎重に選んだと思うの」

ヴァランダーは脅かすという言葉を紙に書いた。もし本当にルイースがその言葉どおりの態度をとったのなら、いままで隠されていた彼女の新しい側面が現れたのかもしれないと思った。

「それで、ハンスは東ドイツについてどう言っているんだ？」

リンダはハンスの記憶を呼び起こそうと試みたが、ハンスには母親と東ドイツがつながる思い出はなかった。小さいころ、母親が東ベルリンからの土産に木製のおもちゃを買ってきてくれたことは思い出せたが、それくらいだった。母親がどのくらいの期間留守にしていたのか、どんな理由で家にいなかったのかなどはまったく覚えがなかった。その間、家にはお手伝いのカタリーナがいた。ハンスの記憶では幼いころ、ハンスは両親といっしょにいた時間よりもカタリーナといっしょに過ごした時間の方が長かった。ホーカンは海軍将校としての仕事が忙しく、ルイースはフレンチ・スクールとストックホルムの教育機関でドイツ語を教えていたので、家にいる時間が短かった。もしかすると、家にドイツ語を話す人々を招待して食事をする機会があったのかもしれない。制服姿の男性たちが大声で歌い、スナップスを飲む光景を見たような記憶があった。

リンダはしまいにこう言った。

「ハンスは本当に何も憶えていないと思うの。もしかすると本当に何もなかったのかもしれない。でも、もしかするとルイースが東ドイツとの関係を意図的にハンスには隠していたのかもしれない。でももしそうだとしたら、なぜ？」

「そうだな。スウェーデン人が東ドイツに旅をすることは別に禁じられてはいなかった。スウェーデンは東ドイツと通商取引もあった。だが、一方、当時東ドイツ市民がスウェーデンを訪れることは難しかったかもしれない。ベルリンの壁はまさに東西の自由な行き来を妨げるために作られたものだったからな」

「ベルリンの壁が築かれたのは、わたしの知らない時代よ。わたしはベルリンの壁が崩壊したのは憶えているけど、築かれたのは知らないから」

会話はそこで途切れたのだった。廊下からドアが開閉される音が聞こえてきた。ヴァランダーはフォン＝エンケの失踪に関して集めた情報を一つ一つ順を追って見ていった。そして、一時的であれ一つの結論をここで出すことは可能だと思った。経験から言って、失踪がこれほど続いていることから、死亡したと見ていいだろう。しかし、それでも、もう少しの間、生きているものとして捜索してみよう。

ヴァランダーはファイルを閉じ、椅子に背中を預けて考えた。もしかするとフォン＝エンケはあの窓のないユーシュホルムの部屋で話をしたときすでに自分はまもなくいなくなると知っていたのではないか？　彼の言葉からおれが何か感じ取ってくれるといいと思っていたのかもしれない？

ヴァランダーは椅子に座り直した。捜査はまったく動きがない。ヴァランダーは苛立っていた。パソコンでネットサーフィンを始めた。自分が何を探しているのか、はっきりわからなかったが、海軍の一般公開資料を次々に見ていった。ホーカン・フォン＝エンケの海軍におけるキャリアを見た。滞りなく出世していったが、飛躍的な昇進はなかった。フォン＝エンケと同年に海軍に入隊した人物たちの中には飛び級クラスで昇進した者たちもいた。およそ一時間ほどそのような資料を見たのちに、ヴァランダーはモニターに映っている一枚の写真に目を留めた。それは外国の武官級の軍人たちのために外務省が開いたパーティーの一光景だった。数人の若い武官たちに混じってホーカンがいた。まっすぐにカメラを見て笑っている。自信のありそうな、オープンな笑顔だった。ヴァランダーは昔のその写真を穴が空くほど見つめた。少しはっきりしてきたような気がした。この写真はおれがユーシュホルムで会った苦悩する男の正体を語っていると思った。

そのとき部屋のドアをノックする音が聞こえて、ヴァランダーはギクリとした。応える前にドアが開いた。ニーベリだった。水色のジャケット、頭にはハンチングをかぶっている。ヴァランダーが部屋の中にいることに気づいて、入り口で足を止めた。

「誰もいないと思ったよ。誰もいない部屋に明かりがついているのを見たら消すことにしているんだ。ドアの前まで来ると明かりが見えるからな。あまり意味のないことなんだが、エネルギーの無駄遣いはよくないと思ってさ」

「部屋の中に誰もいないと思ったのなら、なぜノックしたんだ？」

ニーベリはハンチングを脱いで頭を掻いた。これは昔からの彼の癖だ、とヴァランダーは思った。当惑したときにいつも彼は頭を掻く。おれにもあるのだろうか、困ったときにする癖が？

「いや、それには答えようがないな。単なる癖なんだろう。人の部屋に入るときはドアをノックするという。あんたはいま休暇中じゃなかったのか？」

「ああ、そうだ。ただ、リンダの相手の親たちの失踪事件のことが気になってね」

ニーベリはうなずいた。ヴァランダーはすでに何度かニーベリにはフォン＝エンケ夫妻のことを話していた。ニーベリはいっしょに働くには必ずしも与しやすい相手ではなかったが、彼の意見にはヴァランダーはいつも耳を傾けていた。ニーベリの激しやすい気性は有名だった。

この頃ではめったにヴァランダーはそういう場面に遭遇することもなかったが、法医学者や鑑識の連中は相変わらずニーベリの癇癪には手を焼いているらしい。

ニーベリはまだハンチングを手にして戸口に立っていた。

「もしかするとあんたはおれがクリスマスには退職することを知らないんじゃないか？」

「ああ、知らなかった」

「もう十分に働いたと思ってさ」

ヴァランダーは本心から驚いた。彼は何の根拠もなく、ニーベリは雨の日も風の日も犯罪現場で証拠を求めて泥の中を捜し回っているものと勝手に思い込んでいた。ニーベリは以前結婚していたことがあって、子どもも二人いる。しかしヴァランダーにとって彼はいつも緑色のハンチング帽をかぶり、ときに怒りを爆発させる鑑識官、しかも仕事に関するかぎり彼と肩を並べられる者はいないと言ってもいいほど優秀な専門家だった。

「退職？　そのあとどうするんだ？」ヴァランダーが訊いた。

「イースタから引っ越すつもりだ」突然ニーベリの声が元気になった。「遠くへ。イースタからはるかに遠いところへ」

「どこへ、と訊いてもいいかな？　スペインとか？」

ニーベリは悪い冗談を聞いたという顔でヴァランダーの顔を見返した。ヴァランダーはここでニーベリの有名な怒りの爆発が起きるかと思わず身構えた。

「おれがスペインで何をする？　いやいや、スウェーデンの北部、ノルランドへ移るんだ。すでにヘリエダーレンとイェムトランドの間に廃屋と言っていいほど古いがなかなかいい家を買ってあるんだ。数キロメートル四方、家が一軒もないところだ。見渡すかぎり、森林さ」

「しかしあんたはスコーネの人間だろ？　ヘッスレホルム生まれじゃなかったか？　そんな深い森で何をしようというんだ？」

「誰にも会わないで静かに暮らしたいんだ。森の中は風もなく静からしい」

「長続きしないと思うよ。どこまでも地平線が広がるようなところに慣れているあんたには」

「いや、昔からの憧れなんだ」ニーベリはかまわずに言葉を続けた。「森が。向こうへ行ってみて、その家を見た瞬間、ここだ、ここに住みたいと単純に思ったんだ。他に言いようがない。あんたはいつまで働くつもりだ？」

　ヴァランダーは肩をすくめた。

「わからない。ここで、この部屋で働く以外の生活はいまのところ考えられない」

「そうか。おれはそうじゃないな」とニーベリ。「おれはこれから猟銃の使い方を習うつもりだ。もう一つ、おれは回想録を書くつもりなんだ」

　ヴァランダーは驚いた。

「本を書くのか？」

「おかしいか？　面白い話は山ほどある。それに、今日日《きょうび》、この分野に関する関心は高まっているからな」

　ヴァランダーはニーベリが本気で言っているということがわかった。ただ単に回想録を書き残すだけでなく、それを出版するつもりなのだ。

「おれのことも書くつもりか？」

「いや、あんたのことは書かない」ニーベリは愉快そうに言った。「だが他の連中は逃げられんな。例えば警察の日常の仕事も知らない人間を署長に送り込むという愚策などだ。仕事が終わったら、明かりを消すの忘れるなよ」

ニーベリが踵《きびす》を返して廊下に出ようとしたところをヴァランダーは呼び止めた。訊かずにはいられない問いがあった。

「あんたは何か考えるとき、頭のてっぺんを掻く癖があるが、おれにも何か癖があるか？」

ニーベリは彼の鼻を指差して言った。

「あんたは鼻の両脇をこする。ときには鼻が真っ赤になるまでな」

ニーベリはうなずいてあいさつすると、部屋を出て行った。この男がいなくなったら寂しいだろうとヴァランダーは思った。さらに、自分もまもなく、いやすぐにも退職後のことを考えなければなるまいと思った。いつまでこの仕事が続けられるのだろうか？　退職したら何をしよう？　もちろん森の中に引っ込むつもりは毛頭ない。考えるだけでゾッとする。回想録を書くつもりもない。それには忍耐力が必要だ。何より言葉が必要だ。おれは両方とももっていないとヴァランダーは思った。

退職したら何をするかという疑問に答えが見つからないまま、ヴァランダーは部屋の窓を開け、ふたたびパソコンに向かい、ホーカン・フォン＝エンケの人生を探り続けることにした。予期しなかった分野に目を向けて情報を得ることに決め、東ドイツについて読み、ホーカンとステン・ノルドランダーの両方ともが参加していたバルト海南部で行われたスウェーデン海軍の演習報告書も読んだ。もっとも長い時間を費やしたのは一九八〇年代の潜水艦事件に関する記載だった。ヴァランダーはそこで読んだ人物名、できごと、それに関するホーカン・フォン＝エンケの考察を抜き書きした。だが、それでもホーカン・フォン＝エンケという人物についてはなんらかのシミも傷も見つけることはできなかった。それはルイースに関しても同様だった。彼女の勤め先のフレンチ・スクールを訪ねたときも目を引く情報は得られなかった。そうなのだ。この二人に関してはシミもほころびも見つからない。リンダは後ろ指一つ指されない立派なブルジョアを義理の両親に選んだものだとヴァランダーは思った。少なくとも表面上は。

十一時半、ヴァランダーはあくびをし始めた。ネットサーフィンはもう限界だった。が、そのとき突然彼は体を前に傾け、モニターに見入った。それはあるタブロイド紙の一九八七年の年頭の記事だった。ストックホルムのプライベートなパーティー会場を取材した記事で、そこにはしばしば海軍高官たちがお忍びでやってくると聞いた新聞記者が潜り込んで書いたものだった。そのパーティーにはごく限られたメンバーだけが出入りし、記者がインタビューした者たちは全員がそっぽを向いて何も答えなかったという。だが一人だけ記者の質問に答えた人間がいた。その会場でウェイトレスとして働いていたファニー・クラーストルムという女性だった。そのパーティーに出入りしていた将校たちはパルメ首相の悪口を言い合い、踏ん反り返った横柄な態度をとっていたため、嫌気がさした彼女はその職場を辞めたという。もっとも頻繁《ひんぱん》にそのパーティーに参加していた人物の一人にホーカン・フォン゠エンケの名前があった。

ヴァランダーは二面にわたるその記事を印刷した。そこにはファニー・クラーストルムの写真も載っていた。およそ五十歳ぐらいだろうか。ということはまだ存命である可能性がある。ジャーナリストの名前も書かれていた。そこはユーシュホルムの館に続いて、フォン゠エンケに関連してヴァランダーが知った二番目のパーティー会場ということになる。印刷した新聞記事を折りたたんでポケットにしまった。

ある職種の内で秘密のパーティーが開かれるというのは、それまでにも聞いたことがあった。警察関係でもあったらしいが、ヴァランダー自身は一度もそのような集まりに声をかけられたことがなかった。一度だけリードベリが、月に一度スヴァンネホルム城のレストランでタダで飲み食いできるパーティーがあるから行くかと訊かれたことがあるが、その話はそれっきりだった。

ヴァランダーはパソコンを閉じて部屋を出た。廊下を半分ほど歩いたとき、気がついて部屋に戻り、電気を消した。帰りも来たとき同様に地下から署を出た。その前に地下にあるロッカーから家で洗おうと汚れたタオルと靴を取り出した。

外の駐車場に出ると、夏の夜の暖かい空気を胸いっぱい吸い込んだ。まだ長生きするつもりだった。まだ季節の移り変わり、夏の夜の暖かさに生きる歓びを感じる。

家に戻ってようやく寝入ってからは、モナが出てくる不安な夢を見たりしたが、翌朝目が覚めたときはすっかり元気になっていた。急いで起き上がり、体いっぱいに湧き上がるエネルギーを大事に使おうと思った。まだ八時前だったが、ヴァランダーはテーブルに向かい、二十年以上も前に海軍高官たちの秘密のパーティーのことを書いたジャーナリストを探し始めた。

何度かそのジャーナリストの電話番号をネットで調べようとしたが、パソコンそのものがうまく起動せず、仕方がなく彼は助けを借りることにした。リンダか、マーティンソンか。後者を選んだ。子どもの声が電話に応えた。マーティンソンの孫だった。ヴァランダーがどう説明しようかと迷っているうちに、電話口にマーティンソンが出た。

「いまのはアストリッドですよ。三歳になる。赤毛で、少ししかないじいさんの髪の毛を引っ張るのが大好きでね」

「パソコンが壊れているんだ。ちょっと手伝ってもらえるかな?」

「折り返し電話していいですか?」

五分後、マーティンソンが電話してきた。ヴァランダーは彼にジャーナリストの名前を言った。トルビューン・セッテルヴァル。マーティンソンはすぐにその人物を探し当てた。

「三年遅かったですね」マーティンソンが言った。

「どういう意味だ?」

「ジャーナリスト、トルビューン・セッテルヴァルは三年前に死んでます。ちょっと不審なエレベーター事故で。五十四歳で、妻と三人の子どもを残している。エレベーター事故って、どういうんですかね？」

「吊り紐が切れてエレベーターそのものが落ちたとか、ドアに挟まったとか？」

「あまり役に立たなかったようですね」

「もう一人調べてほしい人物がいる」ヴァランダーが言った。「こっちの方が難しいかもしれない。この人物が死んでいる確率は高いかもしれないからな」

「名前は？」

「ファニー・クラーストルム」

「やはりジャーナリスト？」

「いや、ウェイトレスだ」

「やってみましょう。確かにこっちの方が難しそうだ。でも、名前があまり一般的じゃない。ファニーもクラーストルムも」

ヴァランダーはマーティンソンが検索している間、待った。マーティンソンは鼻歌を歌いながらキーボードを打っている。近頃ではいつも不機嫌なマーティンソンだが今日は機嫌がいいらしい。このまま続くといいが、とヴァランダーは思った。

「ちょっと時間をください。思ったよりかかりそうだ」

二十分も経たないうちにマーティンソンは電話をかけてきた。ファニー・クラーストルムは現在八十四歳で、スモーランド県のマルカリドにあるリルゴーデンという高齢者施設の一人部屋に住んでいることがわかったと言った。

「どうやって調べた？　それがおれの探している人物であるのは確かか？」

「ええ、百パーセント確かです」

「なぜそんなことがわかるんだ？」

「話したからですよ、彼女と直接」マーティンソンが言った。「電話をかけたんです。五十年もの間、ウェイトレスの仕事をしていたと言っていました」

「すごいな。いつか、どうやって調べたのか、教えてくれ」

「ネットで人物サーチするだけですよ」マーティンソンが言った。

ヴァランダーはファニー・クラーストルムの住所と電話番号を書き留めた。マーティンソンによれば声は年取ったしゃがれ声だったが、頭ははっきりしているということだった。


ヴァランダーは電話を切ると、外に出た。素晴らしい天気で、空が青く澄みきっていた。トンビがゆっくり羽ばたきながら宙に止まっていて、下の畑にいる小動物に狙いを定めているようだ。ヴァランダーはニーベリのことを思った。深く生い茂った森に移り住むのを楽しみにしているニーベリ。自分は何を望んでいるのだろう？　いま住んでいるこの家以外に。何もない、と思った。冬、暖かい国に旅行するくらいのことはできそうだ。スペインに小さなアパートでも買うか？　いや、とすぐに打ち消した。知らない人間たちに囲まれて、言葉もたどたどしくしか話せないのだ。これから言葉を習うのは億劫《おっくう》だ。どう考えても、やはりここスコーネが自分の最後の居所となりそうだ。この家にできるだけ長い間住むのだ。それができなくなったら、あとはさっさと逝きたい。自分が恐れるのは、最期が来るのを待つだけの状態、もはやいままでの暮らしができなくなって死を待つだけの暮らしだ。

結論を出した。マルカリドへ行って、ファニー・クラーストルムに会おう。自分が何を聞き出そうとしているのかは定かでなかったが、記事に書かれていることを読んで、もっと知りたいという好奇心が湧いたことは確かだった。古い地図を開いてみた。マルカリドはイースタから車で三時間もあれば行ける距離にあった。

リンダと電話で話してから、出発した。リンダはヴァランダーの話を聞くと、自分も行きたいと言った。ヴァランダーはこの夏一番の暑さが予想されている日に、クラーラを連れて車で遠出するなんてもってのほかだと怒った。

「ハンスが今日は家にいるのよ。彼がクラーラをみてくれればいいの」

「それなら別の話だ」

「いっしょに来てほしくないんでしょ。話し方でわかるわ」

「なぜそんなことを言う?」

「なぜって、本当だからよ」

じつは本当だった。ヴァランダーはスモーランド県の森の中を一人で車を走らせるのを楽しみにしていた。車で一人旅をするのは彼の数少ない楽しみの一つだった。一人で車で出かけ、自分だけの考えに沈み、ラジオもかけず、好きなときに好きなところに停まるひとり旅。

リンダにはみんな間抜けなのだと思った。

「嫌なやつと思うか?」

「別に。でもときどき私の好みとは違うと思うことはあるけど」

「人は親を選ぶことはできないからな。もしおれが変なやつなら、それはお前のじいさんから受け継いだものさ。親父は本当に変わったやつだったからな」

「うまくいくといいわね。帰ってきたら、そのファニーという人のこと、教えてね。あ、それにもう一つ、あなたはすごく頑固だって言わせて」

「お前は頑固じゃないとでもいうつもりか?」

リンダは低く笑った。

「ええ。わたし、頑固という言葉の綴《つづ》りさえ知らないわ」

午前十一時、ヴァランダーは車でスモーランド県に向かった。二時間後、ランチを食べにエルムフルトにある大型家具店イケアのレストランに入ったが、あまりの混みように不機嫌になり、そそくさと食べてすぐに車を出した。そのあと道を間違えたため、予定よりも一時間遅れてマルカリドに着いた。ガソリンスタンドで場所を聞いてようやくリルゴーデン・サービスハウスにたどり着いたのだった。車を降りて建物を見たとき、ニクラスゴーデンに瓜二つだと思った。シグネ・フォン゠エンケの叔父だと言ってシグネを訪ねてきた男は、あのあとまた来たのだろうか。時間ができたらチェックしてみようと思った。

青いつなぎの作業服を着た年配の男が逆さまにした草刈機の上にかがみこんでいた。草刈機の歯に絡まった草を棒でつついて掃除している。ヴァランダーはファニー・クラーストルムの部屋はどこかと男に訊いた。男は背中を伸ばして立った。言葉がスモーランド地方の方言で、ヴァランダーにはよくわからなかった。

「一階の一番端《はし》だ」

「元気なのか?」

男はヴァランダーをジロジロと見た。疑り深そうな視線だった。

「ファニーはだいぶ年取って、くたびれてるよ。あんたは誰だ?」

ヴァランダーは警察官の身分証を取り出したが、そのとたん、後悔した。年老いたファニーを警察官が訪ねてきたなどと心ない噂を流される元になるようなことをしてしまった。だが、後悔はすでに遅かった。青い作業着の男は警察官の身分証をまじまじと見て言った。

「あんた、スコーネの人間だな。その方言でわかる。イースタか?」

「見てのとおりだ」

「それで、なんでまたマルカリドまできたんだ?」

「いや、これは警察官としての仕事ではない」とヴァランダーは口調を和らげて言った。「個人的な訪問と言っていいものだ」

「ファニーは喜ぶだろうよ。ほとんど訪ねてくる者がいないからな」

ヴァランダーは草刈機を顎でしゃくって言った。

「あんたはイヤーマフを使うべきだな」

「おれには騒音は聞こえないんだ。若いとき炭鉱で働いていたから爆発音には慣れているのさ」

ヴァランダーは建物に入って、廊下を左に曲がった。老人が一人窓の前に立って、呆然として外を見ていた。目の前に朽ち果てた古い建物があった。ヴァランダーはぶるんと身震いした。パステルカラーできれいに花が描かれた表札の前まで来て立ち止まった。一瞬ではあったが、このまま帰りたいと思った。だが、意を決してベルを押した。

25

ファニー・クラーストルムはドアを開けた。まるで一千年も待っていたかのように、ドアベルが鳴るとすぐにドアを開け、満面の笑顔で彼を迎えた。ヴァランダーは、ファニーが背中を押して部屋の中に案内する間に、おれは心から待たれていた客なのだと思う余裕はあった。まるで失われた世界に足を踏み入れたような気がした。

部屋はすぐそばでハンノキを薪ストーブで燃やしているような匂いがした。それは少年のころ短い間ではあったが参加したボーイスカウトを思い出させるものだった。あるとき、彼の属していたグループが冒険に出かけ、湖のそばにキャンプ小屋を作った。おそらくクラーゲホルム湖だっただろうと思う。それはのち、警官になってから事件捜査の対象となった湖だったが、とにかくそこで少年たちは新しく切り倒して薪にしたばかりのハンノキを燃やした。いや、ちょっと待て。本当にスコーネ地方の湖のそばにハンノキが生えていたのだろうか？　これはあとで調べよう、とヴァランダーは思った。

ファニー・クラーストルムは髪を青く染めて上品に化粧していた。まるで日頃から予期せぬ客を歓迎しているような顔だった。笑顔になると、素晴らしく美しい歯がずらりと見えた。ヴァランダーは羨ましいと思った。十二歳のときに虫歯にかかって以来、歯はヴァランダーのもっとも弱いものの一つだった。まだほとんどが自分の歯ではあったが、歯医者はもっとよく歯磨きをしないといまに歯が一本もなくなるぞといつもヴァランダーを脅していた。ファニー・クラーストルムは八十四歳だったが、まだほとんどの歯がきちんとあって、まるで二十歳であるかのようにピカピカと光り輝いていた。ファニーは彼の名前を訊かなかったし、何の用事かとも訊かずに、よく手入れされた観葉植物が窓辺や棚の上に飾られた居間に彼を迎え入れた。どこにもチリ一つない。ここにいるのはまだちゃんと生きている人間だと思わせる部屋だ。コーヒーはいかがと勧める声にヴァランダーはうなずき、勧められるままソファの一隅に腰を下ろした。

ファニーが隣のキッチンに姿を消したあと、ヴァランダーは立ち上がり、壁に飾られた額縁入りの写真を一つ一つ見ていった。一九四二年と記されている結婚写真には、ファニーは髪をぴったりと撫で付けたスーツ姿の男といっしょにおさまっている。同じ男がもう一枚の写真にも作業服姿で港に横付けされた船の上に写っている。そのまま壁の写真を見ていき、ファニー・クラーストルムには子どもが一人いるとわかった。コーヒーカップがカチャカチャとぶつかり合う音が響いて、ヴァランダーはソファに戻った。

ファニー・クラーストルムはしっかりした手つきでコーヒーをカップに注いだ。一しずくもこぼさぬその落ち着いた手つきは、仕事で長い間培った技がいまでも忘れられていないことを語っていた。コーヒーを注ぎ終わると、ファニーはそのままヴァランダーの向かい側の古い一人がけの椅子に腰を下ろした。どこからともなく灰色の毛の猫が現れて彼女の膝に座った。ファニーはコーヒーカップを手に取った。コーヒーの味は強く、ヴァランダーはむせてしまった。咳き込んだため、目に涙が浮かんだ。ようやく咳がおさまったのを見計らって、ファニーは紙ナプキンを渡してくれた。涙を拭きながら、ヴァランダーはナプキンにホテル・ビリンゲンという名前が印刷されていることに気がついた。

「今日こちらにうかがったわけを話すところから始めましょうか」とヴァランダーは切り出した。

「優しい人はいつでも歓迎するわ」とファニー・クラーストルムは言った。

その発音は間違いなくストックホルムの人のそれだった。ヴァランダーはなぜ彼女がストックホルムからこんなにも離れているマルカリドで人生の最期の時を過ごすことにしたのか興味をもった。

目の前のテーブルには刺繍《ししゅう》が施されたテーブルクロスがかけられていた。ヴァランダーは新聞記事のコピーをその上に置いた。ファニーは記事を読もうともせず、ただそこにある二つの写真をちらりと見ただけだった。それで十分だったらしい。ヴァランダーはそのまますぐに話に入りはせず、部屋の壁に飾られている写真をいかにも興味がありそうに指差しながら話しかけた。彼女はそれを受けて話し始めたが、その様子にはためらいがなかった。自分の人生を言葉少なにまとめて話す感じだった。

一九四一年、ファニーは、当時の苗字はアンダーソンだったが、アルネ・クラーストルムという若い船員に出会った。

「それは情熱的な出会いだったわ。わたしはグルーナルンド遊園地からの帰りでユールゴーズフェリーに乗っていたの。スルッセンで船を降りようとしたとき、わたしはつまずいて転びそうになったの。そのとき助けてくれたのが彼なのよ。あのとき転びかけなかったらどうなっていたのかしらね。まさに私たちその瞬間に恋に落ちたのよ。恋に落ちたって表現があるでしょう? そのとおりだったわ。そしてその恋はぴったり二年間だけ続いたの。私たちは結婚した。わたしは妊娠し、アルネは最後の瞬間まで貨物運搬船の乗組員を続けるかどうか迷っていた。当時、どれほど多くのスウェーデンの海の男たちが魚雷の爆発の犠牲になったか、憶えている人は少ないかもしれないけど、本当に大勢が死んだのよ。スウェーデンは戦争の直接の当事者じゃなかったのにね。アルネはおれは大丈夫と思っていたと思う。わたしも何か起きるなんて考えたこともなかった。息子のグンナーは一九四三年の一月に生まれた。一月十二日朝の六時半に。アルネはそのとき家にいたのよ。だから生まれたての息子を一度だけ見たことがあるの。九日後、彼の乗った貨物船は北極海で魚雷と衝突して粉々に飛び散った。乗組員も船も何も見つからなかったの」

ここで彼女は言葉を止め、静かに壁の写真に目を移した。

「あそこにいるのが残されたわたし」と、しばらくして彼女はまた話し始めた。「失われた情熱と息子といっしょに。他の人といっしょになろうともしてみたわ。まだ若かったし。でもどの人もアルネのようじゃなかった。彼は本当に特別だったの、わたしにとって。生きてるときも死んでからも。他の人と引き換えにはできなかった」

ファニーはそこまで話すと静かに涙を流した。ヴァランダーは喉が詰まった。少し前に渡された紙ナプキンをそっと彼女の方に押し返した。

「ときどき、いっしょに悲しんでくれる人がいればいいと思うことがあるわ」と涙を浮かべた目でヴァランダーを見ながらファニーは言った。「一人だから孤独に耐えられないのかもしれないと思うの。いっしょに泣いてくれる人がいれば、とね。でも、まったく知らない人を家に招かなければならないなんてね」

「息子さんは？」ヴァランダーはそっと訊いた。

「息子はこの国の北端のアビスコに住んでいるの。ここからはだいぶ遠いのよ。一年に一回会いに来るんだけどね。一人で来ることもあるし、妻と子どもたちがいっしょのこともある。息子はアビスコに移ってきてくれと言うんだけど、遠すぎるのよ。それに北スウェーデンは寒すぎるし。年取ったウェイトレスは脚がむくむし、寒さには耐えられないの」

「息子さんはアビスコでなにをしているのかな？」

「林業らしいの。植林でしょうかね、木の数を数えてるって」

アビスコはニーベリが引っ越したいと考えている地域から遠いのだろうか、とヴァランダーは考えた。たぶんそうだろう。アビスコはラップランドにあるんではなかったか？

「だが、あなたはここマルカリドに落ち着いた」

「ええ。子どものころ、ここに住んでいたのよ。ストックホルムへ移る前のこと。本当は来たくなかったの。わたしがここに移ってきたのは、わたしにもまだ意志がある、頑固だってことを見せたかったからなの。それにここは安いのよ。ウェイトレスの仕事じゃ大きなお金を蓄えることなんかできないからね」

「ずっとウェイトレスの仕事で？」

「ええ。ずっと。コップ、グラス、皿、厨房からテーブルへ、テーブルからまた厨房へ、止まることのない仕事。ベルトコンベアーよ。いろんなレストランやホテルで働いたわ。一度などノーベル賞の晩餐会でも仕事をした。アーネスト・ヘミングウェイのテーブルを受け持ったこともあるのよ。ヘミングウェイは一度だけだけどわたしの方をはっきり見た。わたしは彼に、戦時中船舶で死んだ人たちの悲惨な死について書くべきだと言いたかった。ほとんど口に出かかったけど、もちろん、言いはしなかった。確か一九五四年だったと思う。すでにアルネがなくなってから長かったし、息子のグンナーは十代になりかかっていたわ」

「ときどきプライベートのパーティーでも給仕をしていたとか？」

「ええ。職場を替えるのが好きだったのよ。それに、わたしはレストランの主任が不公平なことをしたり、間違ったことをしたりしたら、黙っていなかった。わたしにとってだけでなく、同僚たちのためにダメなことはダメと言った。だからいろんな職場でクビになった。あの時代、組合活動もしていたわ」

ヴァランダーはいまだと思った。

「このプライベート・パーティーの話をしてくれませんか？」と言って、新聞記事のコピーをテーブルの上に出した。ファニーは首から下げていた老眼鏡を鼻の上にかけ、ちらりと記事を見たが、またすぐに眼鏡を外した。

「ちょっと言い訳させて」ファニーは笑いながら言った。「この嫌なやつらの給仕の仕事はとても手間賃がよかったの。わたしみたいな貧しいウェイトレスにとって、あそこでの一晩の仕事は一ヵ月分にも相当したのよ。あいつらは帰るとき、チップに百クローナ札をばらまいて帰ったものよ。そう、実入りがよかったわね、そういう晩は」

「そのパーティー会場はどこにあった？」

「ストックホルムのウステルマルム。記事に書いてない？　そこはペール・エングダールのナチス支援運動と深い関係があった男の経営するところだった。まったく恐ろしい思想の持ち主だったけど、料理に関しては一流だった。その男、アルゼンチンに逃げたドイツのナチス高官たちのプライベートシェフとして働いて金をたんまり溜め込んだの。ハイル・ヒトラーとか言ってさ。そして一九五〇年代の終わりころスウェーデンに帰ってきて、そのパーティー会場を買ったのよ。いま話していることはすべて、よく言われる〝確実な情報筋〟から聞いた話よ」

「誰です、それは？」

ファニーは答える前に少しためらった。

「エングダールの運動から退会した男たち数人」

ヴァランダーはファニーの背景について自分は何も知らないことに気がついた。

「あなたは組合運動だけでなく、政治的な活動もしていたんですね？」

「わたしは活発な共産主義者《コミュニスト》だった。ある意味で、いまでもそうだと言えるわね。連帯《ソリダリティ》という考え方はいまだにわたしの信じるところだから。わたしの考えではそれは疑問を持たずに信じられる政治的真実よ」

「それは働く場所と関係ある？」

「わたしは党から頼まれてたの。保守的な海軍将校たちがプライベートのときに何を話しているかを知ることは意味のあることだった。むくんだ足のウェイトレスが耳を大きくしているとは誰も思わないでしょ」

ヴァランダーはファニーの言葉の意味を考えた。

「そのとき聞いた話の中に、何か不審なことがありましたか？」

涙はすでに止まっていた。ファニーは笑いをこらえている顔で言った。

「不審な点？　あのね、言っとくけど、ファニー・クラーストルムはスパイじゃなかったのよ。もしあなたがそう考えているのなら、間違い。それにしてもなぜ警察はそういうややこしい表現をするのかしらね。わたしは帰ってから党の仲間とその話をしただけよ。市街電車の運転手とか店員たちとかの会話を報告する人たちもいたわ。それと同じ。一九五〇年代には私たち共産主義者のことを国の裏切り者のように見る人たちもいたのよ。社会民主主義者たちだって同じ態度だったわ。もちろん、私たちは売国奴なんかじゃなかった」

「それじゃ、いまの問いは忘れてください。しかし私は警察官だ。仕事の上で訊くこともあるんです」

「でも、この話はもう五十年も前のことよ。その当時人が何を言ったか、わたしが何を聞いたかなど、とっくに時効でしょうよ」

「すべてがそうだというわけではない」ヴァランダーが口を挟んだ。「歴史は必ずしも過去のことばかりではない。我々のあとについてくるものでもあるのですから」

その言葉に対して、ファニーは何も言い返さなかった。ヴァランダーはいま言ったことをファニーが理解したのかどうかわからなかった。ヴァランダーはふたたび話題を新聞記事に向けた。ファニー・クラーストルムは話し相手がほしいのだ。今回は自分がここに来たことで話題が何にせよ話が長くなることは確実だろう。

いまの彼女の状態が自分の未来の姿なのだろうか？

歳をとり、孤独で、出会った人が誰であれ、可能なかぎり引き止める。それが自分の未来の姿か？


ウェイトレス、ファニー・クラーストルムは記憶力抜群だった。新聞に載っている灰色の色あせた写真を見て、制服を着た海軍将校たちほぼ全員の名前を言うことができた。そのコメントはまさに容赦なかった。痛烈に、ズバリと人を描写する言葉に事欠かなかった。例えば海軍司令官のスーネソンはいつも意地悪い侮蔑的な言葉で人を酷評していたが、ファニーに言わせれば〝話はつまらなくて、ただただ下品なだけ〟だったということになる。その上スーネソンはパルメ憎悪軍団の代表者と言ってもいいくらいのパルメ嫌いで、〝あのソ連のスパイ〟を殺《や》っつける方法を公言するのも憚らなかった。

「スーネソン司令官に関しては嫌な思い出があるのよ。パルメが路上で射殺されてからわずか二日後に、例の司令官たちが食事会を開いたの。食事の席でスーネソンは立ち上がり、ようやくオーロフ・パルメは死んでくれた、これで生きている人間たちに悪害を与えないで済むようになった。殺されたパルメに乾杯を！　と同席した人たちに呼びかけたのよ。一言一句今でもはっきり憶えているわ。あいつに熱いソースでもかけてやりたかった。ものすごく不愉快な晩だったわ」

　ヴァランダーはホーカン・フォン＝エンケを指差した。

「この男はどうでした？」

「あの中ではましな方よ。飲みすぎることはなかったし、めったにしゃべらなかった。だいたいは人の話を聞いていたわね。わたしに対しても礼儀正しい人の一人だった。ちゃんとわたしを見て話をする人だったわ」

「しかし、パルメに対する憎悪は？　ソ連に対する恐怖は？」

「それはどの人も同じだったわ。全員がスウェーデンは北大西洋条約機構《NATO》に属すべきという意見だった。スウェーデンがそれに加わらないのは恥だと思っていた連中よ。あの人たちは、スウェーデンは核兵器を所有するべきだという考えだった。核兵器を積んだ潜水艦が数隻あれば、スウェーデンは自衛できるとね。あの人たちは何の話でも神と悪魔の戦いに変えてしまってた」

「そこでは悪魔は東から来ると決まっていた？」

「そう。そして神様は西のアメリカというわけ。古くは一九五〇年代当時から言われていたことだけど、アメリカの航空機がスウェーデン領空を通るとき、政府当局は警告さえ出さなかったって。政府と防衛省の間に暗黙の了解があって、アメリカの航空機はスウェーデン領空を自由に出入りできるということだったらしいの。アメリカの飛行機はスウェーデン領空を飛ぶのに必要なコードを知っていて、それを使ってスウェーデンの空を自由に飛んでいたらしい。アメリカはノルウェーにあった空軍基地からスウェーデンの上を通ってソヴィエトへ向かって飛んでいたというわけ。この話を聞いたとき、私たちは本当に驚き、騒然となったことを憶えているわ」

「潜水艦の方はどうだったんですかね？」

「もちろんそれは常に話題に上ってたわね」

「カールスクローナの外海にいた潜水艦のこと？　それとホーシュフィヤルデンの近くの潜水艦のことも？」

ファニーの答えはヴァランダーを驚かせた。

「その二つはまったく別の話ね」

「え？　それはどういうことですかね」

「カールスクローナの外海の海底にいたのはソ連の潜水艦だった。でもホーシュフィヤルデンの海中にいたのはどこの船だったのか最後まではっきりした証拠がなかったらしい。その正体は謎に包まれていた。わからなくてもいい、というような雰囲気があった」

「ちょっと待て。いまのはどういう意味?」

「彼らはかわいそうなソ連の潜水艦の艦長のために乾杯をしていたわ。なんという名前だったか」

「グスイチン」

「それそれ。かわいそうなグッセ、とみんな言ってたわね、当時。彼は酔っ払っていてスウェーデン領の海だという区別もつかなかったんだと。これで、スウェーデンの領海に潜り込んでかくれんぼしていたのはソ連の潜水艦だってことになったわけね。でもホーシュフィヤルデン近くにいた潜水艦に関しては、あの男たちは決して冗談にはしなかった。誰も乾杯なんかしなかった。わかる? この違い」

「つまり、ホーシュフィヤルデン近くをうろちょろしていたのはロシア人たちじゃなかったということ?」

「これ、何の証拠もないのよ。そうだともそうでないとも」

ファニー・クラーストルムはそのままヴァランダーがほとんど知らなかったことを微に入り細に入り話し始めた。〝冷戦《コールド・ウオー》〟とか〝非同盟〟とかいう概念は彼にとって内容のない言葉の組み合わせに過ぎなかった。ヴァランダーは自分の歴史に関する知識はとんでもなく少ないことを知っていたし、知っているふりもしなかった。いままで正直言って、ヴァランダーは歴史に興味さえなかったのだったが、いまファニー・クラーストルムが話すのを聞いて心底面白いと思った。

「そこに集まった軍人たちに、一人として他の考えを持った人はいなかった。いい？　軍人たちは集まりさえすればいつも、まるでスウェーデンはもう戦争下にいるような話し方をしていたのよ。そう、ソ連とね。もしかすると我が国の領海を脅かしているのはアメリカかもしれないなどという考えはまったくなかったと思う」

「そのパーティーというか食事会の目的はなんだったのかな？」

「集まって美味しい食事をし、美味しい酒を飲んで〝スウェーデンの比類なき優位性〟を脅かす政治家の悪口を言うこと。この〝スウェーデンの比類なき優位性〟という言葉は本当によく使われていたものよ。社会民主党は第一の敵だった。オーロフ・パルメは確信的な社会民主主義者だと誰もが知っていたときに、彼らはいつもパルメを〝コミュニスト〟と呼んでいたのよ」

ヴァランダーは断ったにもかかわらず、ファニー・クラーストルムはもう一杯コーヒーを、と言って立ち上がった。彼はすでに胃の具合が悪かったのだが。ファニーがコーヒーを持って戻ってきたとき、ヴァランダーは訪問の本来の目的を言った。

「その夫婦のこと、新聞で読んだような気がする」とファニーは、ヴァランダーの話を聞いてから呟いた。

「妻の方、ルイースは、最近ストックホルム郊外で死体で発見されたんですが」

「かわいそうに。何があったのかしら？」

「殺されたと見られている」

「なぜ？」

「まだ理由はわかっていない」

「それで、夫の方は？　この新聞の写真の人よね？」

「そう、ホーカン・フォン＝エンケ。彼について何か思い出すことがあったら、非常にありがたいのだが」

ファニー・クラーストルムは考え込んだ。その目は写真に注がれていた。

「あまり思い出せないわね。さっき話したことぐらいよ。それである程度彼の人となりはわかるんじゃない？　彼は騒ぐタイプじゃなかった。たいていは静かに座っていた。大酒を飲んでしゃべりまくる連中とは違っていた。いつも微笑んでいたのは憶えているわ」

ヴァランダーは額にしわを寄せた。彼女の言うホーカンのイメージは違うのではないか？人違いか？

「彼が微笑んでいたというのは確か？　私の印象ではいつも深刻な顔をしていた人だが」

「もしかすると違っているかもしれないけど、一つだけ、彼は戦争賛成者でなかったことは確かよ。それどころか、平和の重要性を語る、あの中では少数者だった。それを憶えているのは、私が関心があったからよ」

「何に？」

「平和に。私は一九五〇年代から核兵器反対で、スウェーデンは核兵器を持つべきではないという運動をしていたから」

「ホーカン・フォン＝エンケはつまり、平和論者だった？」

「ええ、わたしはそう憶えている。でも、これは本当に昔の話よ」

「他にも何か憶えていることは?」

ファニー・クラーストルムは本気で思い出そうとしていた。その間、ヴァランダーはコーヒーを飲むふりをし、クッキーをつまんだ。そのとき口の中で歯の詰め物が外れて落ち、すぐに歯が痛みだした。詰め物を紙ナプキンで包むと、ポケットに入れた。夏だから歯医者もきっと夏休みをとっているだろう。いま行けばきっと緊急の歯科クリニックに紹介されるに違いない。おれの体は少しずつ壊れていくのだろうかとヴァランダーは苛立った。もっとも重要な器官がダメになったら、もう終わりということか。

「アメリカだわ」とファニーが急に声をあげた。「何かあると思った」

それはファニー・クラーストルムの頭に引っかかっていたことだった。深く記憶に残っていることだったので、一部始終はっきり思い出すことができた。

「その連中のために働いた最後のころの話。連中はもっと若くて、ミニスカートの、足のむくんでいないウェイトレスをご希望だったようで。わたしはむしろありがたかった。海軍将校たちに食事や酒を給仕するのはほとほと嫌になっていたから。毎月の第一火曜日がその食事会だった。たしか一九八七年の春、三月だったと思うわ。そのころ左手の小指の骨を折ったので疾病休暇をとっていて、ちょうど職場復帰したところだったから、その火曜日の夜のことはよく憶えているの。食後のコーヒーと食後酒はいつも壁の四方が本棚で厚い本が収まっている奥の部屋で振る舞われるの。その部屋のことははっきり憶えている。わたしは本を読むのが好きだったから。あるとき、少し早く到着したので、テーブルを用意する前に、わたしはその部屋に入ったのよ。そして本を見ようとしたの。驚いたわ。本は一冊もなかった。すべて背表紙だけで、空っぽだったの。レストランの所有者か、そこをデザインした建築家はそういう背表紙だけの見せかけの本を買っていたのね。わたしはそこに集まっている人たちにますます敬意を感じなくなったものよ」

ファニー・クラーストルムはここで座り直した。話の脱線を正すかのように。

「その晩、突然スパイの話が持ち上がった。ちょうどわたしはその部屋に高級コニャックを持って入り、グラスに注ぎ始めたところだった。もちろん、彼らがスパイの話をするのはそのときが初めてではなかったわ。有名スパイのヴェンネルストルムはもっとも好まれた話題だったし。酔っ払うと、あいつを殺してやると言って手を挙げたのは一人や二人じゃなかった。憶えているわ、たしか、フォン・ハルトマンという名の司令官があいつをバラライカ紐でゆっくり首を絞めて殺してやると言ったのを。そのとき突然、いま思えばあなたの言うそのホーカン・フォン＝エンケという人が話しだしたの。なぜ誰も、アメリカのスパイもスウェーデンにうようよいるかもしれないとは言わないのかとその場にいた男たちに訊いたのよ。反応は物凄かった。何人かの将校はフォン＝エンケの国家に対する忠誠を疑って詰め寄った。もちろん、全員が酔っ払っていたのよ。おそらくフォン＝エンケ以外はね。そんな反応にフォン＝エンケは激しく怒り、食事会を中座して帰っていったわ。誰かが食事会の途中で帰るなんてことは、わたしがそこで給仕していたかぎり、一度もなかったことよ。そのあと彼が戻ってきたかどうかは知らない。そのあとまもなく若い女の子たちが呼び入れられたから。わたしがこのときのことをはっきり憶えているのは、いうまでもなく、わたしも仲間たちもその人と同じ意見だったからよ。もしソ連がスウェーデンにスパイを送り込んでいるのなら——実際本当にそうだったらしいけど——アメリカが何もしないでいるわけはないじゃないの。でも、あのとき、スウェーデンの海軍将校たちはそれを真っ向から否定したのよ。あるいは全員がシラを切ったということかもしれないけどね」

ファニーは立ち上がり、もう一度コーヒーを勧めた。ヴァランダーはカップの上に手を置いて断った。彼女がまた腰を下ろしたとき、そのむくんだ脚と盛り上がった静脈の筋がはっきり見えた。海軍将校たちのカップにコーヒーを注ぐ彼女の姿が目に浮かんだ。

「そうね、思い出したわ、この話。少しは役に立つかしら？」

「もちろん。どんなに小さな情報でも事件の解決の役に立つものだから」

ファニーは老眼鏡を外すと、ヴァランダーをまっすぐに見た。

「彼も死んでいるのかしら？」

「それはわからない」

「彼女を殺したのは彼かしら？」

「それもわからない。だが、もちろんそれもあり得ると思う。いや、なんでもあり得るのだ」

「そうなのよ」と言ってファニー・クラーストルムはため息をついた。「夫が妻を殺す。そしてそのあとすぐ後追い自殺するつもりでいる。でも、怖くなるのよ、たいていい」

「そう」とヴァランダーはうなずいた。「それはよくあること。いざとなると、臆病になる男は大勢いる」

ファニー・クラーストルムは急にまた泣きだした。両眼の端《はし》に細い涙の筋ができた。ヴァランダーはまた喉が詰まった。孤独は美しいものではない。ここに一人、何も言わない写真に囲まれて、孤独だけが道連れの女性がいる。

「以前は決して泣かなかった」と言って、ファニーは頬の涙を拭った。「でもね、あの人、私の元に帰ってくるのよ、年取るごとにますます頻繁《ひんぱん》に。あの人、深いところで私を待っているんだと思うの。わたしを下から引っ張るの。まもなくわたしも逝くわ。十分にもう生きたという気がするの。それでも疲れ切った年老いた心臓が打ち続けるの。そして、わたしの秋が終わったら、他の人の春が始まるのよ」

「それ、賢い一句に聞こえるな」

「そうでしょう」と言って、ファニーはにっこり笑った。「おばあちゃんは一人のとき、上手な詩を考えるのよ」

ヴァランダーは立ち上がり、礼を言った。ファニーは車まで送っていくと言ってきかなかった。歩くのが大変なのがわかった。草刈機の修理をしていた男はもういなかった。

「夏は人恋しさを連れてくるの」と言ってファニーはヴァランダーの手を取った。「わたしの夫は死んで六十年になるけど、わたしはいまでもあの人を恋しく思っているわ。まるで出会ったときと同じように。わずか二年の短い時間いっしょに過ごしただけなのに。警察官にもそのような経験があるのかしら？」

「ありますよ。もちろん、ありますとも」

　ファニーは外に出てきて車を見送り、手を振った。この人と二度と会うことはないだろう、とヴァランダーは思った。マルカリドの町を出て、ファニー・クラーストルムを訪れたあとの落ち込んだ気分を振り捨てようとしたが、彼女の言葉、夫は妻を殺すが、臆病すぎて後追い自殺はできないと言った言葉が気になってならなかった。ホーカンが妻のルイースを殺害したのかもしれないという考えは、東ドイツからの亡命者ヘルマン・エーベルと会ったとき最初に頭に浮かんだことだった。動機はわからない、証拠もない、手がかりもない。たくさんある可能性の一つに過ぎない。だが、ファニー・クラーストルムがこの言葉を口にしたことで、それまで頭の片隅にあったこの不確実な想定を確かめなければならなくなった。スモーランド県の森の中を車で走りながら、ルイースが他ならぬ夫に殺されたのだとしたら、どのような事情がその背景にあったのだろうと考え始めた。

　だが、あまりにも漠然としていてなにもわからなかった。

　その晩、ベッドに横たわってからも、しばらくファニー・クラーストルムのことが頭から離れなかった。

26

電話がけたたましく鳴ったとき、ヴァランダーはまだ眠っていた。それは父親の家にあった古い電話で、家が売りに出されたとき彼はセンチメンタルな理由でそれを自分のところに持ってきて使うことにしたのだった。応えないことに決め込み、眠ろうとしたが、しまいに仕方なく起きだして受話器を取った。イースタ署の受付の若い女性だった。古くから受付にいたエッバは何年も前に定年退職し、娘一家が住んでいるマルメ市街に引っ越した。ヴァランダーはまだその若い受付嬢の名前を覚えていなかった。もしかするとアンナかもしれないが、確かではなかった。

「いまこちらに女性が一人来ています。あなたの住所を知りたいと。本人の了承を得ないと住所を教えられない規則なので。外国の方です」

「ああ、教えていいよ。おれの知り合いの女性はみんな外国から来てるのさ」

軽口を叩いてから、彼は歯科医を探しに電話をかけ始めた。三箇所目でようやく、今日、しかも午前中に見てもらえる歯科医をつかまえることができた。

歯科医の治療を受けて家に戻ったのは十二時近かった。ランチの用意でもしようかと思っているときにドアベルが鳴った。ドアを開けてすぐに、そこに立っている女性が誰かわかった。

最後に彼女に会ってから長い年月が経っていた。恐ろしいほど変わり果て、年老い、青ざめてはいるが、それは間違いなくラトヴィアの首都リガの女性バイバ・リエパ、その人だった。

「ああ、そういうことか！　署で住所を訊いたのは君だったのだね？」

「ええ。お邪魔かしら？」

「そんなこと、あり得ないだろう」

バイバの肩に手をかけ、抱き寄せて、その痩せ方に驚いた。二人が短いけれども情熱的な恋愛関係をもってからもう十五年以上も年月が経っていた。ヴァランダーが最後に連絡してからも、少なくとも十年は経っている。そのときは酔っ払って真夜中に電話をかけたのだ。それを後悔し、金輪際彼女に連絡しないと決心したのだった。いま目の前のバイバを見、彼の感情は一気によみがえった。バイバは彼の一生で一番激しく愛した相手だった。彼女に会ったことでモナとの関係も客観的に見ることができるようになった。彼はバイバと初めて恋の楽しさと切なさを経験したといってよかった。あのころ、彼は本気で新しい生活をしようと思っていた。バイバと結婚したかった。が、彼女はノーと言った。彼女の亡くなった夫も警官だった。もう一度警官と結婚して、もう一度未亡人になりたくないと言った。

いま、二人は彼の家のリビングの真ん中に向かい合って立っていた。ヴァランダーはバイバが時空を超えて戻ってきたということがまだ信じられなかった。

「もう一度会えるとは思っていなかった」

「あなたは一度も連絡をくれなかったわ」

「そう、しなかった。終わったものは終わったと思わなければならなかったから」

ソファに彼女を座らせて、自分もその隣に腰を下ろした。そのとき急に何かがおかしいと感じた。顔色が悪すぎる、痩せすぎている、動きが鈍すぎる。疲れているだけではないようだ。

バイバは昔からそうだったように、すぐに彼の観察を察知した。そして彼の手を取った。

「あなたにとても会いたかった。会わなくなると、もう永遠に会わないのだと思うものだけど、それは嘘。ある日目が覚めて、何も過ぎていないのだとわかるの。大事だった人は、決していなくならないものなのよ」

「何か大事なことがあってきたのだろう」とヴァランダーは言った。「君がわざわざ会いに来るなんて、しかもこんなに時間が経ったいま」

「紅茶が飲みたいわ。本当にお邪魔じゃない？」

「ここには僕以外には犬が一匹いるだけだ」

「娘さんは元気？」

「娘の名前、憶えている？」

バイバは傷ついた顔でヴァランダーを見た。この人は傷つきやすい人だったと彼は思い出した。

「わたしが本当にリンダという名前を忘れたと思ったの？」

「僕に関係することはすべてきれいさっぱり忘れたのかと思った」

「一つだけ、あなたのことでわたしが嫌いだったことがあるの。人が真剣に話しているときに、大げさなことを言うの。それ、おかしいでしょう。かつて愛した人のことをきれいさっぱり忘れるなんてこと、できるはずないでしょう」

ヴァランダーは立ち上がった。キッチンで紅茶を淹れようと思った。

「いっしょにキッチンでお茶を淹れるわ」と言って、バイバは立ち上がった。

その動きがいかにもゆっくりで大儀そうだったので、ようやくバイバは病気なのだとわかった。

バイバは鍋に水を入れ、湯を沸かし始めた。まるでいままでここに住んでいたかのような慣れた手つきだった。ヴァランダーは母親の形見の紅茶カップを出した。母の形見はそれしか残っていなかった。二人はキッチンテーブルに向かい合って座った。

「きれいに住んでいるのね。あなたが田舎に移り住みたいと言っていたこと憶えているわ。でも、きっとそうはならないだろうとわたしは思っていたものよ」

「僕も実現するとは思っていなかった。犬を飼うことだって同じだ」

「なんという名前、彼女」

「いや、これは彼なんだ。名前はユッシ」

話が途切れた。ヴァランダーはそっと気づかれないように彼女を見た。キッチンに差し込む夏の強い日差しの中で、彼女はますますやせ細って見えた。

「結局わたしはリガから一度もよそに移り住まなかった」とバイバは急に語り始めた。「よりいいアパートに二回移り住んだけど、両方ともリガの市中。田舎に移り住むなんてこと、わたしには考えられなかった。小さいとき、わたしは父方の祖父母の家に送り込まれたことがあったの。数年間。とても貧しい暮らしで、ラトヴィアの田舎と聞くと、わたしはいつもあの貧しさを思い出すの。今ではきっと違うんでしょうけどね」

「以前、君は大学で働いていた。いまは何をしているの？」

バイバはすぐには答えず、ゆっくりと静かに紅茶を飲み、それから飲み干したカップを脇に置いた。

「わたしはエンジニアの教育を受け、エンジニアの資格を持っているの。もう忘れた？　あなたに会ったころわたしは工科大学で文献を翻訳する仕事をしていたわ。でも、いまはもうその仕事はしていない。いまはね、病気だから」

「どうした？　どこが悪いの？」

バイバは静かに答えた。その口調はまるで別に大したことではないと言いたげな、静かな普通の調子だった。

「死ぬの、がんで。でもいまはこれ以上話したくない。どこか、ちょっとの間、横になれるところないかしら？　とても強い鎮痛剤を飲んでいるので、眠いの」

バイバはソファの方へ歩きだしたが、ヴァランダーは数日前にシーツを替えたばかりの自分のベッドへ連れて行った。シーツを伸ばしてきちんと整えてから彼女を横にならせた。頭が枕の中に沈んでほとんど顔が見えないほどだった。バイバはかすかに微笑んで言った。

「前にこのベッドに何回か寝たことあったような気がする」

「そのとおり。このベッドは古いんだ」

「それじゃ安心してここでちょっと眠るわ。一時間でいいの。警察署で訊いたら、あなたは夏休み中だと言ってた」

「寝たいだけ寝ていいよ」

いまの言葉が聞こえただろうか、それとももう眠ってしまったか。なぜ彼女はおれに会いに来たのだろう？　おれはもう死とか惨めなことに関係したくない。アル中のモナ、ハンスの母親は殺されたかもしれないとか、もうたくさんだ。ヴァランダーはそう思ったとたんに後悔し、ベッドの足の方に腰を下ろした。バイバとのかつての激しい恋愛のことが思い出され、胸が張り裂けそうになった。バイバには死んでほしくない。生きてほしい。いまなら警察官ともう一度いっしょになって暮らすことも考えられるのではないか？

ヴァランダーは外に出て、庭の椅子に腰を下ろした。しばらくして、ユッシを犬小屋から出した。バイバの車は古いシトロエンで、ナンバープレートにはラトヴィアの番号が並んでいた。携帯を手に取ると、リンダからの受信があった。電話をかけるとリンダは嬉しそうに声を弾ませた。

「知らせたいことがあったの。ハンスがボーナスをもらったのよ。二十万クローナほど。それで家を改築しようと思って」

「そんなにもらうほどの仕事をしたのか？」ヴァランダーの苛立った声が響いた。

「どうして？　彼がそんな働きをしなかったとでもいうの？」

ヴァランダーはバイバがラトヴィアから自分を訪ねてきているとリンダに話した。リンダは黙って、その女性がいまベッドに横たわっているとヴァランダーが言うのを聞いた。

「その人のこと、写真で見たことがあるわ。ずいぶん前に、その人のこと話してくれたわね。でもママの話では、その人、ラトヴィアの売春婦だって」

ヴァランダーは頭に血が上った。

「お前の母親はときどきひどいことを言う。そんなこと言うとは、まったく恥知らずの人間だ。バイバはモナにはない素晴らしいところがたくさんある人だ。いつモナはそんなことを言ったんだ？」

「そんなこと、憶えているはずないでしょ」

「電話をかけて、金輪際付き合わないと言ってやる」

「それで何が変わると思うの？　ヤキモチを焼いただけでしょ。そういうとき人はバカなことを言うもんよ」

ヴァランダーは嫌々ながらそれを認めた。そしてバイバはいま病気なのだと言った。

「そう。それでお別れにきたの？　悲しいことね」

「おれも最初そう思った。思いがけず彼女に会って驚いたし嬉しかった。だがそれから何分も経たないうちに悲しくなった。おれはこの頃死と惨めなことばかりに出会う」

「いつだってそうだったでしょ」リンダが言った。「警察学校で最初に学ぶことが死とどう向き合うかだもの。そもそも私たちを待ち構えている未来ってどういうもの？　でも希望はあるわよ。クラーラがいるじゃない」

「いや、おれはそれを言っているんじゃない。老いるということをどう感じるかだ。それはそっとやってきておれの背中に爪を立てるんだ。おれの周りには、もともと少ない友達が逝く順番を待って立っている。親父が死んだあとはおれがその列の先頭に立っているんだ。わかるか、おれの言っていることが。クラーラが列の一番後ろで、おれが一番前なんだ」

「クラーラが駆け寄ってくるとすれば、それはおじいちゃんが好きだから。それが一番大事なことよ」

「こっちに来てくれ。おれにとって本当に大事な唯一の女の人に会ってほしい」

「モナ以外に、でしょ？」

「もちろんだ」

リンダは一瞬考えたようだ。

「いま、友達が来てるの。ラケルよ。憶えてる？　彼女、いまはマルメ署で働いてるの。クラーラは彼女に慣れているのよ」

「クラーラを連れてこないのか？」

「ええ、一人で行くわ。できるだけ早く行くわね」

リンダが来たのは三時過ぎで、いつものように猛スピードでやってきて、ヴァランダーの家の敷地の中で急停車した。車の鼻先がバイバの車にほとんどぶつかるところだった。リンダはスピードを出しすぎるとヴァランダーはいつも心配していた。と同時に彼女が車で来ると彼は安心もした。オートバイよりはよかったからだ。そのことはことあるごとに彼はリンダに言った。それに対してリンダは鼻先でフンと嗤《わら》うだけだった。

バイバは起きていて、紅茶をまた一杯飲んでいた。彼女が腿の内側に注射を打つのを物陰から見て、彼はいたたまれなくなった。すべては終わったのだ、二度と彼女と愛を交わすことはないとはっきりわかった。

バイバはバスルームに長い時間とどまり、出てきたときは少し元気そうに見えた。

バイバとリンダがあいさつを交わしたのはヴァランダーにとっては大きな記念すべき瞬間だった。何十年も前にラトヴィアで初めて会ったときのバイバを思い出した。

リンダはまったく自然にバイバをハグして、父親の最愛の人に会えて本当に嬉しいと言った。ヴァランダーは当惑したが、内心この二人が会う機会ができて良かったと思った。モナには腹が立ったが、もし彼女がいまここにいたら、そしてリンダがもしクラーラを今日ここに連れてきていたら、彼の人生でもっとも大切な女性四人が集まったことになったのだ。これは記念すべき日だ、と思った。暖かな夏の良い日、老いが音もなく容赦なく近づいてくるいま。

バイバがまだ何も食べていないと聞くと、リンダはオムレツを作れと命じてヴァランダーをキッチンに送り出した。開いている窓からバイバの笑い声が聞こえてきた。それはかつての自分たち二人のことをまざまざと思い出させ、ヴァランダーは胸が詰まった。自分はかなりセンチメンタルになっていると思った。そういうことはめったになかった。酔っ払ったとき以外には。

庭に出て、涼しい日陰で食事をした。ヴァランダーはリンダがラトヴィアに行ったことがないと言ってバイバにいろいろと質問するのを聞いていた。短い時間だが、それはまるで家族のような瞬間だった。だが、それもすぐに終わる。そしてそのあとにもっとも難しい問いが残る。そうだ。このあとに果たして何が残るかという問いだ。


リンダは一時間ほどして帰っていった。帰る前に彼女はクラーラの写真をバイバに見せた。

「おじいちゃんに似てくるかもしれないわね」とバイバが言った。

「とんでもない。そればかりはやめてほしい」とヴァランダー。

「いまのは嘘よ」リンダが追いかけて言った。「孫よ、どうかおれに似てくれ、と本当は思っているんだから。それじゃ、またね」と言って立ち上がった。

バイバは何も応えなかった。リンダとは死の話はしなかった。

ヴァランダーとバイバは家には入らず、そのまま庭でそれぞれの人生を語り合った。バイバは多くの質問をし、ヴァランダーはできるかぎり答えた。彼女もまた一人暮らしを続けていた。バイバは医者をしていた男と十年ほど前に付き合ったのだが、半年も続かなかったという。子どもはいない。ヴァランダーはバイバがそれをどう思っているのか、わからなかった。

「わたしの人生はいい人生だったわ」と彼女ははっきり言った。「自由に外国と行き来できるようになったあと、わたしはずいぶん旅行をしたわ。きちんとした暮らしをし、新聞にときどき記事を書き、ラトヴィアに会社を設立したいという企業の手伝いをしたりした。中でもスウエーデンの銀行からは一番高額の支払いを受けた。その銀行はいまではラトヴィアーの銀行になっているわ。毎年二回旅行をして、昔あなたと出会ったころに比べたら、世の中のこともずいぶん知るようになった。いい人生だったと思うわ。一人で生きた、いい人生だった」

「僕の苦しみは、毎朝一人で起きることだった」とヴァランダーが言った。そう言いながらも、本当にそうだっただろうかという思いが頭の隅にあった。

バイバはおかしそうに笑った。

「わたしは一人暮らしだったわ。例の医者との短い共同生活のとき以外は。でも、だからと言って、朝目が覚めたときはいつもひとりぼっちだったとはかぎらなかった。特定の関係を持っていないからと言って、誰かといっしょに朝を迎えることができないわけじゃないのよ」

ヴァランダーはバイバのそばで目を覚ましたかもしれない男たちに一瞬激しい嫉妬を感じたが、何も言わなかった。

突然、バイバは自分の病気の話を始めた。昔からそうだったが、何か重要なことを話すとき、彼女は感情的ではなく、事実に沿って話した。

「あるとき急に疲れを感じたの。でもまもなくそれは単なる疲れではなく、何か背後に原因があっての疲れだと思った。最初、医者は何の問題も見つけられなかったのよ。燃え尽き症候群だとか歳のせいだとか言われて、数箇所で診てもらったけどこれという納得できる診断が得られなかった。最後にドイツのボンまで行ったわ。診断が難しいケースを専門にしている医者だった。様々な検査をした結果、わたしは非常に珍しい肝臓がんの一種にかかっていると言われた。わたしはその診断書をもってリガに戻った。そして、あらゆるコネを使ってすぐに手術をしてくれる医者、病院を探したわ。でもすでに遅かった。がんは転移していた。数週間前に、がんは脳にも転移していることがわかったの。最初のがんがわかってからまだ一年も経っていないの。クリスマスを迎えることはできない。わたしの命はたぶんこの秋までね。残り少ない時間をわたしは好きなように使うことに決めた。いままで訪ねたことのない場所に行き、会いたい人に会う。あなたはその一人。もしかすると一番会いたい人だったかもしれない」

ヴァランダーは突然声をあげて泣きだした。バイバがその手を取ったために、彼はますます感情的になってしまった。立ち上がると不意にその場を離れて家の裏に行き、少し落ち着いてから戻ってきた。

「あなたを悲しませるために来たんじゃないの。なぜわたしがあなたに会いに来たのか、わかってほしい」

「僕はあのころのことを一瞬たりとも忘れたことはない。あのときに戻れないものかと思うこともしばしばだった。いま、君が来てくれたから、直接訊きたいことがある。後悔しなかった?」

「あなたが結婚したいと言ったときにイエスと言わなかったのを?」

「僕はその問いをいつも胸に生きてきた」

「後悔しなかったわ、一度も。あのときもそれで正しかったし、いまだってそう思うわ。こんなに時間が経ったあとでも」

ヴァランダーは何も言わなかった。彼女の言うことが理解できた。警察官だった夫が殺されたばかりのときに、同じく警察官でしかも外国人の男と結婚することなど考えられるはずがない。その彼女を説得しようとした自分のことも思い出した。だが、もし立場が逆だったとしたら、自分はどう答えただろう？　自分はどういう選択をしただろう？

二人は何も言わずに長いことそこに座っていた。その後ようやくバイバは立ち上がり、ヴァランダーの頭を撫でると家の中に入っていった。痛みが戻ってきたのだろう。おそらくまた注射を打つのに違いないと思った。しばらく待っても戻ってこなかったので、家の中に行ってみると、バイバは彼のベッドの上で眠っていた。午後もだいぶ遅くなってから目を覚ますと、バイバは今晩ここに泊まっていいかと訊いた。ここからポーランド行きのフェリーボートに乗り、ラトヴィアまで車を運転して戻るのは明日にしたいと。

「それは君には無理な旅だ。車を運転して戻るなんて。僕が運転する。家まで送り届ける。帰りは飛行機で帰ればいいのだから」

バイバは首を横に振った。来たときと同じように一人で帰りたいのだと。ヴァランダーがそれでも強く自分が送ると言うと、彼女は突然怒りだし、彼に向かって声をあげた。そしてすぐにごめんなさいと謝った。ヴァランダーはベッドの端《はし》に腰を下ろして、彼女の手を取った。

「あなたが何を考えているか、わかるわ。バイバはあとどのくらい生きるのか、いつ死ぬのだろう、そう思っているのでしょう？　でも、わたしは少しでも危ないと思ったら、そもそもあなたに会いになど来なかった。おそらくあと二ヵ月ぐらいは大丈夫。もうこれでおしまいと思ったら、苦しみを長引かせたりはしない。錠剤も注射も持ってるわ。シャンパンを飲みながら死ぬつもり。奇跡的にこの世に生を受けたこと、生きたこと、そしてふたたび暗闇に戻ることに乾杯しながら」

「怖くはない？」

言葉が思わず口に出てしまい、ヴァランダーははっとした。いまにも死にそうな人に対してなぜそんな質問をしてしまったのか。だが、バイバは気を悪くした様子はなかった。彼女は以前から彼の不器用さに慣れていた。悪意があって言っているのではないと知っていた。

「いいえ、怖くはないわ。もう時間がないから、どうでもいいことに時間を使いたくないのよ」

そう言ってバイバは立ち上がり、家の中をゆっくりと見て回った。そして本棚の前で足を止めた。そこにかつてバイバからもらったラトヴィアの観光案内書があった。

「この本、あなた、一度でも読んだ？」と微笑みながらバイバは訊いた。

「もちろん。何度も繰り返し読んだよ」ヴァランダーが答えた。

それは本当だった。

その日ヴァランダーはバイバとゆっくりと過ごした。時計という時計が止まり、動きという動きが静止したような一日だった。バイバはほとんど何も食べず、一日中、ベッドに横たわりシーツにくるまって過ごした。ときどき自分で注射を打ち、近くにいてくれと言った。同じベッドに横たわり、見守り、ときどき話をし、彼女が話す気力もないときはただ黙って過ごした。あるいは、眠っているような、目を閉じた彼女をそっと眺めて見守った。ときどき彼自身も眠りに落ちたが、すぐに目を覚まし、その度にいつものベッドに他の人間がいることに驚くのだった。

バイバはときどき思い出したように身の上話をしたり、自分の国の発展について話をしたりした。

「当時の私たちはとても無知だった。憶えている？　リガの町の中で、ときに黒いベレー帽をかぶったソ連の兵士たちが銃を撃ちまくっていたのを？　当時わたしは、ソヴィエトは決してラトヴィアの自由を認めないだろうと思っていた。抑圧はいっそう厳しくなるに違いないと確信していた。最悪だったのは、誰の言葉も信じられなかったこと。隣人さえも信じられず、この人は誰の手先かしらと疑う日々だったから。私たちの周り、どこにでも入り込んでいたKGBに、誰が何を報告しているのかと。KGBはすべての人の動きを掌握している巨大な、そして唯一の耳だった。いま、実際はそうではなかったのだということがわかる。わたしが間違っていたのだと。そしてそれで本当に良かったと思っている。でもね、ラトヴィアがいまどこに向かっているのか、じつは誰も知らないの。資本主義は社会主義の、あるいは計画経済の問題を解決しはしない。民主主義はすべての経済的危機を解決しない。いまラトヴィアは自分たちの持つ経済力以上の暮らしをしているとわたしは思うの」

「しかし、ラトヴィアはバルトの虎《タイガー》といわれている国のひとつじゃないか？　アジアの国々のように強くなっているのではないか？」

バイバは苦々しい顔で首を振った。

「私たちは借金で暮らしているの。例えばスウェーデンから借りたお金で。わたしはこのことに詳しい専門家でもなんでもないわ。でも、スウェーデンの銀行が十分な担保もとらずにわたしの国に巨額の資金を貸してくれるのは心配なことよ。スウェーデンにとっても。これは一つの終わり方しかないと思う」

「破綻？」

「ええ、最大の破綻。スウェーデンの銀行も大きな被害を被るはず」

ヴァランダーは一九九〇年台の初めに二人が出会ったころのことを思った。ラトヴィアの人々は誰もが恐怖を抱いて暮らしているように見えた。あのときに起きたことのほとんど大部分は、いまでも彼にとって謎だった。表面上は大きな政治的な事象が劇的にヨーロッパを変えたように見える。それに続いてソ連とアメリカの関係も変化した。あの当時、ゴムボートに乗せられた男の死体が二体スコーネの海岸に漂着した事件を解決するためにラトヴィアへ行くようなことがなかったら、ヴァランダーはバルト海を挟んだスウェーデンの隣国であるバルト諸国が外国によって支配されているなどということは知らなかったし、考えたこともなかった。彼の年代、一九四〇年代後半、つまり第二次世界大戦のあとに生まれた人間の多くが、冷戦は実際に戦争だったこと、結果占領され抑圧された人々が多勢いたことをまったく見抜けなかったのはどういうことなのだろう？　多くの意味で、遠いアジアのベトナムの方がバルト沿岸の国々よりも近く感じられていたのではないか？

「それは私たちにとってもわからない、難しい問題だったわ」とバイバはそろそろ空が明るくなり始めたころに呟いた。「ラトヴィア人一人ひとりの後ろにロシア人がいると言われたものよ。でもロシア人の後ろにもまた誰かが立っていたのよ」

「誰が？」

「バルト諸国においてさえ、ロシア人はアメリカの振る舞いに影響を受けていたということ」

「一人ひとりのロシア人の後ろにはアメリカ人がいたということか？」

「そう言うこともできるわ。でも、あの当時いったいなにが起きたのかをロシア人の歴史家が語るまでは、誰も本当のことはわからないと思う」


すでに遠い過去になってしまっている当時の話をポツリポツリと話す中で、二人の会話は、そして出会いはプツンと切れた。ヴァランダーは眠りに落ちた。最後に時計を見たのは五時だった。約一時間後に時計を見たとき、バイバの姿はなかった。庭に走り出たが、彼女の車は消えていた。庭のテーブルの上に、小石の下に、写真が一枚挟まれていた。一九九一年の五月、リガの自由のモニュメントのそばで撮られたものだった。ヴァランダーはその瞬間を憶えていた。通りがかりの人に撮ってもらった写真で、体を寄せ合って、二人は微笑んでいた。バイバは頭を彼の肩に預けている。写真のそばに紙が一枚置いてあった。手帳から切り取られたと思われる小さな紙で、言葉はなく、ただハートの形が描かれていた。

ヴァランダーはすぐにイースタへ車を走らせ、ポーランド行きの船に乗ろうと思った。車に飛び乗り、エンジンをかけたとき、これはバイバがもっとも望まないことだということに気がついた。家の中に戻り、ベッドの上に横たわった。まだ彼女の体の温もりがあった。ぐったりと疲れを感じ、そのまま眠った。数時間眠って目を覚ましたとき、急にバイバの言った言葉を思い出した。一人ひとりのロシア人の後ろに誰かが立っている。ホーカンとルイースのことにヒントをもらったような気がした。一人ひとりのロシア人の後ろに誰かが立っている。

誰がホーカンとルイースの後ろに立っていたのだろう？　そして二人のうち、どっちがどっちの後ろに立っていたのだろうか？　答えは得られなかったが、この問いは重要だと思った。これはしっかり憶えておこうと思った。

双眼鏡を持って庭に出、庭師がときどき使うはしごを使って屋根に上った。海の上にポーランドへ向かう大きな白い連絡船が浮かんでいた。自分のもっとも鮮明で幸福な時代をいっしょに過ごした人があの船に乗っている。二度と戻らない人が。悲しみと痛みで胸がいっぱいになり、彼はしばらく動けなかった。

早朝のゴミ収集車がやってきたとき、彼はまだ屋根の上にいた。ゴミ袋を担ぎ出した市の作業員は屋根の上で体を硬くしている人間がいることにはまったく気づかない様子だった。

27

ゴミ収集車が立ち去った。ポーランド行きの連絡船は曇り空の地平線のかなたへ消え、ヴァランダーは胸に浮かぶ考えに我ながら震え上がった。長い夜のあと、バイバは行ってしまった。自分が眠っている間に連絡船へ向かって、永遠に向かって。永遠というものが本当にあるのかどうかはわからなかったが。バイバは未知の世界に向かって断崖絶壁から飛び込んでいったに近い。あと二ヵ月ほどの命、それ以上ではないと言っていた。

突然ヴァランダーは自分がはっきり見えたような気がした。自己憐憫《れんびん》に溢れたなんとも惨めな男。自分の家の屋根に座って、死ぬのはバイバであって自分ではない、それだけが自分にとって重要なことだと思っているのだ。

ようやく屋根から降り、ユッシを連れて散歩に出かけた。散歩。いや、それは逃避に近いものだったかもしれない。自分はこれだけのものだと彼は思った。仕事においてはよくできる男、頭の切れる男と見られてきたかもしれない。ずっと社会の良識の側に身を置こうとしてきた。もしそれに成功しなかったとしても、それは彼ばかりではない。挑戦してみる以外に何ができただろう?

空が曇ってきた。雨が降るかもしれないと思いながら、ユッシといっしょに散歩に出かけた。このあたりの麦畑は最近穫《と》り入れが終わったか、これからトラクターでの穫り入れを待っている状態だ。ヴァランダーは十五歩進むごとに何か新しいことを考えようとするのだが、どうしてもできなかった。それはリンダが幼いころによく二人でした遊びだった。しかしこの遊びは数年前、夏至祭のとき仮面パーティーを開いていた数人の若者たちを殺した犯人を追跡しているときに遊びではなくなったのだった。当時捜査は暗礁に乗り上げていて、彼は事件現場で、わずかに残っていた犯人の手がかりを読み取ることすらまったくできない状態に陥っていた。そのとき昔リンダとしたこの遊びが役立ったのだった。捜査の様々な段階で、実際に十五歩歩いては考え、答えを見出したのだ。いま彼は自分のこと、自分の生活、避けられない運命に対するバイバの勇気——彼自身にはないその勇気について十五歩ごとに考えながら、砂利道、道路の側溝に沿ってゆっくりと歩き、ユッシを先に自由に走らせた。

汗ばんできたので小さな水溜まりのそばに座り込んだ。あたりには古い農耕機具の片鱗が捨てられていた。ユッシは水溜まりをしばらく嗅いでいたが、少し飲んでからヴァランダーのそばに横たわった。雲が薄くなり、このあと雨は降らないだろうと思った。遠くに救急車のサイレンが聞こえた。いや、あれは消防車のサイレンだ。救急車でもパトカーでもない。目をつぶって、バイバの面影を追った。サイレンが近づいてきた。今や彼の背後のシムリスハムヌ方面へ行く道を走ってくる。屋根に上ったときに持っていた双眼鏡がまだ首から下がったままだった。サイレンはますますはっきりと聞こえる。ヴァランダーは立ち上がった。近所に火事が発生したのか？　ハンソン老夫婦のところでなければいいが。エーリンはまったく動けないし、夫のルーネは杖なしには歩けない。サイレンはいよいよすぐそばまで近づいた。ヴァランダーは双眼鏡を目に当てて、二台の消防車がちょうど自分の家の庭に停まったのを見て愕然とした。次の瞬間ユッシといっしょに走りだした。ときどき立ち止まって双眼鏡で自分の家を見た。その度にさっきまで自分が座っていた屋根まで炎が上がっているか、破れたガラス窓から火が噴き出しているのではないかと思ったが、何の変化もなかった。動きは車とサイレンと、消防士たちの姿だけだった。

心臓が破れそうなほど走ってようやく家に着くと、消防署の署長のペーター・エドラーがユッシの背中を撫でていた。ユッシはヴァランダーよりずっと早く着いていた。ヴァランダーが息切れしながらようやく到着すると、エドラーは苦笑いを見せた。他の消防士たちはすでに帰り支度を始めていた。ペーター・エドラーはヴァランダーと同年輩、そばかす顔で、その発音にかすかにスモーランドのアクセントがある。彼らはときどき仕事の関係で顔をあわせた。ヴァランダーは日頃から彼に敬意を感じていて、その乾いたユーモアが好きだった。

「消防士の一人が、ここはあんたの家だと知っていた」と、ユッシの背中を軽く叩きながらエドラーが言った。

「何が起きたんだ？」

「それはこっちの言うセリフだよ」

「火が出たのか？」

「いや、そこまではいかなかった。だが、危ないところだったよ」

ヴァランダーは眉を寄せてエドラーを見た。

「おれはずっと家にいて、三十分ほど前に犬を連れて散歩に出ただけだが」

エドラーは家の方を見ながら言った。

「いっしょに見るか」

家に入ったとたん、焦げた匂いが鼻をついた。焼けたゴムの匂いだ。エドラーが先に立ってキッチンへ行った。消防士の誰かが窓を開けてくれていた。電気の調理プレートの一つの上にフライパンが載っていて、そのすぐそばに黒焦げの鍋敷きがあった。エドラーはフライパンに顔を近づけて匂いを嗅いだ。フライパンからはまだ煙が出ている。

「卵を焼いていたか？　それともソーセージとジャガイモか？」

「卵だ」

「そして、火を消す前に散歩に出たか？　その上鍋敷きが調理プレートの上にあった。どこまでだらしないんだ、犯罪捜査官」

そう言ってエドラーは首を振った。二人はまた庭に出た。他の消防士たちはすでに車に乗り込んでいて、チーフを待っていた。

「いままでこんなことは起きたことがない」ヴァランダーが言った。

「ああ。二度と起きないようにすることだな」

そう言うと、エドラーは遠くへ目を向け、景色を見渡した。

「そうか。あんたはついに田舎暮らしを始めたわけだ。正直言って、おれはあんたが本当に田舎に移るとは思っていなかった。ここは眺めがいいなあ」

「あんたは町に残っているのか?」

「ああ、町なかの同じ建物に。カミさんは田舎に移りたいと言うが、おれは嫌だと言っているんだ。少なくとも仕事を続けている間は」

「あとどのくらい働くつもりだ?」

エドラーは面白くなさそうに肩をすくめた。手に持っていたヘルメットで腿を叩いた。まるでそれが武器であるかのような仕草だった。

「仕事ができる間は働くさ。いや、仕事をさせてもらえる間は、だな。たぶん、あと三、四年かな。そのあと何をするかはわからん。おれは家でゆっくりクロスワードパズルをするタイプではないことだけは確かだ」

「クロスワードパズルを作る方はどうだ?」とヴァランダーは言い、ヘルマン・エーベルのことを考えた。

エドラーは首を傾げてヴァランダーを見たが、何も訊かなかった。だが、ヴァランダーが今後何をするかには興味がある様子だった。自分と同じように苦々しい口調で語られることを期待しているようにも見えた。

「おれもたぶんあと数年は働くだろうな。そのあとはおれもお払い箱だろうよ。いっしょに仕事するか? 空き巣狙いや火事を未然に防ぐ方法などを講演して歩くチームでも作るか?

〝犯罪と火災から身を守るために〟とかいう会社でも立ち上げるか?」

「空き巣泥棒から身を守るなんてこと、できるのか?」

「難しいな。だが、空き巣泥棒が一軒家やアパートに入りにくくする知識や方法はある」

エドラーは顔をしかめてヴァランダーを見た。

「本気で言ってるのか?」

「ああ、その気はある。だが、泥棒は賢いぞ。子どもと同じだ。パッとすぐに次の手を考えるからな」

エドラーはヴァランダーが子どもを引き合いに出したことに疑わしそうに首を振り、消防車のドアを開けた。

「調理プレートの電源を切るのを忘れないことだな」と最後に言った。「だが、直接に消防署に連絡が入るタイプの火災報知器をつけたのはよかった。大火事になるところだったぞ。こういう家は燃えやすいからな。これがなかったら、あんたは真夏に黒焦げの焼け跡を見るところだった」

ヴァランダーは答えなかった。絶対に火災報知器をつけろとしつこく言ったのはリンダだった。クリスマスプレゼントだと言って火災報知器を買ってきて、それが取りつけられるのを見届けるまで動かなかった。

ユッシに餌を与えて、ちょうど草刈機のエンジンをかけようとしていたとき、リンダの車が庭に滑り込んできた。今回はクラーラといっしょではなかった。猛烈に興奮しているのがすぐにわかった。消防車と出会ったに違いないとヴァランダーは思った。

「消防車がこの道に入ってくるなんて何があったの？」

「道を間違えたらしいんだ」と嘘をついた。「近所の農家の納屋で電気のケーブルの故障があったらしい」

「近所の農家って、どこの？」

「ハンソンの」

「どこにあるの、その農家？」

「そんな説明必要ないだろう。お前は誰の家がどこにあるかも知らないじゃないか」

リンダはいつもの小さいリュックを手に持っていた。そしていきなりそれをヴァランダーめがけて投げつけた。頭をなんとか避けることができたので、リュックは彼の肩に当たった。ヴァランダーはそれを拾って激しくリンダに怒鳴った。

「何をする！」

「面と向かってそんな見え透いた嘘を言うなんて！」

「嘘じゃない」

「消防車はここに来たんじゃないの！　わたしは車を止めて、お隣さんと話したんだから。消防車が二台ここにやってきたと言ってたわ」

「調理プレートの電気を切るのを忘れてしまったんだ」

「寝ていたの？」

ヴァランダーは畑の方を指差した。ついさっき、ユッシといっしょに全力で走ったので、まだ足にその緊張が残っていた。

「ユッシと散歩していた」

一言も言わずにリンダはヴァランダーからリュックをむしり取ると、家の中に入っていった。ヴァランダーはこのまま車を出して、ここから逃げ出そうかと考えた。リンダはきっと彼の嘘を責め続けるだろうし、料理中の調理プレートを消さずに散歩に出かけたデタラメさを責めるだろう。ちっとやそっとではその怒りは収まらないだろう。彼は自分もまた彼女のしつこさに腹を立てるだろうと知っていた。それに、リュックサックの中に何が入っているのか知らないが、相当重いものだ。まだ投げつけられた肩が痛む。思えば、リンダが自分に対して暴力を振るったことはいままで一度もなかった。これが初めてだ。

リンダが家から出てきた。

「何週間か前に、話したこと憶えている？　雨が激しく降っていて、わたしがクラーラといっしょに来た日に」

「お前と何をいつ話したかなんて、いちいち憶えていられるか」

「あの子がもう少し大きくなったら、ここに泊まりに来られるって言ったわ」

「落ち着いて話をしよう」ヴァランダーが言った。「お前は火災報知器を取りつけろとうるさく言った。消防署に直結している報知器だ。確かにこれは機能することがいまわかったわけだ。

家は火事にならずに済んだ。おれは調理プレートを消し忘れた。お前にはそういうことがいままでなかったのか?」

答えは間髪を容れずにきた。

「クラーラが生まれてからは一度もないわ」

「お前が小さかったころは、おれにもそんなことはなかったよ」

仲直りは自然にできた。二人ともちっとやそっとではあきらめないファイターだったが、本気で戦うほどのエネルギーはなかった。リンダは庭の椅子に腰を下ろし、ヴァランダーはまだ立っていた。彼女の怒りが本当に収まったのかどうか、わからなかったからである。その心配そうな表情を見てリンダが言った。

「最近忘れっぽくなった?」

「忘れっぽいのは昔からだが、それにも限界がある。もしかすると忘れっぽいと言うのではなく、集中できないという方が正しいのかもしれない」

「以前よりも、ということ?」リンダが訊いた。

ヴァランダーは椅子に腰を下ろした。突然、嘘を続けることが嫌になった。

「じつはこういうことなんだ。突然、ある時間帯がなくなるんだ。パッと。消えてなくなるんだ」

「え? どういうこと?」

フールへ車で行ったときのことを話した。ヒッチハイクの女のことには触れないことにした。

「急に、そもそもなぜ自分がそこに来たのか、わからなくなった。まるで強く照らされていた部屋の電気が、突然何の前触れもなく消されたような感じだった。どのくらい暗闇の中にいたのかはわからない。まるで自分が誰なのか、わからなくなったような気がした」

「いままでもあったの、そういうことが？」

「うん。だが、今度ほど強烈ではなかった。医者にも行った。マルメの専門医に。疲れすぎだろうと言われた。まだ自分を何でもできる三十代だと思っているんじゃないかとも言われた」

「この話、なんだかよくない感じがする。他の医者にも行ってみたら？」

ヴァランダーはうなずいたが、何も言わなかった。リンダは家の中に入り、グラス二つに水を汲んで持ってきた。ヴァランダーは何気なく、そういえば警察は両親殺しのマルメの女を捕まえただろうかとリンダに訊いた。

「ヴェクシユーで捕まったそうよ。ヒッチハイクをしていた彼女を見て、怪しんだ人がいたんだって。その男はヴェクシユーの郊外でコーヒーをおごると言って車を降り、警察に通報したらしいの。その女は持っていたナイフを男の胸に刺そうとしたけど、失敗したということよ」

「お前はおれが死ねばいいと思ったことがあるか？」

マーティンソンは口が堅い。自分がフールまで彼女を乗せた話が広がっていないとわかって安心しながら、娘に訊いた。

「もちろんよ」と答えて、リンダは笑いだした。「何度もね。ついさっきも本気でそう思ったわ。じいさん、なにもかもわからなくなる前に死んでくれるといいって。子どもは親が死んでくれたら、って思うもんじゃない？　でも私が死んだらいいと思ったこと、ある？」

「一度もない」

「信じていいの？」

「ああ」

「これ、慰めになるかどうかわからないけど、モナが死んでくれたらいいと思ったことは度々あるわよ。でも、正直言うと、あなたたち二人が死んだらと思うだけで、恐ろしくなるわ。そういえば、ハンスと私、モナにリハビリテーション施設に入るよう説得することに成功したわよ」

ユッシが遠くの野原に野うさぎの姿を見たらしく、急に吠え始めた。父娘は黙ったまま、ユッシが金網から出ようとして吠えるのを見ていた。野うさぎは逃げ去り、ユッシは静かになった。

「じつは他のことを伝えようと思ってきたの」とリンダが突然話しだした。

「クラーラに何かあったのか？」

「いいえ。クラーラは元気よ。ハンスが今日は家にいて、クラーラを見ているわ。あなたも責任持ってと、押し付けてきたの。ハンス、内心喜んでいると思うわ。クラーラは彼のいるストレスだらけの会社とはまったく異次元の世界にいるから」

「そうか。じゃあ何か、別のことか？」

「わたし、昨日コペンハーゲンに行ってたのよ、友達二人と。マドンナのコンサートがあったの。わたしの青春のアイドル。すごくよかった！　そのあとレストランで食事して、わたしはホテルに戻った。ホテル・ダングレテール、すごいでしょ。ハンスが働いている会社の社員と家族はあの豪華ホテルに割引値段で泊まれるの。わたしはとても気分が高揚していたし、まだ眠くなかったのでストルーゲット通りを散歩することにしたの。遅かったけどまだ人が大勢歩いてた。わたしはベンチに腰を下ろして人通りを見ていたの。そのとき彼を見たのよ」

「彼？」

「ええ。ホーカン」

ヴァランダーは息を呑んだ。同時にリンダを凝視した。確信があることがわかる。まったく迷いがなかった。

「確かなんだな？」

「彼の姿だけじゃないの。顔も見た。一瞬だったけど。それに動くときの体の癖。両肩を少し持ち上げて、せわしない足取りで歩くの」

「どういう状況だった？」

「わたしはストルーゲット通りにある小さな広場——名前はなんというのか知らないけど——そこのベンチに座っていたの。彼はニーハヴンの方から来て、市庁舎の方向へ歩いていた。わたしが彼に気づいたのは、彼がわたしの前を通り過ぎたときだったの。まず首筋の髪の毛に目が留まった。それから歩き方、そしてコート」

「コート?」

「そう。ホーカンのコートよ」

「コートなど、どれも同じようなものじゃないか。ごまんとあるし」

「ううん。違うの。ホーカンのスプリングコートは特別なのよ。薄い布地で、色は濃紺、船員のレインコート風なの。うまく言えないけど、とにかくそれはまさにホーカンのコートだったのよ」

「それで、お前は何をした?」

「想像してみてよ! マドンナのコンサートに行ったのよ! 女友達との楽しい食事、暖かい夏の夜、子どもの泣き声と夫から解放された久しぶりの一人の時間にわたしは浸っていたのよ。そこで突然ホーカンの姿を見た。もしかすると呆然として十五秒ほど動けなかったかもしれない。それから飛び上がって、彼のあとを追ったわ。でももう遅すぎた。どこにも彼の姿はなかった。人混みだったし、いくつもの道が交差していたし、タクシーも通っていたし、レストラン街だから人の動きが激しかった。わたしは市庁舎広場まで走ったわ。そしてまた戻った。でも彼はどこにもいなかった」

ヴァランダーは水を飲み干した。この話は非現実的に聞こえるけれども、リンダの目は確かで、人違いをしたりしないことはふだんから知っていた。

「少し時間を遡《さかのぼ》ってみよう。いまの話では、お前が彼に気づいたとき、彼はすでにお前が座っていたベンチを通り過ぎていたんだな。だが、お前は彼の顔を見たと言った。彼は振り返ったのか？」

「そうなの。ちらっと後ろを振り返ったのよ」

「なぜそうしたのだろう？」

リンダは顔をしかめた。

「そんなこと、わかるはずないじゃない」

「いいや、これはじつに簡単な、当然な問いなんだ。彼は誰かに尾《つ》けられていると思っていたか？ 心配そうだったか？ 単なる偶然だったか、それとも何か音を聞いたのか？ 答えはいくらでもあるんだ」

「尾行されているんじゃないか、と思っていたかもしれない」

「思っていたかもしれない？」

「だって、わからないもの。でも、そう、やっぱり彼は誰かに尾行されているのを恐れて、確かめるために後ろを振り返ったのだと思う」

「心配そうだったか？ 恐れているようだったか？」

「それには答えられない。わからないから」

ヴァランダーはリンダの答えを復唱した。まだ二、三、聞かなければならないことがあった。

「彼はお前に気づいたか？」

「いいえ」

「どうしてわかる？」

「もしわたしに気づいていたら、顔をベンチの方に向けて振り返ったりしなかったはず」

「この話をハンスにしたのか？」

「ええ、話したわ。ハンスはとても感情的になって、わたしが人違いをしたのだと言ってるわ」

「ハンスは秘密裏に父親と会っている、なんてことはないんだな？　それも確かめたか？」

リンダは黙ってうなずいた。

太陽が雲に隠れた。遠くで雷の音がした。二人は家の中に入った。ヴァランダーは食事をしていけと勧めたが、リンダは帰ると言った。まさに帰ろうとしたとき、激しいにわか雨が降りだした。ヴァランダーは今週中に砂利を注文して、庭に敷き詰める決心をした。雨が降る度に泥の中を長靴で歩かなければならないのはもうたくさんだった。

「この話は、確かなのよ」とリンダは繰り返した。

「わたしがコペンハーゲンで見かけたのはホーカン。ピンピンしてた。彼、生きてるのよ」

「わかった。そういうことなのだろう。ホーカンは妻と同じ運命を辿ってはいなかった。彼は生きている。これですべてが変わる」

リンダはうなずいた。二人ともいまこれで、ホーカンが妻を殺したという可能性を除去することができなくなったとわかっていた。ここからは慎重に進まなければならない。ホーカンには他に身を隠さなければならない理由があるのか？　恐怖、あるいは何か他に、こちらにはわからない事情がある？　何かから逃げているのか？　なぜ彼は身を隠しているのか？

二人はしばらくそれぞれの思いに沈んでいた。にわか雨は降り始めたときと同じほど急に降り止んだ。

「その男がホーカンだとして、コペンハーゲンで何をしていたんだろう？　おれには答えは一つしか考えられない」

「ハンスに会うために来た、というんでしょう？　お金の問題があるとすれば、それを解決しにきた、と？　でも、ハンスはわたしに嘘をついていない。確信があるわ」

「それはおれも確信しているさ。だが、二人はまだ会っていないだけで、明日にでも会うかもしれない」

「そうしたら、わたしに話すわ、きっと」

「ああ、そうするかもな」とヴァランダーは胸に別の考えを抱きながら言った
「ハンスはそうしないかもしれないと思う理由は？」リンダが訊いた。

「忠誠心というものはいつも難しい問題なんだ。もしホーカンが息子に、自分に会ったことは誰にも言ってはいけない、リンダにさえも、と口止めしたとしたら？　そしてノーと言えない理由を息子に示したら？」

「もしハンスがわたしになにか隠し事をしたら、わたしはすぐに気がつくわ」

「おれは間違いなく学んだことが一つある」と言いながら、ためらいながら一歩、ぬかるんだ土の上に足を踏み出した。「他の人間の考えとか意見に関して、人は決して確信などもてない、もってはいけないということだ」

「そう？　それじゃどうしたらいいの？」

「当分の間、何も言わないこと。また、何も訊かないことだ。おれも、これはどういうことなのかよく考える。お前も考えるんだ。ただ、おれとしてはイッテルベリにはこのことを話さなければならないがね」

リンダを車まで送った。リンダは滑らないように彼の腕につかまった。

「この庭、どうにかしたら？　砂利を敷くとか？」

「ああ、それは考えている」

リンダは運転席に座ると、改めてバイバのことを口にした。

「本当にもうダメなの？　それほど悪いの？」

「ああ」

「いつ帰ったの？」

「今朝、早くだ」

「どうだった、彼女に会って」

「バイバは別れのあいさつをするためにやってきた。がんにかかっていて、もうじき死ぬ。おれがどう思ったかは、おれから聞く前に自分で考えてくれ」

「大変だったわね」

ヴァランダーはリンダに背を向けて、家の裏側に回った。泣きたくなかった。自分の弱さを娘に見せたくないからではなく、それは自分のためだった。自分の死について考えたくなかったからだ。それこそが彼がもっとも恐れていることなのだ。リンダが車を出していってしまうまで、彼はそこを動かなかった。娘は父親のそっとしておいてほしいという気持ちを理解した。

キッチンに入ると、いつも座る場所の向かい側の椅子に腰を下ろした。

リンダから聞いたホーカンのことを考えた。ふたたび出発点に戻ったわけだ。

ぐるりと一周したことになる。そうなのだ。いまはすべてが始まったところに戻ったことになる。

28

ヴァランダーは屋根裏に登るはしごの途中にいた。湿った空気とカビの臭いが流れてきた。この家の屋根は早晩全面的に張り替えなければならないとわかってはいたが、いまはまだいい。あと一年か、せいぜい二年先にはやらねばなるまい。

　探し物が入っている段ボール箱がどこにあるか、だいたいの見当はついていた。だが、別の段ボール箱が目に入った。ヘルシングボリの引っ越し屋のマークの入っているその段ボール箱には、彼が集めたLPレコードが入っていた。マリアガータンに住んでいたころはLPレコード用のプレーヤーを持っていた。だがしまいに壊れてしまい、直してもらおうとしたがうまくいかなかった。それで引っ越しのときに始末してしまったのだが、LPレコードの方は段ボール箱に入れて屋根裏に置いていたのだ。箱を開けて中の古いレコードアルバムを見ていった。アルバムの表紙の一枚一枚に思い出があった。はっきりと思い出せるもの、ぼんやりしか思い出せないもの、匂い、雰囲気。十代前半、彼は当時の人気グループ、スプートニクスの熱烈なファンだった。グループの最初の頃のレコード四枚を持っていたし、裏表紙の曲目名を見ると、曲全部をはっきり憶えていた。曲とエレキギターが彼の中で響いた。段ボール箱の中には、他にもマハリア・ジャクソンのレコードもあった。それは父親の絵を買い付けに来た、例の〝シルクライダー〟の男たちの一人からもらったものだった。彼は父親の絵を彼らの車に運ぶ手伝いをしたのだが、そんなときにそのレコードを褒美にもらったのだ。ゴスペルソングは驚きだった。『ゴー・ダウン・モーゼス』に大いに感銘を受けたものだ。いま、脳裏に最初のレコードプレーヤーが浮かんだ。スピーカーがプレーヤーの蓋の上についていて、針が埃に当たるジャリジャリという音といっしょに鳴り響いていた歌も。

気がつくと、エディット・ピアフのレコードを手にしていた。表紙はピアフの顔の大写しのモノクロ写真だった。それはモナからのプレゼントだった。彼女はスプートニクスが嫌いで、ストリープラーズとかスヴェン＝イングヴァーシュの方がまだいいと言った。だが、何よりもこの小さなフランス女性のシャンソンが好きだった。モナもヴァランダーもフランス語はまったくわからなかったが、二人ともピアフの声に魅了された。

ピアフの後ろにはジャズのレコード、ジョン・コルトレインがあった。これはどこで手に入れたものだったか？　思い出せなかった。段ボール箱から出してみると、そのレコードはほとんどかけられた形跡がなかった。音楽を思い出そうとしても、まったく音が浮かんでこなかった。コルトレインがサクソフォンを吹く音は聞こえなかった。

一番奥にオペラのレコードが二枚あった。『ラ・トラヴィアータ』と『リゴレット』だ。コルトレインとは正反対に、この二枚はほとんどボロボロになるほど何度もかけたものだ。

屋根裏の床に座り込んで、ヴァランダーはこの箱を下に降ろし、今後レコードプレーヤーを買ってきて聴くだろうかと自問した。だが、しまいに首を振り、屋根裏の隅の方に押しやった。

いま彼はテープかCDで音楽を聴いている。傷だらけのLPレコードなどいらない。このまま屋根裏の片隅に置いておこう。

探していた段ボール箱を見つけ出して、キッチンテーブルの上に置いた。箱の中にはレゴのピースがたくさんあった。テーブルの上にレゴをざっと空けた。まだリンダが小さいとき、彼が何かの懸賞で当てたものだ。

その思いつきはリードベリからヒントを得たものだった。リードベリが現役の警官をやめる前、最後の数年のある晩遅く、ヴァランダーのアパートでのこと。イースタとその周辺ではそのころ覆面の男たちによる強盗事件が多発していた。男たちは改造ガンを持っていた。事件を分類するため、また特徴をつかむため、リードベリはトランプを使って分類を始めた。まだ捕まっていない犯人にはスペードの十一《ジャック》を当てた。ヴァランダーはそのとき犯人の手口と、犯人の考え方までをトランプを使って掌握することを学んだのだった。その後、一人で事件の全体を俯瞰するとき、彼はこの方法をよく使った。トランプの代わりにレゴのピースを使って。ただし彼は、このことをリードベリには決して話さなかった。

今回彼はまずホーカン、そしてルイース、様々な日付、場所、できごとをレゴピースで区別した。人物ピースの赤いヘルメットをかぶった消防士はホーカン、リンダが小さいころシンデレラと呼んでいた少女はルイース、レゴの兵士たちには役割を与えずそばに置いた。いま一番気になっているのはシグネ・フォン＝エンケの叔父だと言って施設を訪ねてきた男だ。それと、なぜシグネの父ホーカンは暗闇から出てきたのか。いままでどこにいたのか？　なぜ姿を隠しているのか？

ニクラスゴーデンに電話をかけなければならなかった。すぐに電話をし、あれ以来シグネを訪ねてきた者はいないことを確かめた。父親も、叔父を名乗る男も。

ヴァランダーはレゴのピースを持ったまま動かなかった。誰かが真実を語っていないのだ。ホーカンとルイースのことを話した人間たちの中に、真実を話していない者がいる。嘘をついているか、それともすべてを話さないことで真実を歪めているか、あるいはまったく別のことを主張しているか。誰だろう？　そしてなぜ？

電話が鳴った。電話を持って庭に出た。リンダだった。いきなり話し始めた。

「ハンスと話したわ。まるで私が彼を脅しているような形になってしまった。彼、怒って、出て行ってしまったわ。戻ってきたらわたし謝るつもりよ」

「モナは絶対にしなかったな」

「何？　出て行かなかったってこと？　それとも謝らなかったってこと？」

「彼女はよく飛び出していった。ケンカをすると最後の手段は家を飛び出すことだった。バンと音を立ててドアを閉めて。戻ってきたとき、謝りなどしなかったな」

リンダは笑った。神経質な笑いだとヴァランダーは思った。リンダとハンスはもしかすると、おれに見せているよりも実際にはもっとしょっちゅうケンカをしているのかもしれない。

「モナによれば、ドアを音を立てて閉めるのも、決して謝らないのもあなただということだけどね」

「モナはよく嘘をつくということでおれたちは意見が一致しているんじゃなかったか？」

「でも、それはあなたもでしょう。わたしの両親はどっちも、まったく正直者、というわけじゃないもんね」

ヴァランダーは腹を立てた。

「お前はどうなんだ？　お前はまったく正直者か？」

「いいえ。第一そんなこと言ってないし」

「用事はなんだ？」

「わたし、邪魔してる？」

ヴァランダーは意地悪な気持ちになった。本当のことなど言うものか。

「いま料理しているんだ」

リンダはすぐに嘘を見抜いた。

「外で？　鳥の鳴き声が聞こえるけど？」

「バーベキューしてるんだ」

「バーベキューなんて大嫌いなのに？」

「おれが何が嫌いで、何が好きかなどお前は知らないじゃないか。何の用事で電話してきたんだ？」

「わたし、ハンスと話したの。彼、父親と話をしていないわ。家族の預金にもまったく動きがないそうよ、ルイースが姿を消す前に引き出した金額以外には。ハンスはいま家族の銀行預金を全部扱っているの。彼らの預金にまったく動きはないって」

ヴァランダーは思っていたよりもことは重大であることに気がついた。

「ホーカンはいままで金はどうしていたんだろう？　コペンハーゲンに現れたが、金には困っていないらしいな。息子と連絡もしていない、自分でカードでキャッシングもしていない。ということは、誰かが手伝っているということだ。あるいはハンスの知らない現金を持っていたか？」

「それはもちろんあり得るわ。でもハンスは銀行関係に知人が大勢いるの。徹底的に調べてもらったけど、両親は他に貯金はしていないとわかった。もちろん銀行以外にもお金を預ける、隠す場所はあると思うけど」

ヴァランダーは黙った。それ以上質問はなかった。だが金に不自由していないということは明らかに手がかりになり得ると思った。クラーラの泣き声が聞こえ始めた。

「もう切らなくちゃ」

「ああ、聞こえるよ。とにかくこれで、ハンスと父親が秘密裏に会っていたという可能性はまったくないということだな？」

「そう」

二人は電話を切った。ヴァランダーは庭のブランコソファに移り、片足を地面につけたまま、ゆっくりと揺らした。頭の中にはホーカン・フォン＝エンケがコペンハーゲンのストルーゲット通りを歩いている姿があった。足早に歩き、ときどき立ち止まっては後ろを見、そしてまた歩き続ける。そして急に姿が見えなくなった。通りの角を曲がったのか、人混みに紛れたのか。

ヴァランダーはハッとして目を覚ました。いつのまにか眠っていたらしい。雨が降り始めていた。靴を履いていない足に雨の雫が落ちてくる。立ち上がって、家の中に入った。ドアを閉め、そのまま立ち止まった。急に関係がわかったような気がした。まだぼんやりしたものだが、ホーカン・フォン＝エンケがいままでどこに姿を隠していたかが見えてきたような気がしたのだ。どこかに隠れ家があるのだと思った。姿を消したとき、ホーカンはこれからどうするかを知っていたに違いない。ヴァルハラヴェーゲンの散歩道からまっすぐ彼は隠れ家に移ったのだ。誰も知らない、誰にも見つからない隠れ家に。ルイースは夫が姿を消すことに関して本当に何も知らなかったのだとヴァランダーは思った。彼女の動揺と心配は本物だったのだ。何の証拠もないし、何の事実もない。ただそう強く感じられてならなかった。

ヴァランダーはゆっくりキッチンに行った。石の床が足に冷たかった。ゆっくり体を動かした。まるで考えが消えてしまうのを恐れているかのように。レゴのピースはまだテーブルの上にあった。椅子に腰掛けてレゴのピースを見ながら、隠れ家、と思った。すべて計画されていたのだ。きちんと用意されていたのだ。潜水艦の艦長は細部に至るまですべてをきちんと用意するに決まっている。ヴァランダーはホーカン・フォン＝エンケの隠れ家を想像してみた。妙なことにヴァランダーはその隠れ家を知っているような気がしてならなかった。すぐ近くまで行ったのだ。気がつかなかっただけなのだ。

おれが探すのはそれだ。隠れ家だ。イッテルベリはおれと同じように考えているだろうか？それとも他の考えがあるだろうか？　電話を取って番号を押した。雨が激しくなった。窓に強く降りかかっている。イッテルベリが応えた。受信状態が良くなかった。イッテルベリは外で電話を受けていた。

「レストランの外のテーブルに座っているんだ。いま勘定を払うところだ。折り返しこっちから電話していいか？」

二十分後、イッテルベリが電話をかけてきた。ベリィスガータンにある署の執務室からだった。

「おれは夏休みのあと、元気に働き始める人種に属するんだ」とイッテルベリは、ヴァランダーの夏休みのあとの調子はどうだという質問に答えて言った。

「おれはまったく違うな。夏休みが明けて職場に戻ると机の上には書類が山積みされている。その一つ一つに担当者の名前と休暇の日程が小さな紙に書かれているんだ。うんざりするよ」

まず、ヘルマン・エーベルに会った話から始めた。イッテルベリは黙って聞き、いくつか質問をした。その後、ヴァランダーはホーカン・フォン＝エンケが現れたことを伝えた。リンダの話を報告しながら、彼女は本当のことを語っていると改めて確信した。イッテルベリは話を聞いてヴァランダーに確かめた。

「あんたの娘さんが見間違えたという可能性は？」

「ないね。もちろん、あんたがそれを疑うのはわかる。奇妙な目撃だからな」

「それがホーカン・フォン＝エンケであることに間違いはないんだな？」

「そうだ。おれは自分の娘をよく知っている。彼女がそうだと言うのなら、そうに違いない。他人の空似ではない。その男はホーカン・フォン＝エンケなんだ」

「それで、彼女の夫、つまりフォン＝エンケの息子はなんと言っている？」

「父親は息子に会いにコペンハーゲンに来たのではない。連絡を受けてもいないし会ってもいない。その言葉を疑う根拠もない」

「だが、コペンハーゲンに来ていて、息子に連絡しないなんてことが本当にあるだろうか？ちょっと考えられないな」

「あんたが考えられないかどうかは別として、おれとしては、ハンスがリンダに嘘をつくほど愚かだとは思わない」

「あんたがそう言うのは、ハンスがリンダを自分の伴侶として見ている場合ということか、それともあんたが自分の娘として見ている場合か？」

「何より、リンダには娘がいる。それも自分との間に生まれた子どもだ。その子の母親に対して嘘をついていない、ということだろう。何の違いがあるか知らんが」

二人はホーカン・フォン＝エンケが現れたことの意味をしばらく話し合った。イッテルベリにとって、これはとりもなおさずホーカンは妻のルイースの死に関わりを持っているかどうかの捜査を意味した。

「あんたがどう考えていたかは知らないが、正直なところ、おれはどこかでホーカンもきっと死んでいるだろうと思っていた。とくに妻のルイースがヴァルムドウーで見つかってからはな」とイッテルベリが言った。

「おれはわからなかった。迷っていた」とヴァランダー。「だが、もしおれが捜査の責任者だったら、きっとそう考えただろうと思う」

ヴァランダーはここでホーカンはどこかに隠れ家を持っているのではないかという考えを伝えた。

「ルイースのハンドバッグの中に隠されていた機密資料のことだが」とイッテルベリが話し始めた。「それで一つ考えたことがあるんだ。ホーカン・フォン＝エンケがまだ隠れているということは、彼もルイースの死と関係があるんじゃないのか？　彼もルイースといっしょに働いていたとか？」

「スパイとして、ということか？」とヴァランダー。

「夫婦揃ってスパイ活動をしていたというのは、この国では初めてじゃないからな。たとえ、雇われていたのは片方だけだったとしても」

「スティーグ・ベリィリングとその妻のことか？」

「他にもいるのか？」

イッテルベリはときどき人を馬鹿にした調子で話すことがある。おれはふだんなら絶対にそんな口調を黙って聞き流したりしないのだが、とヴァランダーは思った。これがもしイースタ署でこんなことを言われたら、すぐにやり返すのだが、いまはやめておくことにした。きっとイッテルベリ自身は意識していない、意図していないことなのだろう。

「いっしょに見つかったマイクロフィルムのことだが、内容は何だったかわかったのか？　防衛、軍事産業、それとも外交に関するものとか？」

「いや、何もわからない。だが印象として、公安警察《セーポ》が慌てているようだ。この事件に関することはどんなに些細《ささい》な情報でも提出せよとのことだ。明日おれは呼び出されている。ホルム司令官に会うためだ。軍の秘密業務に関するエキスパートだそうだ」

「どんな質問を出してくるか、興味深いところだな」

「相手が何を知っているかがわかる一つの手段ではあるからな。あんたはつまり、彼が何を問わないかを知りたいんだな？」

「そのとおり」

「うん。必ず知らせるよ」

　天気のあいさつなどをして電話を切った。ヴァランダーはレゴのピースを全部片付ける前にちょっと手を止めたが、今日一日はフォン＝エンケ夫婦のことは考えないことにしようと思い、全部片付けた。おれはいま夏休み中なのだからと自分に言い聞かせながら。買い物リストを作ってから車でイースタへ出かけた。レジで金を払おうとしたとき、財布を家に忘れてきたことに気がついた。未払いのものをレジに預けたまま、イースタ署に出かけ、ちょうど入り口に出てきたニーベリから五百クローナ借りた。ニーベリは頭に大きく包帯を巻いていた。

「どうした、その頭？」

「自転車で転んだんだ」

「ヘルメットをかぶらないのか？」

「ああ、後悔してるよ」

その話をするのが嫌そうだったので、明日金を返すと言ってスーパーに戻り、金を払って家に帰った。夜、世界中で増え続けるゴミの山についてのドキュメンタリーを見たあと、いつもより早くベッドに行き、新聞に目を通して十一時半には眠りについた。夜中にフクロウかもしれない鳥の鳴き声で目を覚ましたが、そのあとはすぐにまた眠った。


朝六時ごろ目を覚ましたとき、鳥の鳴き声を憶えていたが、よく眠ったという満足感とともに起きた。外は霧だった。寝室の窓からユッシが見えた。犬小屋に入って遠く一点を見つめている。

若いとき、六十歳になったときにこのような暮らしをすることになるとは夢にも思わなかった。ある朝スコーネの田舎で霧の景色を眺めている六十歳の自分。ここは持ち家で、犬を飼っている。娘がいて、まだ幼い初孫が一人いる。気分が沈んだ。シャワーを浴びて憂鬱《ゆううつ》な気分を払いのけることにした。

朝食を済ませると、キッチンの調理プレートをチェックして電気が切ってあることを確かめたのち、ユッシといっしょに出かけた。ユッシは外に出るやいなや、霧の中に飛んでいった。ヴァランダーは頭がスッキリして、何事も簡単にこなせそうな気がした。生命力がよみがえった気がしていた。ここ数ヵ月の間感じていただるい気分を跳ね返すように、彼は突然走りだした。すっかり息が切れるほど走ったのちゆっくり立ち止まった。太陽が暖かく照り始め、彼はシャツを脱いで上半身裸になった。突き出している腹を見つめて嫌な気分になり、いままで何度も思ったことだが、今度こそ減量しようと心に誓った。

家に戻る途中で携帯が鳴りだした。外国語で誰か話している。女性の声だが、遠くから話しかけているような、聞き取りにくい声だった。数秒間のことだったが、その後電話は切れてしまった。もしかして、バイバが電話してきたのかもしれないとヴァランダーは思った。雑音がしたが、声に聞き覚えがあるような気がした。改めて電話はなかったので、家に戻り、コーヒーを持って庭の椅子に腰を下ろした。

その日は素晴らしい夏の日になりそうだった。ヴァランダーは一人きりのピクニックをすることにした。海辺の砂山に横たわり、少し昼寝をして、持ってきたサンドウィッチを食べるのだ。これぞ人生の愉楽のひととき。大きなカゴを取り出した。それは彼が子ども時代からのものだった。当時は母親がそのカゴに毛糸の玉や、編み棒、編みかけのセーターなどを入れていたものだ。いま彼はサンドウィッチ、コーヒーを入れたポット、リンゴ二個、それにまだ読んでいなかった機関紙『スウェーデン警察』二部をカゴの中に入れた。十一時、もう一度火の元をチェックしてから家に鍵をかけて出かけた。サンドハンマレンの海岸で低い木の下に風のない窪みを見つけて、サンドウィッチを食べながら、機関紙を読み、毛布を広げて横になり、まどろんだ。

寒さを感じて目を覚ました。太陽は雲に隠れ、空気がすっかり冷たくなっていた。その上、いつのまにか毛布をはいで眠っていた。改めて毛布で体を包み、丸めた上着を枕にした。まもなく太陽がまた顔を出した。急に昔見た夢のことを思い出した。いつも急に思い出すのだ。それと同じようにまたパッと消えてしまう。何度も繰り返し見る夢だった。黒人女性とセックスしている夢だ。彼女の顔は見えない。その女はいつも急に現れる。そして数ヵ月経つと消えるのだ。

水平線の向こうから雲が近づいてきた。荷物をまとめて車に戻った。コーセベリヤまで来ると、港まで車で行って、燻製小屋でできたばかりの燻製の魚を買った。家に着いたとたん、また電話が鳴りだした。さっきと同じ女性だったが、いま音がクリアになってみると、バイバの声ではないことはすぐにわかった。たどたどしい英語で女性の声が響いた。

「クルト・ヴァランダー?」

「ええ、そうですが」

「わたしはリリヤ。誰だかわかる?」

「いや、わからない」

リリャと名乗った女性は突然泣きだした。ヴァランダーの耳の奥まで泣き声が大きく響いた。

「バイバが、バイバが！」女性が叫んだ。

「バイバがどうした？　バイバなら知っている」

「死んだのよ！」

コーセベリヤで買った魚の入った袋が、女の声が耳に届いたとたん、床に落ちた。

「バイバが死んだって？　たった二日前までここにいたのに？」

「知ってます。バイバはわたしの友達。でもバイバ、死んでしまった」

心臓が張り裂けそうだった。玄関に入ってすぐのところにあったスツールに腰を下ろした。混乱し、興奮しているリリャの話から、ようやくなんとか様子がわかった。リガの町まであと数十キロのところまで来たとき、バイバの乗った車はスピードを上げたまま石壁に激突し、車は大破し本人は即死だった。そのことをリリャは繰り返して言った。あたかもそれがヴァランダーにとって慰めになるかのように。だがそれは何の役にも立たなかった。ヴァランダーの受けたショックは大きかった。混乱と当惑でヴァランダーは茫然自失の状態だった。

突然電話が切れた。ヴァランダーがまだ相手の電話番号も訊いていないうちに。玄関先のスツールに座ったまま、リリャはきっとまた電話してくるだろうと思った。

だが、しばらく経ってもリリャが電話してこないので、彼はキッチンへ行った。床に落とした魚の入った紙袋を拾い上げる気力もなかった。何をどうしていいかわからなかった。ろうそくに火を灯してテーブルの上に置いた。バイバはきっと休まずにまっすぐリガまで運転したのだろう。フェリーボートがポーランドの港に着くと、ポーランドを縦断し、リトアニアを通り抜け、ラトヴィアに入り、終点のリガの近くまで行ったのだ。居眠り運転をしてしまったのか？　あるいは故意にハンドルを切って道路から外れて石壁に激突したのか？　ヴァランダーは運転者が単独での自動車事故は事故を装った自殺である場合があることを知っていた。以前イースタ署の事務局勤めで複雑な個人的事情とアルコール問題を抱えていた女性が、二、三年前にこの方法を選んだのを思い出した。しかしそれでもヴァランダーはバイバがその方法をとるとは思えなかった。別れを言うために友人や元恋人を車で訪ねて回る人間が自動車事故を装って自殺などするはずがないと思った。疲れてコントロールが効かなくなって事故を起こしたに違いない。他の理由は考えられなかった。

電話を手にし、リンダに知らせようとした。事件を一人で受け止めることに耐えられないという気分だった。誰かがそばにいなければとてもやっていけないと思う瞬間がある。番号を押したが、通信音が鳴り始めると電話を切った。まだ早すぎる。まだ何もわからない。電話をソファに放り投げると、ユッシの方へ行った。犬小屋から出して、ユッシの体を撫でた。ふたたび電話が鳴った。彼は家の中に飛び込んだ。リリヤだった。少し落ち着いたようだ。彼は質問し、今度は少しはっきりした答えを得た。一つどうしても訊きたいことがあった。

「君はなぜ私に電話をかけたのだ？」

「バイバに頼まれたから」

「何を？」

「自分が死んだらヴァランダーに電話をかけてくれと。でもまさかこんなに早くその日が来るとは思わなかった。バイバは今年のクリスマスのころまで生きると思っていたのよ」

「私には秋までと言っていたが？」

「バイバは相手によって言うことを変えていたわ。きっと彼女自身が確信していなかったから、人にもいろんなことを言ったんだと思う」

リリヤは改めて自己紹介した。バイバの古くからの友人で、仕事仲間だと言う。十代のころからの付き合いだと。

「あなたのことは知っていたわ。あるときバイバが電話してきて『いま彼がリガに来ているのよ。私のスウェーデン人の友達。今日の午後、ホテル・ラトヴィアのカフェへ行くから来て。彼のことを見てちょうだい』と言ったの。それで私は出かけていって、あなたを見た」

「もしかすると、バイバから君の名前を聞いたことがあるかもしれない。だが、君と会ったことはない。そうだろう？」

「ええ、そのとおり。バイバはいつもあなたのことが大好きだったわ。そう、あのころ、彼女はあなたを愛していた」

リリヤはそう言うと、わっと泣きだした。ヴァランダーは黙って待った。遠くで雷の音がした。電話の向こうでリリヤが咳をし、鼻をかむのが聞こえた。

「これからの予定は？」

「まだ何もわからない」

「親しい親族はいるのか?」

「ええ。母親ときょうだいが」

「バイバの母親なら、もうかなりの年齢ではないか? 母親のことを話すのを聞いたことはないが?」

「九十五歳よ。でも頭ははっきりしているの。娘が死んだことはわかっているわ。バイバは子どものころから母親とは折り合いが悪かった」

「葬儀の日取りなどが決まったら知りたい」ヴァランダーが言った。

「必ず電話で知らせます」

「バイバは私のことをなんと言っていた?」とヴァランダーはようやく訊いた。

「あんまり話さなかったわ」

「しかし、何かは言ったのでは?」

「ええ。でもあんまり話さなかった。親しい友達だったけど、バイバは人に心を見せない人だったから」

「ああ、知っている。私も彼女を知っていたから。もちろん、君の知っているバイバとは違うと思うが」

電話を終えてから、ヴァランダーはベッドに横たわって、まっすぐに天井を見上げた。数ヵ月前に湿気でできたシミがまだ残っていた。しばらく横になってから、ようやくキッチンに行った。

夜八時を回ったころ、リンダに電話をかけて、バイバのことを話した。うまく話すことができず、泣きだしたい気持ちだった。

29

七月十四日午前十一時、バイバ・リエパはリガの中心部にある教会の墓地に埋葬された。ヴァランダーはその一日前にコペンハーゲンから飛行機で到着した。空港に着くと、建物は改装されていたが見覚えのある風景が広がった。前回の一九九〇年代初頭に来たときは、ソ連の軍用機が空港に配置されていたが、それはもうなかった。タクシーから見えるリガの町はすっかり様変わりしていた。リガの町の郊外では、農家の庭先で食べ物をあさる豚なども以前と同じように見られた。だが、町の中に入ると、古い建物もまだ点在してはいたが、広告板などはすっかり変わっていたし、建物の外壁は新装され、通りも新しく舗装されていた。一番目につくのは人々の様子で、服装が違い、車が多く、交差点や駐車場の入り口には車列ができていた。

ヴァランダーが到着した日はしとしとと雨が降っていた。リリャ――苗字はブルームスということがわかった――はあらかじめ電話でバイバの葬式に関する予定を知らせてきた。そのとき彼は一つだけ質問した。自分が参列していいのかと。

「なぜそんなことを訊くの？」

「バイバの家族がどう思うかわからないから」

「あなたの存在はみんなが知ってるわ」リリャ・ブルームスが言った。「バイバはあなたのことを話していたから。あなたのことは秘密じゃなかったのよ」

「なんと言っていたのだろう？」

「なぜそんなに心配するの？　あなたたちは愛し合っていたんでしょう？　私はあなたたちが結婚するものだとばかり思っていたわ。みんな、そう思っていたものよ」

「バイバが望まなかった」

電話の向こうから驚きが伝わった。

「わたしたちは、あなたが断ったんだとばかり思っていたわ。彼女、何も言わなかったから。二人が付き合いをやめたことはしばらく経ってから知ったの。でも、彼女はこのことを話したがらなかった」


葬式に行くことを勧めたのは、リンダだった。彼が電話したあと、リンダはすぐに車で駆けつけてきた。バイバの死にショックを受けていて、彼の家に着いたときには涙を浮かべていた。それで彼は初めてバイバの死を悲しむことができた。バイバと付き合い始めたころからの思い出を問わず語りに語った。

「バイバの夫、カルリス・リエパは殺害されたのだ。政治的な殺人と言っていい。当時ロシア人とラトヴィア人の間の緊張感がこの上ないほど高まっていた。おれはリエパ殺害の捜査に協力するためにラトヴィアへ行ったのだ。だが当時おれは、ラトヴィアの政治的状況などこれっぽっちも知らなかった。いま振り返ってみると、冷戦下の世界が実際にどのような状態だったのかをおれはそのとき初めて知ったのだ。十七年前の話だ」

「ラトヴィアに出かけたの、憶えてるわ。当時わたしは成人学校に通っていた。将来何をしたいか、さっぱりわからなかったころよ。でも心の底ではいずれ警察官になるつもりだったかもしれない」

「だが、当時はそれだけは言わなかったと思うが？」

「そうね。むしろ、だからこそ警察官になりたいのではないかと疑ってもよかったんじゃない？　わたしが何を考えているか全然わからなかったとはね！」

「カルリス・リエパがイースタ警察にやってきたとき、おれはバイバのことなど何も知らなかった」

ヴァランダーは当時のことをよく憶えていた。リエパはヘビー・スモーカーで、喫煙者がいなかったイースタ署では彼の喫煙に猛烈な抗議があったことを除けば、カルリス・リエパは静かな、ほとんど人目につかないほどおとなしい男で、ヴァランダーはすぐに気が合った。ある晩、激しい吹雪のとき、リエパを当時住んでいたマリアガータンの自宅に招いたことがあった。ウィスキーを勧めながら、嬉しいことに、リエパ警察官兼大佐はヴァランダーと同じ趣味の持ち主であることがわかって、二人は大喜びしたのだった。共通の趣味、それはオペラで、二人はその晩吹雪がイースタの街を吹き荒れる中、マリア・カラスの『トゥーランドット』に聴き入ったのだった。

あのレコードはどこにあるのだろう？　昨日屋根裏で見つけた段ボール箱の中にはなかった。

するとリンダが、それは自分の家にあると言った。

「わたしが演劇俳優になりたいと言ったときにもらったのよ。マリア・カラスの悲劇的な生涯について一人芝居をしたいと言ったときに。憶えていない？　マリア・カラスはがっちりした体格の、背の低いギリシャ人オペラ歌手で、わたしはほんと、全然似ていなかったわ」

「そうだったな。それにたしか彼女は神経もやられていた」ヴァランダーが言った。

「バイバの仕事はなんだったの？」

「おれが初めて会ったころは、英語の技術翻訳をしていた。だが、いろんな仕事をしていた才能のある人だった」

「お葬式には行く方がいいと思うわ。自分自身のために」

それはヴァランダーにとって簡単なことではなかったが、リンダはしまいに彼を説得した。新しくダークスーツを買うといいと言って、マルメまでついてきて、ヴァランダーが値段の高さに驚くと、いま品質の良いものを買って、これからずっとこれを使えばいいのだと言った。

「結婚式はこれからはもうあまりないでしょうよ。でも葬式は増えるから」ヴァランダーは口の中でブツブツと呟いたが、結局それを買った。リンダは彼がなんと呟いていたのか、訊き返しはしなかった。

タクシーを降りると、小さな旅行カバンを手にホテル・ラトヴィアに入った。リリヤ・ブルームスがバイバと彼がいっしょの姿を見たというカフェはなくなっていた。受付でチェックインし、一五一六号室の鍵を受け取った。エレベーターを降りて部屋の前まで来たとき、初めてそれはかつて彼がラトヴィアに来たときに泊まったのと同じ部屋であることに気づいた。確かに五という数字と六という数字があったことは憶えていたのだが。ドアを開けて中に入った。部屋の様子は記憶とは違っていたが、窓から見える景色は変わりなかった。名前は思い出せないが、美しい教会が目の前にあった。旅行カバンから新しいスーツを取り出して、クローゼットに掛けた。バイバに初めて会ったのはこのホテルで、おそらくこの部屋だったという思いが胸を締め付けた。

バスルームに行って顔を洗った。まだ十二時半になったばかりだった。何の予定もない。散歩をしようと思った。初めてバイバに会ったときのことを思い出すことで彼女を偲《しの》ぼうと思った。

そのとき突然、それまで突き詰めて考えもしなかったことが頭に浮かんだ。バイバに対する自分の思いは、モナに対するものよりも強かったか？　モナはリンダの母親であるにもかかわらず？　わからない。そしてこれはこれからも決してわからないことに違いないと思った。外に出て、街を歩き始めた。空腹ではなかったのだが、食事もした。夜、ホテルのバーに行った。二十代の女の子が今晩暇かと言い寄ってきたが、彼は返事もせずただ首を振った。ホテルのレストランが閉まる前にスパゲッティを注文したが、ほとんど手をつけないまま赤ワインだけを飲み、少々酔っ払って部屋に引き揚げた。

食事をしたころに降っていた雨はすでに上がっていた。上着を取ってきて、夜の街に出た。

雨でまだ濡れているリガの夏の夜。バイバといっしょに偶然に写真に撮られた自由の記念碑のある公園を探した。見つかった記念碑の前では若者たちがスケートボードで遊んでいた。そのまま歩き続け、だいぶ遅くなってからホテルの部屋に戻った。靴だけ脱いで、そのままベッドに体を投げ出して眠りに落ちた。

　朝、ドアをノックする音で目が覚めた。ギクリとして、一瞬バイバがドアの外にいるかと思った。だが、ドアを開けてみると、若い娘が立っていた。こんな子どものような若い娘が昼夜かまわず客の部屋を回るとはと腹を立てた。ドアを閉めようとしたときに少女の顔に浮かんだ表情を見て、彼は思わず手を止めた。

「クルト・ヴァランダー？」と少女は訊いた。「私のことは知らないと思うけど、母のことは知っていましたよね？」

　ヴァランダーはためらったあと、少女を部屋に入れた。まさか、バイバに子どもがいた？　おれの知らないうちに？　一瞬、ひょっとして自分の子どもかもしれないとさえ思った。だがすぐに打ち消した。バイバがおれに言わないはずはない。椅子に座るように促《うなが》すと、彼自身はベッドに腰を下ろした。金髪で、十八か十九歳ぐらい、質素な服装、化粧はしていない。

「私はヴェラ。母の名前はイネスです」

　その瞬間、彼は思い出した。イネス。バイバの友達だ。最初にリガに来たときに会った女性だ。彼の助けを求めた地下の政治グループの一人で、あの晩迎えに来た女性だ。そして何より、秘密の集まりが警察に襲われて銃撃戦になったとき、ヴァランダーは彼女が撃たれた瞬間を目撃したのだ。ひっくり返った椅子の上に血だらけのイネスが倒れた姿をまざまざと思い出した。

「ああ、君のお母さんには会ったことがある。彼女のことは個人的には知らないが、バイバの友達だったことは知っている」

「リリャからあなたがお葬式に来ると聞いたんです。母が死んだとき、私はまだ二歳だった。お邪魔はしたくないんです。ただあなたが母に会ったことがあると聞いたので、会いたかっただけなんです。あたし自身は母のことは何も憶えていないので」

「とても美しい人だった。それに勇敢で強い人だった」

「母が死んだとき、そばにいたって聞いたけど、本当ですか？」

その問いはパッと迷いなく発せられた。ヴァランダーはうなずいた。

「あたし、母のことを憶えている人に会ったら、なんでもいいから話してちょうだいと頼むんです。必ずなにか新しいことがわかるから。何か違うこと、何かわたしが知らなかったことが」

「ずいぶん前のことだから、なにか思い出せるといいのだが」

一生懸命考えて、思い出したことを少女に伝えた。思い出せたできごと、一瞬一瞬の光景を。できるだけ正直に。そして、銃弾が当たって椅子の上に崩れるように倒れた瞬間に、イネスは死んだと思うと言った。

ヴェラは他にも聞きたいことがある様子だったが、ヴァランダーはそれ以上は知らなかった。ヴェラは立ち上がって、白いスカートのしわを伸ばした。その瞬間、ヴァランダーは母親イネスに似ていると思った。が、確かではなかった。ただそんな気がするだけかもしれなかった。

「お父さんは？」

「父が誰だか、知らないんです。バイバによれば、ママは私が大きくなったら教えると言ってたらしいけど。でも、バイバも知らなかった。ママは私の父のこと、誰にも言わなかったみたい。もしかして、ソ連の人じゃないかと思うこともあるの」

「なぜ？」

「母が絶対に誰にも言わなかったから。もしかして、恥ずかしいことだったんじゃないかと。会ってくれて、ありがとう。さっき、ドアを閉めようとしたでしょう？　私が自分を売りにきたとでも思ったの？　ラトヴィアについて本当にそんな偏見持っているの？」

「いや、わからない。なんと思ったか憶えていない」

「リリャは十時に迎えにきますって。伝えるように頼まれました。教会までいっしょに行きますって」

部屋の戸口までいっしょに行って、ヴェラが廊下をエレベーターまで歩いていくのを見送った。そのあとダークスーツを着て階下のレストランに朝食をとりに行った。まったく空腹ではなかったのだが。

コペンハーゲンのカストルップ空港で、ウォッカの小瓶を二つ買っておいた。その一つがいま背広の内ポケットに入っていた。ヴァランダーはエレベーターの中で瓶の蓋をひねり、大きく一口飲んだ。

ヴァランダーはホテルの入り口でリリャが入ってくるのを待った。リリャは入ってくるなりヴァランダーを見つけてまっすぐに近づいてきた。バイバはきっと何枚もないはずの自分が写っている写真を彼女に見せていたに違いないとヴァランダーは思った。

リリャは背丈が低く、太っていて、ほとんど丸坊主に近い短髪だった。想像していた姿とはまったく違うとヴァランダーは思った。彼は勝手にバイバに近いような容姿を想像していた。あいさつを交わしながら、ヴァランダーはなんとなく気恥ずかしい気がした。なぜか理由はわからなかった。

「教会は近いのよ。歩いて十分もかからない。ちょっとタバコを吸いたいから、ここで待ってて」

「いや、いっしょに行こう」ヴァランダーが言った。

二人はホテルの外の陽だまりに立った。リリャはサングラスをかけて、タバコに火をつけた。

「彼女、酔っ払ってたのよ」リリャが突然言った。

何の話か、ヴァランダーは一瞬わからなかった？

「バイバ？」

「そう。死んだとき、彼女、酔っ払ってた。解剖でわかったの。道路から外れたとき、大量のアルコールが体内にあったって」

「それは信じられないな」

「わたしも同じ。友達はみんなそう言ってる。でも、ほんとの話、もうじき死ぬってわかっている人間が何を考えているかなんて、誰にもわからないわよね」

「彼女は自殺したと言いたいのか？　わざと車で壁に突っ込んだと？」

「いまさらどんなに考えたって、真相はわからない。でも現場にはブレーキの跡がなかったの。彼女の後ろから運転していた人が証言しているのよ、スピードは出ていなかったけど、彼女の車はふらふらしていたって」

ヴァランダーはバイバの人生の最期の瞬間を想像してみた。本当に何が起きたのかはわからないと思った。単なる事故なのか、自殺なのか。突然まったく別のことが頭に浮かんだ。ルイースの死も事故だったのだろうか？　自殺でも他殺でもなく？

その思いつきを最後まで考える前に、リリヤが行きましょうと促した。ヴァランダーはちょっと失礼と断ってホテルのロビーのトイレに行き、またもやウォッカを一口飲んだ。鏡に映る自分を見た。これからの人生で自分を待ち構えているものはなにかを案じる初老の男がいた。

二人は教会に着き、中に入った。外の強烈な太陽の明るさとは対照的な暗闇があった。目が暗さに慣れるまでちょっと時間がかかった。

次の瞬間、ヴァランダーはこのバイバ・リエパの葬式は自分の葬式の予行演習なのだと思った。そして怖くなった。すぐにこの場を離れたいと思った。リガになど来るんじゃなかった。自分はここにはまったく関係がないと思った。

だがウォッカのおかげでなんとかその場に留まることができた。隣の席に座ったリリヤが涙を流し心から悲しんでいるのを見ても、自分も泣きだすことはしなかった。棺はまるで人のいない孤島のようだった。海に投げ出された隠れ家、かつて彼が愛した人がついに得た安息所。何の関連もなく、突然ホーカン・フォン＝エンケの姿が目の前に現れた。苛立って、彼はその姿を追い払った。

酔いが回ってきた。葬式の進行など、自分にはまったく関係ないように思えてきた。ようやく儀式が終わり、リリヤ・ブルームスがバイバの母親にあいさつに行く姿を見ながら、ヴァランダーはそっと教会を抜け出した。一度も振り返らず、そのまままっすぐホテルに戻り、受付で航空券の予約変更を頼んだ。予約は翌日の便だったが、いまは少しでも早く帰りたかった。コペンハーゲン行きの午後の便に空席があることがわかり、予約を変更した。大急ぎで荷物をまとめ、ダークスーツのままタクシーで空港へ行った。リリヤ・ブルームスが探しに来るのを恐れた。空港ビルの外で三時間ほど待ってからようやくチェックインして航空機に乗り込んだ。

機内でも飲み続けた。イースタに着くとタクシーに乗り、家の前で降りたときは足元がふらつき、ほとんど歩けなかった。ユッシはいつもどおり隣の農家に預かってもらっていたが、翌日に引き取りに行くことにした。

そのままベッドに倒れこみ、翌朝九時に目が覚めるまで一気に眠った。目が覚めるとすぐに、リリヤにあいさつもせずに教会から逃げ出したことを思い出し、自己嫌悪に陥った。二、三日中に電話をかけて適当な言い訳を伝えなければなるまいと思った。だが、どんな言い訳があるというのだ？

二日酔いで気分が悪かった。バスルームの棚にもキッチンの引き出しにも頭痛薬はなかった。イースタの町まで薬を買うために車を運転することはうんざりだったので、頭痛薬を分けてもらえないかと近くの家に聞きに行くことにした。その家の台所に入ってグラスに水をいっぱいもらい、その場で薬を飲んだ。少し余分に薬をもらい、そのまま家に戻った。

ユッシを迎えに行き、犬小屋に入れた。家に入ると留守電に赤ランプが点滅していた。ステン・ノルドランダーだった。ヴァランダーは電話番号を探し出して電話をかけた。電話に出たステン・ノルドランダーの声は風で切れ切れになった。

「かけ直すよ。風のないところまで行ってから」

「家にいます」

「十分ほどあとで。元気か？」

「ええ」

「それじゃあとで」

ヴァランダーはキッチンテーブルで待った。ユッシが、自分がいない間に犬小屋の囲いの中にネズミや鳥が入り込まなかったか、匂いを嗅ぎ回っているのが見える。ときどき家のキッチンの窓の方を見上げている。ヴァランダーは手を振って見せたが、ユッシには見えないようだ。ヴァランダーが家の中にいるということしか知らないのだ。ヴァランダーは手を振ったが、ユッシはまったく反応しない。次に窓を開けてみた。とたんにユッシは尻尾を振り、金網に前足をかけて後ろ足で立った。

電話が鳴った。ステン・ノルドランダーだった。強風はおさまったらしかった。

「海に出ているんだ。小さい島に船を寄せた。島というよりも木も生えていない小さな礁だな。ムーヤ島の近くだ。どこらへんか、見当がつくかな?」

「いいえ」

「ストックホルム群島の一番外側にある。素晴らしい景色だよ」

「電話をもらってよかったです。私の方から電話をかけなければならないところでした。ホーカンが現れたのです」

ヴァランダーは説明した。

「不思議だな！　僕はこの小島に降りたとき、ホーカンのことを考えてたんだ」

「何か、特別なことがあったんですか?」

「ホーカンは島が好きだった。若いとき世界中の島を訪ねて回りたいという夢をもっていたと話していたよ」

「その夢は実現した?」

「いや、しなかったと思うよ。ルイースは空の旅も海の旅もあまり好きではなかったからね」

「二人の間でそれが問題になったことは?」

「僕の知るかぎり、ないね。ホーカンは彼女を心から愛していたし、彼女もそうだった。夢は実現しなくてもそれなりの価値があるものさ」

海からの通信はあまりうまくいかず、ノルドランダーがいる小島は電波の通じるギリギリのところらしかった。陸に上がったときにまた連絡すると言って、ノルドランダーは電話を切った。

ヴァランダーはゆっくりと携帯電話をテーブルの上に置いた。突然、ホーカン・フォン＝エンケの隠れ場所がわかったという気がした。ステン・ノルドランダーが進むべき方向を教えてくれたのだ。

自信はなかった。何の証拠もない。それでもきっとそうに違いないという気がしてならなかった。

そのとき、シグネの部屋の本棚にあった一冊の本が目に浮かんだ。ババール以外にあった本の一冊。『眠れる森の美女』の物語。おれは長いこと眠っていた。ホーカン・フォン＝エンケがどこにいるか、おれはとっくにわかっていたはずなのだ。ようやくいま目が覚めた。

ユッシが吠えていた。ヴァランダーは庭に出て、食べ物を与えた。

翌日の早朝、ヴァランダーは車に乗り込んだ。隣の農家のかみさんは彼がまたユッシを連れてきたのを見て、驚いた顔をした。

そして、今度はいつ帰ってくるのかと訊いた。

わからない、と彼は答えた。

そう、まったくわからなかった。

30

借りたのはオープンタイプで、長さは六メートル、七馬力のモーターボートで、エヴィンルーデという商標がついていた。貸しボート屋で運行許可証まで借りることができた。そのボートはいざとなったらオールで漕いで動かすことができるタイプだった。そういう事態になるかもしれないという予感がした。貸し出し書類に職業を書く欄があって、警察官身分証を取り出すと、貸しボート屋は一瞬体を硬くした。

「いや、何か事件があったわけではないんだ」ヴァランダーが言った。「ガソリン満杯の予備タンクがほしい。ボートの返却は明日かもしれないし、もしかすると数日後になるかもしれない。だが私のクレジットカード番号を控えただろう？　必ず支払うから心配するな」

「警察？　何かあったのか？」

「いいや。友達の五十歳の誕生日なので、驚かせたいだけなんだ」

ヴァランダーは言いつくろうセリフを用意していなかったが、適当なことを言ってごまかすのには慣れていた。とくに用意していなくともスラスラと言葉が出てくる。

そのボートは二台の大型のモーターボートに挟まれて係留されていた。片方のボートにストールウー（大きな島）という名前が船体に大きく書かれていた。スタートボタンはなかったが、ヴァランダーがスタートロープを引っ張るとすぐにエンジンがかかった。貸しボート屋の男はフィンランド語訛りで、モーターは大丈夫と保証した。

「おれはこのボート、魚釣りのときに使うんだ。問題は海に魚がいないことさ。しかしそれでもおれはよく魚釣りに出かけるがね」

時刻は午後の四時。ヴァランダーは東海岸のヴァルデマーシュヴィークに少し前に着き、村に一軒しかないレストランで食事をしてから貸しボート屋を探したのだった。それは長いヴァルデマーシュヴィークの海岸の端《はし》にあった。ヴァランダーは家からリュックサックを持ってきていた。中には懐中電灯と食べ物、猟銃と拳銃が入っていた。午後はまだ暖かかったが、夜になれば寒いに違いないと、十分に暖かい衣服も用意していた。

ヴァルデマーシュヴィークが位置するウステルユートランド県へ向かって走る途中、数回にわか雨に降られた。そのうちの一回はロンネビーの近くまで来たときで、あまりの雨の強さにパーキングに入ってしばらく様子を見ることにした。車の屋根に叩きつける雨の音を聞き、ウインドーに流れ落ちる大量の雨水を眺めながら、この行動は本当に正しいのだろうかと自問した。おれの直感は今回外れてはいないだろうか？　それともいままで何度もあったように、自分は状況を正しく判断したのだろうか？

雨が晴れるまでの三十分間、彼はパーキングに車を停めたまま自問を続けた。

豪雨は突然止み、ようやくヴァルデマーシュヴィークに到着した。空はすっかり晴れ上がり、ほとんど風もなかった。港に打ち寄せる波も穏やかだった。
泥、いや、粘土の匂いがした。この匂いは前回来たときにも感じたものだった。

借りたモーターボートをスタートさせた。貸しボート屋の男は長いこと浜辺に立って見送っていたが、しばらくして店に入っていった。ヴァランダーはまだ明るいうちにその広い湾から外に出るつもりだった。外海に出たらどこか適当な場所を見つけて暗くなるのを待つのだ。そうすれば夏の海の薄暗さにまぎれて進むことができる。月の位置がどこなのか知ろうとしたが、わからなかった。リンダに電話して聞こうとも思ったのだが、そうしたら自分がいまどこに向かっているのか、なぜ突然この旅に出ることにしたのかを話さなければならなくなる。湾から出たらマーティンソンに電話をかけることにした。本当に電話をするかどうかは決めていなかったが。この旅は実際の話、今晩月明かりがあるか、闇夜かなどに関係ないのだから。ただ、この先に何があるのか、知りたいだけなのだ。
島々の間から外海が見え始めたころ、モーターを止めて、透明ラップでカバーした海図を見た。現在地を確かめたあと、目的地からさほど遠くない島を選び、そこで夜を待つことにした。ところが行ってみると、そこにはすでに数艘の舟がつながれていた。そのままボートを進めて、島というほどの大きさもない、木が二、三本生えているだけの礁のような小さな島を見つけ、ボートをつないだ。ジャケットを着て、木の幹に寄りかかってポットからコーヒーを飲んだ。その後マーティンソンに電話をかけた。今度もまた電話に出たのは子どもだった。前回と同じ子どもか。すぐにマーティンソンが替わった。

「やっぱりあなたでしたか。孫はもうじきあなたの秘書になれるかも」

「月のことなんだが」

「月がなんです？」

「まだ話が終わってない。お前はいつも早すぎる」

「いや、孫に手がかかるもんで、つい」

「いや、わかる。じつはどうしても頼みたいことがあって電話しているんだ。カレンダーを見てくれないか？　今晩、月はどの位置にいる？」

「月？　月の位置を知りたい？　宇宙旅行にでも出かけるんですか？」

「ああ、もしかすると。とにかく、わかるか？」

「ちょっと待ってください」

マーティンソンは電話を置いた。ヴァランダーの口調からなぜそれを知りたいのかを訊いても無駄だと知っていた。

「月は新月の位置にいます」しばらくしてマーティンソンの声が返ってきた。「小さくて細い月です。あなたがいまいる場所がスウェーデンであるかぎり、ですが」

「ああ、スウェーデンだ。いや、ありがとう。いつか説明するよ」

「待つのには慣れてるんです」

「何を？」

「説明を受けるのを。子どもたちだって同じですよ、何も説明しないんですから。もっともそれは彼らがまだ十代のころの話ですがね」

「リンダもそうだったな」とヴァランダーは相槌を打ったが、それはマーティンソンの話に興味があるふりをするためだけだった。

もう一度礼を言って、ヴァランダーは電話を切った。サンドウィッチを少し食べ、石の上に横たわって休んだ。


急に激痛に襲われた。横たわって空を見上げていたときだ。カモメの鳴き声が遠くから聞こえると思った次の瞬間、左腕に激痛が走り、すぐに胸と腹まで広がった。最初何か鋭い刃物で襲われたと思ったのだが、すぐにそれは体の中の異変だとわかった。そしてついに以前から恐れたことが起きたと思った。心臓発作だ。

体を動かさないようにした。じっと、恐怖に打ちのめされながら息を詰め、次の襲撃ですべては終わると覚悟した。

母親が死んだときの光景をまざまざと思い出した。まるで母の最期の瞬間が彼のすぐそばで演じられたようだった。まだ五十になったばかりだったのに。母親は専業主婦で、気難しい夫と不規則な収入、そして二人の子ども、クルトとクリスティーナを育て家庭を守るのに一生懸命だった。マルメのリンハムヌで一軒家を他の家族と半分に分けて住んでいた。その家族を父親は毛嫌いしていた。一家の男は鉄道の機関士で、じつに心根の優しい男だったが、あるときヴァランダーの父親に、ときには他の景色を描いたらどうか、いつも同じものでなくと言ったのだった。ヴァランダーはその話を又聞きしたのだが、ニルス・ペルソン機関士は自分の仕事の例を引きながらこの話をしたのだという。彼は長い間マルメとアルヴェスタの間だけを走る汽車の運転をしていたのだが、あるとき突然マルメからヨッテボリまで、ときには隣国ノルウエーのオスロまでの運転を命じられた。そうなってみるとじつに楽しかったと話したのだという。だが、ヴァランダーの父親はカンカンに怒り、お前とは金輪際付き合わないと言い渡した。その後は、ヴァランダーの母親がなんとか仲を取り持ったが、最後まで近所付き合いはうまくいかなかったという。

ヴァランダーの母親は一九六二年の秋に突然死んだ。小さな庭で洗濯物を干していたときのことだ。ヴァランダーはちょうど学校から帰ってきたばかりで台所でサンドウィッチを頬張っていた。一度、母親の方を振り返り、母がシーツと枕カバーを干そうとしているのを見た。そしてまたサンドウィッチに戻った。次に振り返ったとき、窓の外で母親がひざまずき、胸に手を当てている姿が見えた。最初は落としたものを拾うところかと思ったのだが、母親はそのままゆっくりと、いかにも嫌そうに、抵抗するように、横に倒れていった。ヴァランダーは母親に声をかけながら庭に飛び出した。が、すでに遅かった。あとで母親を解剖した医者は、連続的な心臓発作だったと言った。もしそれが病院で起きたとしても、とても救える状態ではなかったと。

いま心臓の痛みをこらえながら、そのときの母親の姿が、古い映画の映像がチラチラと躍るように、目の前に見えた。母親のように早死にはしたくない。何よりもいま、バルト海に浮かぶこの小さな礁で、一人で死にたくないと思った。

ヴァランダーは静かに、なんでもいい、とにかく助けてくれと必死に祈った。神に祈ったとは言えない。あえて言うなら、自分に向けた祈りだった。抵抗するのだ、沈黙の世界に引きずり込まれないように踏ん張るのだと自分に言い聞かせる祈りだった。そしてついに、それまで勢いを増していた痛みが止まった。そして、心臓は？　大丈夫、止まらなかった。

平静を保とうと努めた。パニックにならないように落ち着けと自分に言い聞かせた。ゆっくりと体を起こして手を動かし、リュックサックのそばに置いておいた携帯電話に静かに手を伸ばした。リンダに電話しようとしたのだが、途中で手を止めた。彼女にいま何ができる？　本当に心臓発作を起こしたのなら、救急センターに電話するのが筋ではないか？

何かが彼を止めた。痛みが消えかかっているからか？　脈拍は普通だった。左腕をゆっくり動かしてみた。痛みがほとんど感じられないところで腕を止めた。そしてまた動かすと痛みがあった。これは急性の心臓発作とは違うと思った。ゆっくりと体を起こし、脈を測った。一分間七十四回。通常おれの脈拍は六十六回から七十八回。ということは、いまの脈拍は普通なのだ。ストレスだ、と思った。おれの体は、もう少しゆっくりしないと危険なことになると警告を出しているのだ。いままでのように、おれは特別な体軀の持ち主で、夏休みも必要なし、いつだって働くことができる、働き続けることができると思っているのなら、とんでもないことになるぞと体が警告を出しているのだと思った。

ふたたび横になった。痛みは次第に引いていったが、まったく消えたわけではなかった。野獣の低いうなりのように、ある種の脅しのように痛みはまだそこにあった。

一時間後、この痛みは心臓発作ではなかったとはっきりわかった。警告だったのだ。家に戻るべきなのかもしれない。イッテルベリに電話をかけて自分の考えとここまで来たことを話すべきなのかもしれない。だが、彼はこのまま続けることに決めた。やっとここまで来たのだ。自分の推測が正しいかどうか知りたい。その結果どうなろうとも、その先はイッテルベリに任せよう。そこまでやったら、もうあきらめがつく。

心からホッとした。生きる喜びを感じた。長いこと感じたことがないような全身に感じる喜びだった。立ち上がって、四方の海に大声で叫びたい気持ちだった。だがそうはせず、彼は木の幹に背中を預けて通り過ぎるボートを眺め、海の香りを嗅いだ。日中の暖かさがまだ残っていた。横になって上着をかけ、そのまま眠りについた。目を覚ましたとき、まだ十分、いやせいぜい十五分しか眠っていないことがわかった。痛みはもうほとんど消えていた。立ち上がって、その小さな島をぐるりと回った。南に面している側にはまっすぐ天に伸びる岩があった。彼はその岩の海面に近い根元までゆっくりと降りていった。

突然ヴァランダーは足を止め、しゃがみこんだ。二十メートルほど先の岩と岩の間に空間があった。岩の海側にボートが留められていて、崖には小舟が繋がれていた。岩間で男女が愛し合っていた。ヴァランダーは岩間に隠れたが覗き見したい誘惑に打ち勝てなかった。まだ若い。

二十歳にもなっていないような男女だった。ヴァランダーは魔法にかけられたように微動だにせず二人を見ていたが、ようやくその場を離れると音を立てないように気をつけながらもと来た道を引き返した。数時間後、ようやくあたりが暗くなり始めたころ、小舟を後ろにつないだモーターボートが彼が座っている前を通り過ぎた。彼は立ち上がって手を振った。少年と少女はボートの中に座ったまま手を振り返してきた。

ある意味で若者たちが羨ましかった。だがその思いは暗いものではなかった。自分の若いころに戻りたいと思う気持ちは、彼の場合微塵《みじん》もなかった。彼自身の性体験はたいていの若者と同じように、不安、失望、羞恥心を伴っていた。同年輩の若者たちが性的な体験を自慢する話を、いつも懐疑的な気分で聞いていた。性的な快感はモナと出会って初めて感じたことだった。いっしょになった最初のころ、彼は思ってもいなかったような性の喜びを感じた。それまで何人かの女性と性体験はあったが、モナとのようなものではなかった。その後も唯一の例外はもちろんバイバだった。

だが彼は一度も戸外で、しかも海辺でセックスしたことはなかった。それに一番近いことをしたのは、列車のトイレにモナを引っ張り込んだときだったが、外からドアをドンドンと叩かれて中断せざるを得なかった。そればかりかモナはそのことで怒り狂い、金輪際こんなことはしないでときっぱりと言い渡されてしまったのだった。

実際、それ以来この種のことは一切しなかった。長い夫婦生活の最後のころは、そんな気分にはならなかった。もっとも、モナが別れたいと言ったときは、性的欲求は猛烈な勢いで戻ってきたのだったが、モナはきっぱりと彼を拒絶した。ドアは永久に閉ざされたのだった。

急にヴァランダーは自分の人生がはっきり見えた。決定的な瞬間が四度あった。最初はあの支配的な父親の反対を押し切って警察官になったとき。二つ目は仕事上人を殺し、迷った末警察官を続ける決心をして復職したとき。三つ目はイースタの町なかのマリアガータンのアパートから田舎に移り、ユッシを飼ったとき。そして四つ目がモナと自分はもう二度と生活を共にすることはない事実を受け入れたとき。この四つ目は自分にとってもっとも難しいことだった。だが自分はそれを選択した。迷いながら生き続けることを選ばなかった。ずるずると時間が経ってある日突然、すべては遅すぎると気づくのだけは嫌だったのだ。これは自分自身で決めたことだ。他の誰の助けも受けなかった。周りの夫婦の面白くなさそうな顔を見るとき、おれはあのままあの状態にいなくてよかったと思う。なにはともあれ、おれは自分の人生の責任をとる努力をした。流れに身を任せはしなかった。


夕暮れとともに蚊の襲撃が始まった。だが蚊よけスティックを持ってきたし、頭からアノラックのフードをかぶって防御した。周りの小島や入江からモーターボートの音はほとんど聞こえなくなった。ヨットが一艘沖の方へ向かっていくのが見えた。

真夜中過ぎ、耳の周りの蚊を追い払いながら、彼はボートを出した。海図を見ながら暗い中、礁や小島を避けて静かにボートを進めた。コースを外れないように気をつけてゆっくり進んだ。目的地近くまで来るとさらに速度を落とし、しまいにピタッとボートを止めた。静かに風が吹いている。モーターを止め、オールを下ろして漕ぎ始めた。ときどき漕ぐ手を止めて、暗闇を探るように見た。どこにも明かりは見えない。それが不安だった。明かりがついているはずなのだ。真っ暗であるはずはない。

波打ち際まで近づいて、そっとボートを降りた。ボートを岩場に引き上げたとき、舟底が岸辺の岩に当たる音が響いた。綱を岸辺に近いところにある立ち木に結びつけた。さっきボートに乗る前に取り出しておいた懐中電灯の一つをポケットに入れ、もう一つは手に持った。もう一度リュックサックの中に手を入れてサンドウィッチの残りや衣類の中から取り出したものがあった。職務上の拳銃だった。最後まで持参するかどうか、迷ったものだ。しまいに持っていくことに決めて、弾を込めた弾倉といっしょにリュックの中に入れたのだ。なぜ銃を持っていくことにしたのかは自分でもわからなかった。身体的な危険にさらされるという心配はなかったはずなのだが。

だが、ルイースが死んでいるのだ、と彼は思った。そしてヘルマン・エーベルは、彼女は殺されたのだと確信していた。もっと全体像がはっきりわかるまでは、殺したのはホーカンだと見るべきだとヴァランダーは思っていた。いまのところは証拠もないし動機もわからないからだ。

弾倉を装塡し、安全装置を確かめた。それから懐中電灯をつけ、灯りについている青いフィルターを確かめた。光は弱かった。警戒している者でなければ気づかないほどに。

暗闇に耳を澄ました。波の音が高くて、他の音は何も聞こえなかった。リュックサックをボートに戻し、舫綱《もやいづな》に懐中電灯の光を当て、しっかりつないであるのを確かめた。それから島の奥に向かってゆっくり歩き始めた。海岸近くは蜘蛛《くも》の糸が隙間なく張っていた。わずか数歩しか歩かないうちに、蜘蛛の巣で身動きがとれなくなり、自分のアノラックの背中に大蜘蛛が張り付いていることに気がついた。ヴァランダーは蛇は別に嫌いでも怖くもなかったが、蜘蛛は苦手だった。蜘蛛の巣を突っ切って歩くのはやめて、横に歩いて蜘蛛の巣が薄いところを探した。五十メートルも横に歩いただろうか。錆びた古い船の部品が捨てられているところまで来た。ヴァランダーはその島には一度も来たことがなく、船から見たことがあるだけだったので、自分が現在どこにいるのかまったく見当がつかなかった。前回は島の反対側を西に向かって船で通り過ぎたのだった。今回彼はボートを東側につけた。そこが島の裏側であることを願って。

　そのとき、ポケットで電話が鳴りだした。慌てて電話を切ろうとしたとたん、懐中電灯を落としてしまった。電話が鳴り続けた。どのポケットで鳴っているのか、あせって上着やズボンのポケットをまさぐった。その間にも電話は鳴り続け、ようやく音を止めるまでに少なくとも六回は鳴らせてしまった。ディスプレーにリンダの名前が見えた。胸ポケットに電話を入れて、ファスナーを閉めた。

　電話の音はまるで緊急時のベルのように辺り一面に鳴り響いた。彼は耳を澄ました。だが、暗闇には何も聞こえなかったし、何も見えなかった。聞こえるのは風の音と波の音だけだった。

　ゆっくりと前に進んだ。ようやく前方の暗闇の中に黒っぽい家の形が見えてきた。カシの木の背後に立って様子をうかがったが明かりは見えなかった。おれの推測の間違いか、と彼は思った。ここに人はいない。おれの出した結論は間違っていたに違いない。

いや。窓枠と閉まったカーテンの間から弱い光がほんのわずかだが漏れていた。もう少し近づくと、他の窓からも弱い光が漏れていた。

静かに家の周りを回った。家全体が暗闇の中に沈んでいた。まるで戦争中で、光が敵軍に見つからないように暗くしている家のようだった。この家にとって、敵はおれなのだ、とヴァランダーは思った。

木造の家の壁に耳を当てて、中の音に耳を澄ました。くぐもった音が聞こえた。ときどき音楽が混じっている。テレビかラジオだと思ったがどっちかはわからなかった。

壁から耳を離して、ふたたび暗闇に身を隠して、これからどうするかを考えた。いまのこの時点までのことしか考えていなかった。これから先はどう進めるか？　明日の朝まで待って、ドアをノックし、出てくる人間を見るか？

迷った。決められないことで彼は苛立った。そもそも自分は何を恐れているのか？

この問いに答える時間はなかった。少なくともその瞬間には。肩に手を感じて、彼はギクッとして振り返った。暗闇にホーカン・フォン＝エンケを見て、初めからここに彼がいることを想定しての行動であったにもかかわらず、ヴァランダーは驚いた。ホーカンはスウェットージャケットにジーンズ、髭は剃っていない。髪はぼうぼうだった。

二人は睨み合ったまましばらく立っていた。ヴァランダーは懐中電灯を手に持ったまま、ホーカン・フォン＝エンケは濡れた地面に裸足のまま。

「電話の音が聞こえたのですね」というのがヴァランダーの最初の言葉だった。

フォン＝エンケは首を振った。その顔には恐怖だけでなく、悲しみが表れていた。

「家の周りにアラーム装置をつけている。十分前から島に上陸した者を探していた」

「私だけです」ヴァランダーが言った。

「ああ。君だけだ」

二人は家の中に入った。家の中の明かりで、武器を携えていたのは自分だけではない、ホーカンもまた武器を、ピストルを、ズボンのベルトに挟んでいたのだとわかった。ユーシュホルムで会ったときは上着の内ポケットに潜ませていた。

フォン＝エンケは誰を恐れているのだろう、とヴァランダーは思った。誰から身を隠しているのか？

海の音はもう聞こえなかった。ヴァランダーは目の前の、長いこと姿を消していた男を見つめた。

二人ともそのまましばらく口を開かなかった。そしてようやく少しずつ話し始めた。ゆっくりと、あたかも互いの様子を探りながらじりじりと近づいていくように。

第四部　虚　　像

31

長い夜になった。ヴァランダーは逃亡者と長い会話を交わしながら、何度も、これはおよそ六ヵ月前にストックホルム郊外のパーティー会場の館の、窓のない部屋で交わした会話の続きだと思った。いまフォン＝エンケから聞く話は驚きに値することであると同時に、あのときなぜ彼があれほど苦悩していたかを説明するものでもあった。

ヴァランダーはいうまでもなく、リヴィングストンを発見したスタンレーのような気分にはならなかった。推測は正しかった。それだけのことで、直感は今回も正しい道を示してくれた。フォン＝エンケが隠れ家を発見されたことを驚いているかどうかはわからなかった。元潜水艦艦長は冷静で、まったく表情を変えなかった。なにが起きても驚かないという態度だった。

その家は本来は狩猟小屋で、外から見ると掘っ建て小屋に見えたが、中に入ると居住スペースになっていた。家の中に壁はなく、台所がついているだけのひとつの大きな部屋だった。バスルームだけが区切られていて、ドアがついていた。片隅にベッドが一つある質素な家だ。やはり本来の狩猟小屋だった。いや、艦長といえども狭いスペースしか使えない潜水艦の中のようだ。部屋の真ん中に大きなテーブルがあって、本や書類が重ねられていた。片方の壁に棚があり、ラジオが置いてある。小さなテーブルの上にはテレビとレコード・プレーヤーが置いてあった。そのそばには深紅の長椅子がある。

「電気があるとは思わなかった」とヴァランダーが言った。

「下は岩盤だ。そこに大きな穴を開けて発電機を入れたのだ。波が穏やかなときでさえ、発電機の音は聞こえない」

ホーカン・フォン＝エンケは調理台のそばに立ってコーヒーを淹れた。ヴァランダーは静かに頭の中でこのあとに続く会話の準備をした。だが、この間ずっと探していた男が目の前に現れたいま、何を訊けばいいのかまったくわからなかった。いままで考えていたことはすべてどれも中途半端な、意味のないもののように思われた。

「記憶が正しいかどうかわからんが」フォン＝エンケが言った。「たしか君は砂糖もクリームも入れないんだったな？」

「ええ、そのとおりです」

「残念ながら、コーヒーといっしょに出すクッキーも何もないんだ。空腹かね？」

「いいえ」

フォン＝エンケは大きなテーブルの片隅を片付けた。テーブルの上にあった本の多くは近代的な戦略と現実の政治に関するものだった。その中でももっとも読まれた形跡のある本はその名も『潜水艦の脅威』というタイトルだった。

コーヒーは濃かった。フォン＝エンケ自身は紅茶を飲んだ。ヴァランダーは自分も同じものにすればよかったと後悔した。

時刻は一時十分前だった。

「いろいろ訊きたいことがあるのだろう」フォン＝エンケが言った。「君の問いのすべてには答えられないかもしれないし、答えたくないかもしれない。だが、その前に、私から君に訊かなければならないことがある。まず第一に、君は一人で来たのか？」

「そうです」

「他に君のいまの所在を知っている者は？」

「いません」

ヴァランダーはフォン＝エンケがいまの答えを真に受けるかどうか迷っているのがわかった。

「誰もいません」と繰り返した。「この旅行は完全に私一人で考えたことです。誰一人、この旅行について知っている者はいない」

「リンダさえも？」

「ええ、リンダさえも」

「ここまではどうやって来た？」

「モーターボートで。ご希望なら貸しボート屋の名前を挙げることができる。しかし、その男は私の行先を知らない。誕生日を迎える友人をサプライズで驚かせると言ってボートを借りました。その男は私の言葉を信じたと思います」

「ボートはいまどこにある？」

ヴァランダーは後ろを指差した。

「島の反対側に。陸に上げて水辺に近いところにある木の幹に縛りつけてあります」

フォン＝エンケは黙って、手に持っているカップをじっと見つめている。

ヴァランダーは待った。

「いずれ誰かに見つけられるだろうと思っていたから、驚きはしない。だが、それが君だったとはね」

「誰だと思ったのですか？」

フォン＝エンケは静かに首を振ったが、答えなかった。ヴァランダーはいまはこれ以上の追及はしないことに決めた。

「どうやって私の居場所を突き止めたのかね？」

問いを出しながらも、フォン＝エンケは疲れている様子だった。逃亡生活で疲労困憊しているに違いないとヴァランダーは思った。たとえ場所を点々と移るのではなく一箇所にとどまっていたとしても。

「ボークウーにエスキル・ルンドベリを訪ねたとき、彼はこの小屋を指差して、身を隠すにはちょうどいい場所だというようなことを言ったんです。彼の島から本土へ向かってボートを走らせていたときのことです。もちろん、私が彼を訪ねたことは知ってますね。彼の言葉が私の記憶に引っかかっていました。その後、あなたが島というものが特別に好きだということを聞いて、ひょっとしてここかもしれないと思ったのです」

「誰から聞いた、私が島が好きだということを?」

ヴァランダーはここでステン・ノルドランダーの名前は出さないことに決めた。もう一人、チェックしようにもできない人物がいた。

「ルイースです」

フォン＝エンケは黙ってうなずいた。それから背筋を伸ばして、質問に答えるという構えを見せた。

「やり方は二つあります。自分で話すか、私の質問に答えるか」

「私には何かの嫌疑がかけられているのかね?」

「いいえ。しかしあなたの妻が死んでいる。それであなたは疑われている。必然的にそうなるのです」

「当然だろうな」

自殺か他殺か。彼は動じていない。ここは注意深く進めなければならないとヴァランダーは思った。目の前にいる男は、リンダの同棲相手の父親とはいえ、おれはいままでほとんど付き合いがないのだ。

「どうぞ、話してください。はっきりしないところがあれば、こちらから訊きます。ユーシュホルムであなたの誕生パーティーを開いたところから始めてもらいましょうか」

ホーカン・フォン＝エンケは激しく首を横に振った。疲れは吹き飛んだようだ。キッチンコーナーへ行くと、新たにティーバッグを入れて湯を注いだカップを手に立ったまま話しだした。

「話の始めはそのときじゃだめだな。もっと前から話さないと。出発点は一つしかない。シンプルであり本当のことだ。私は妻のルイースをこの世の何よりも愛していた。神様には申し訳ないが、はっきり言って、私は自分の子どものハンスよりもルイースを愛していたくらいだ。ルイースは私の人生の喜びだった。彼女が歩く姿、彼女の微笑み、隣室で彼女の気配を感じること、すべてが」

ホーカン・フォン＝エンケはここで口を閉じ、強い、挑戦的な視線をヴァランダーに送った。ヴァランダーからの答え、少なくとも反応がほしいという目つきだった。

「ええ。よくわかります。いまあなたが言ったことはきっと真実でしょう」

それを聞いてフォン＝エンケは話を始めた。

「ずっと前まで遡《さかのぼ》らなければならない。しかし、何が起きたかを細部にわたって話す必要はないと思う。時間がかかりすぎるし、必要でもない。話を一九六〇年代と七〇年代にしぼろう。私は当時まだ海軍の艦船の仕事を活発に行《おこな》っていた。一時期は我が国のもっとも近代的な駆逐艦の艦長として。ルイースはその当時、学校の教師をしていた。自由時間は若手飛び込み選手のトレーナーをしていて、東ヨーロッパへ行ったりもしていた。中でも当時から新しい選手を育てるのに積極的だった東ドイツにはときどき行っていた。今日では、当時の東ドイツの優秀な選手たちというのは、ときには非人間的なまでの厳しいトレーニングと、新しく開発されたドーピング薬の組み合わせの結果だったことがわかっているが。一九七〇年代の終わりころには、私はスウェーデン海軍の最高指導部の一員となった。膨大な仕事量で、ときには家まで仕事を持ち帰った。週に数回、私は極秘書類のスタンプが押された資料を家に持ち帰り仕事をした。家には銃の保管庫があった。当時私は狩猟をしていた。たいていは鹿狩りだったが、ときには年一回の大規模なヘラジカ狩りにグループ参加することもあった。銃の保管庫には猟銃と銃弾を入れていつも鍵をかけていたが、そこに私は、夜あるいはルイースといっしょに劇場や夜のパーティーに出掛けたりしたとき、書類を入れたカバンを入れていた」

ここで彼は話を止め、カップからティーバッグを取り出して皿の上に置いて話を続けた。

「人はいつ、物事がおかしいと気がつくのだろう？　ほとんど気づかないほど小さな違い、何かがなくなっていることに気づくのはいつだ？　君は警察官だから、そんな微妙な変化、かすかなシグナルに気づく状況を経験していると思うが。ある朝、銃の保管庫を開けたとき、私は何かが微妙に違うと感じた。いまでもあのときの感じを憶えている。いつものように茶革の書類カバンを取り出そうとしたとき、ハッとしたのだ。昨日の晩、自分は本当にこの位置に、この角度にカバンを置いただろうか？　保管庫の鍵のなにかが、そしてカバンの持ち手の位置が違うと感じた。だが、そのときのためらいは一瞬だけだった。すぐに気のせいだと思った。私はいつもカバンの中の書類が間違いなくあるかどうかチェックした。その日の朝も例外ではなかった。その後はそのことはもう考えなかった。私は自分のことを観察眼があり、人よりも記憶力のある男だと思っている。少なくとも、以前はそうだった。歳をとるとすべての能力が落ちてくる。人はそれをただ黙って眺めるより他はない。君は私よりもずっと若いが、もしかするとすでにそんな経験をしているのではないか？」

「視力が落ちています。一年おきに眼鏡を買い替えている。聴力も以前のようではないことに気づいています」

「嗅覚だけは衰えていない。花の香りが以前と同じようにはっきりと感じられる」

二人は黙った。ヴァランダーの後ろで音がした。

「ネズミだよ。ここに来たころはまだ寒かった。ネズミの走り回る音、かじる音がうるさくてたまらないときもあった。いつか、年齢の衰えでネズミの音さえも聞こえない日が来るのだろう」

「話を遮るつもりはないのですが、姿を消したあの朝、あなたはまっすぐここに来たのですか？」

「迎えが来たのだ」

「誰です？」

フォン＝エンケは首を振った。答えたくないのだ。ヴァランダーはあえて追及しなかった。

「銃の保管庫の話に戻ろう。数ヵ月後、私は書類カバンがまたもや位置が少し変わっていると思った。もちろん、今度も私は見間違いだと思った。書類カバンの中にあった書類は、今回もまた順序も違っていなかったし、混ざっていることもなかった。だが、この二度目のとき、私は不安になった。銃の保管庫の鍵は私の机の郵便物用の計器の下にいつも置いてあった。その場所を知っているのはルイースだけだった。私はそういうときにふつう人がすることをした」

「なんです？」

「直接に訊いたのだ。ルイースはキッチンで朝の食事をしていた」

「何と答えましたか？」

「ノーと答えた。そしてごく自然な質問をしてきた。なぜわたしがあなたの銃の保管庫に興味などもつと思うのかと。彼女はそもそも私が家に武器を置くこと自体を嫌っていた。実際にはそれについては一言も言わなかったけれども。私は家の前で待っている軍の迎えの車へ向かいながら、恥ずかしいと思ったのを憶えている。役職上、当時海軍基地までの送り迎えは兵役に従事している若者の役割だった」

「その後は？」

ヴァランダーはその問いでフォン＝エンケが苛立ったことがわかった。フォン＝エンケは自分で話のテンポを決めたいのだ。ヴァランダーは両手を上げて謝る格好をした。この先は話の腰を折らないという仕草だった。

「ルイースは本当のことを言っていると私は確信したが、おかしなことにそのあとも書類カバンと中身の書類は元の位置から少しずれるということが続いたのだ。心ならずも、私は小さな細工を施した。書類のいくつかを間違った順序に入れておいたり、書類カバンの鍵金具の上に髪の毛を一筋置いたりした。持ち手の部分に油をほんの少し塗っておいたこともある。もっとも難しかったのは、動機がわからなかったことだった。なぜルイースは私の書類に関心を持つのか。単なる好奇心とか嫉妬心から彼女がそんなことをするとは考えられなかった。彼女はそんなことをする必要がないと知っていたはずだからだ。まさにその考えられないことが起きているのだと理解するのに一年以上かかった」

フォン＝エンケはここで一息ついて、また話し始めた。

「ルイースは他国の権力と通じているのだろうか？　そんなことは、ある一つの理由から、考えられないことだった。私が家に持って帰った書類は外国の情報機関が関心をもつような種類のものではなかったのだ。それでも私は心配でならなかった。自分がいつのまにか妻を疑い始めているのがわかった。それも、そうではないかという気がするだけ、髪の毛一本の位置が少し違っていたことぐらいしか根拠がないのに。しまいに、すでにそれは一九七〇年代の終わりごろだったが、私は妻に対する疑いが根拠のあるものかどうかを調べようと決心した」

フォン＝エンケは立ち上がり、巻かれた地図が数本おいてある部屋の隅に行った。そして中部バルト海の海図を持って戻ってきて、テーブルの上に広げ、四隅に石の重しを置いた。

「一九七九年の秋、正確には八月と九月だが、我々は例年どおり、秋の海軍の演習を行うことになっていた。その演習に関してはいつものとおりで、特別演習ではなかった。それは私が海軍最高司令部に勤めていた時期で、私は司令官の一人として参加していた。この演習の約一ヵ月前には、すべての計画と進行表が作成されていたし、航行ルートができあがり、全艦船がそれぞれの演習位置に着いていた。だがそのとき私は、もう一つ別の計画を作った。そしてその計画に自ら極秘の印を押したのだ。スウェーデン国防軍最高司令官の印まで押した。もちろん、偽印だったわけだが。私が演習の中に盛り込んだ偽の秘密の計画とは、潜水艦の一つが完全レーダー制御のタンカーを使って高度な技術を要する給油作業をするというものだった。全部でたらめだったのだが、現実にできないことではなかったかもしれない。その演習が行われる位置と時間まで正確に書き込んだ。その時間帯に海軍最高司令部が乗っている駆逐艦スモーランドがすぐ近くにいることは折り込み済みだった。その書類を私は家に持って帰り、銃保管庫にしまい、翌朝仕事に出かける前に机の中に隠して出かけた。これを数日続けて行《おこな》った。その翌週、私はこのためにわざわざ借りた銀行の貸金庫の中にこの書類を保管した。この書類は破り捨てようかとも思ったが、のちに証拠として必要になるかもしれないと思い、保存した。海軍演習が行われる前の一ヵ月は私にとって人生最悪の月になった。ルイースの前では何事もなかったように振る舞いながら、彼女に罠をしかけたのだから。もし私が恐れているとおりだったら、その罠は私たち二人を破滅させるものとなるのは必定だった」

フォン＝エンケは海図の一箇所を指差した。ヴァランダーは身を乗り出して、そこはバルト海にあるゴットランド島の北に位置するゴッツスカ・サンドウーン島の北東の一箇所であるとわかった。

「私がでっち上げた架空のタンカーは、潜水艦とここで演習することになっていた。この場所は予定されていた海軍演習区域のすぐ外にあった。少し離れたところにソ連の艦船がいて、我々を尾行していたことは秘密でもなんでもなかった。我々もワルシャワ条約に従って演習を行《おこな》っていた。規定通り我々は適当な距離を保ち、挑発的な動きはしなかった。この両者が架空の出会いをする場所として私がここを選んだのは、その日の朝スウェーデン国防軍最高司令官がベリヤ海軍基地からその海域に演習を見に来ることになっていたからだった。そのために、私が作り上げた架空のタンカー給油作業が行われるとき、駆逐艦は演習地域へ行く途中、いるべき位置にいなければならなかったのだ」

「話の腰を折るつもりはないのですが」とヴァランダーが口を挟んだ。「複数の艦船が入り混じるときに、正確な時間で事が進むことなど可能だったのですか？」

「演習の目的の一つがまさにそれだったのだ。戦争に必要なのは金だけではない。すべてが正確な時間に行われることが重要なのだ」

そのとき屋根に大きな音が響いて、ヴァランダーは飛び上がった。だがフォン＝エンケは何事もないような顔で話を続けた。

「枝だよ。ときどき屋根の上に落ちて、大爆音が響くんだ。私はときどき枯れた大きなカシの木を切り倒す作業をするのだが、ここには電動ノコギリがない。幹はかなり太い。ここら辺に生えているカシの木は十九世紀の中頃からのものだろう」

フォン＝エンケは一九七九年の八月末の話に戻った。

「この演習には誰も予測しなかったことが起きた。ストックホルムから南方のバルト海は気象予報士が予告することもできなかったような突然の南西の嵐に見舞われた。スウェーデン潜水艦の一つ、我々の中でも若いハンス＝オーロフ・フレドヘル潜水艦艦長の指揮する潜水艦の舵が動かなくなった。そのためふたたびその潜水艦はムスクウーに戻ってこられるまでの間ブローヴィーケンへ牽引《けんいん》され、そこで静かに待つことになった。その潜水艦に乗っていた連中は嵐が収まるまで気が気ではなかったに違いない。潜水艦は嵐のときけっこう強く揺れることがある。加えて小型軍艦に漏水騒ぎが起き、乗組員は他の船に乗り換えさせられた。その軍艦は沈みはしなかったが。演習の大部分は予定どおりに行われた。演習が最終段階まで来た日には、風も少し穏やかになった。私は自分が書類上作り上げた架空の潜水艦と超近代的なタンカーの演習予定日の数日前は心配で眠れなかった。だが誰も私の様子が変だとは思わなかったようだ。本来の演習が予定どおりに終わり、我々は満足した様子の国防軍最高司令官を下船させた。そのとき突然、駆逐艦スモーランドの艦長が、本艦が百パーセント素晴らしい駆逐艦であることを見せるためにフルスピードで走らせろと命じたのだ。一瞬私は不安になった。私のマークした場所を予定より早い時刻に通り過ぎてしまうのではないかと心配したからだ。だが、高波のために駆逐艦はそれほど速くは進まず、私が計算した以上のスピードは出なかった。その日の午前中、私は司令室で過ごした。それを変だと思う者はいなかったはずだ。というのも私自身が艦長の位だったせいもある。駆逐艦スモーランドの艦長は副機関士のユルゲン・マッツソンに操縦を任せていた。時刻は午前十時。そして、マッツソンはまさにそのとき私に望遠鏡を手渡して、『これを見てください』と言い、指差した。海上は雨が降っていて曇っていた。だが、私はすぐに彼が何を見たか、わかった。海上の左手に二隻の漁船が浮かんでいた。ソ連海軍の監視船が特徴的なアンテナを始め我々のよく知っている偵察器具すべてを備えて漁船を装ってそこにいた。その船の積荷は魚ではないことは明らかだった。その船に乗っているのはソ連の技術者であり我々の無線通信を傍受している者たちであるのは疑いの余地がなかった。そこはスウェーデンの領海の外だったことは言っておく方がいいかもしれんな。つまり彼らは一応そこにいる権利はあったわけだ」

「向こうはあなたが書類上作り上げた架空の特別なタンカーによる潜水艦給油を見ようとして待っていたわけですか?」

「しかし、そんなことはもちろんマッツソンは知らないわけで、あいつら、何をしているんだろう、とマッツソンは私に訊いた。ここは我々の演習の場所からかなり離れているところなのに? 私はそのとき自分が何と答えたのか、はっきり憶えている。『もしかすると彼らは本物の漁船じゃないか?』だが、マッツソンはそれには納得しなかった。艦長に電話をかけて司令室に呼び出した。駆逐艦は漁船の存在を我々が報告する間、その場所を動かなかった。ヘリコプターが一台やってきて、漁船の上でしばらく様子を見ていたが、漁船に対しては何もせず、その後引き揚げていった。そのときには私は司令室を引き揚げ、演習の間使用していた船室に降りていた」

「あなたは知りたくないことを知ってしまったわけですね?」

「私は気分が悪くなっていた。それは船酔いなどという生半可なものではなかった。船室に入ると私は吐いた。その後ベッドに横たわって、このあとはすべてがいままでとは変わるのだと自分に言い聞かせた。これで私が偽装した書類が、妻のルイースを通してワルシャワ条約側の手に渡ったことは確実になった。もちろん彼女には協力者がいたのだろう。私はそう思いたかった。ルイースが外国の情報機関への直接のコンタクト・パースンではなく、決定的なコンタクトを持っていたスパイが他にいて、彼女はその人物に情報を流しただけだと思いたかった。だが私にはもはやそれも信じられなかった。私は彼女の生活を全部、詳細に調べた。彼女が定期的に会っている人間がいるかどうかチェックした。私には彼女がどのように行動したのか、皆目わからなかった。私が偽装した書類を彼女がどのようにしてコピーしたのかもわからなかった。写真を撮ったのか、メモをとったのか？　それとも記憶したのか？　そして彼女はその情報をどのようにして相手に渡したのか？　何より重要なのは、彼女はどこからすべての情報を手に入れたのかだった。私の銃保管庫にあった書類はほんの一部に過ぎなかった。彼女の協力者は誰なのだ？　その後の一年間、仕事以外の時間すべてを、それを突き止めることに費やしたにもかかわらず、私にはわからなかった。私は自分の目を信じるしかなかった。あのとき私は、あの狭い寝室で船の強い振動を感じながら、もう逃げ道はないと思った。私は私の知らない女と結婚していたのだと認めなければならなかった。それはすなわち、私は私自身を知らないということでもあった。なぜ私はそれほどまで彼女を誤解していたのだろう？」

ホーカン・フォン＝エンケは立ち上がり、海図を丸めた。それを棚の上の元の位置に置くと、ドアを開けて出て行った。ヴァランダーはいま聞いた話がまだよく理解できなかった。あまりにも規模の大きな話だった。まだ答えを必要としているたくさんの問いがあった。

外で用を足したフォン＝エンケが戻ってきた。

「あなたはいま二十年も前の話をしてくれた。二十年は長い。現在はこれとどう関係があるのですか？」

フォン＝エンケは急に怒りの表情を見せた。そして腹立たしそうに言った。

「この話を始めたとき、私は何と言った？　君は忘れたのか？　言っただろう、私は妻をこの世の何よりも愛していると。彼女が何をしようと、それだけは変えられなかった」

「しかし、それでもあなたは彼女を問い質すべきでしたよね？」

「そうしなければならなかったか？」

「彼女は一つには我が国に対して反逆行為を働いた。もう一つには、あなたを裏切った。あなたの機密文書の情報を盗んだのですから。あなたは発見したことを彼女に言わずにそれまでどおり暮らし続けることはできなかったはずです」

「できなかったはず？」

ヴァランダーは自分の耳を疑った。しかし、空になった紅茶カップを手のひらで回している男は確信がありそうだった。

「ということは、あなたはルイースに何も言わなかったのですか？」

「そう、言わなかった」

「まったく一度も、ですか？　そんなこと、あり得るのか」

「あり得るもあり得ないも、私の言うとおりなのだ。私は家に機密文書を持って帰るのをやめた。それは突然の行為というわけではなく、仕事の種類が変わったので、家に仕事を持って帰る必要がなくなったという説明をつけた」

「ルイースは何か気がついたでしょう？　何も気がつかなかったとは考えられない」

「いや、私は彼女に何の変化も見なかった。まったく平常どおりだった。数年後には、まるであれは悪夢だったとさえ思えた。もちろん、そんなことはあり得ないかもしれない。彼女は私がなにもかも知っていて知らんふりしているのだと見抜いていたかもしれない。そのようにして私とルイースは、相手がなにを知っているかを決して確かめないままこの二十年間秘密を共有してきたのだ。そしてそれは、ある日突然すべてが変わるまで続いたことになる」

ヴァランダーは直感的に言った。

「例の潜水艦事件に関連して？」

「そうだ。当時国防最高司令官がスウェーデン軍隊の中にスパイがいると疑っているという噂が流れた。最初の警告はソ連からイギリスに亡命したソ連スパイの言葉だった。彼はスウェーデン軍隊の中にロシア人が高く評価しているスパイがいると言ったのだ。それは下級軍人ではなく、重要な機密を手に入れることができる立場の人間だと」

ヴァランダーはゆっくり首を振った。

「それは考えにくいことですね。スウェーデン軍隊の中のスパイ？　ルイースは学校の教師だった。授業外に若い有望な飛び込み選手のトレーナーもしていた。その彼女が、もしあなたの書類カバンが本当に空っぽだったのなら、どうやって機密文書にアクセスできたのですかね？」

「一つ憶えていることがある。そのソ連の元スパイの名前はラグリンといった。当時はかなり多数のスパイがソ連から西側に亡命した。一人ひとりが区別できないほど多かった。このラグリンという元スパイの逃亡兵は、ソ連軍が高く評価していたというスウェーデン人スパイの名前を知らなかったが、一つだけ知っていることがあった。一つのディテールといってもいい。それが劇的に状況を変えたのだ。それは私にとっても劇的な情報だった」

「何ですか？」

フォン＝エンケは紅茶のカップをテーブルの上に置いた。それが彼の決心を促《うなが》したように見えた。ヴァランダーはそのときヘルマン・エーベルが話した別のソ連スパイの名前を思い出した。たしかキーロフという名前だった。

「女だったのだ」フォン＝エンケが言った。「ラグリンはそのスウェーデン人スパイは女だったと言ったのだ」

ヴァランダーは何も言わなかった。

狩猟小屋の壁の中で、ネズミがカリカリと物を噛む音がした。

32

窓辺のガラス瓶の中に作りかけのミニチュア帆船があった。ホーカン・フォン＝エンケがふたたび立ち上がって外に出たあと、ヴァランダーはその瓶に気がついた。フォン＝エンケにとって、他の人間の前で妻がスパイだったことを認めるのは相当難しいことだったのかもしれない。ヴァランダーはフォン＝エンケが急に立ち上がり、失礼と言って外に出て行ったとき、その目が濡れているのを見逃さなかった。フォン＝エンケはドアを開けたままにしていた。外はすでに明るくなり始めていた。家の中に明かりがついていることが海上から気づかれるリスクはほぼなくなっていた。フォン＝エンケが戻ってきたとき、ヴァランダーはまだ半分しか完成していない瓶の中の船を眺めていた。

「船の名前はサンタ・マリア。コロンブスの乗っていた船だ。これを作っていれば、いろんなことが忘れられる。瓶の中に船を作るというこの技術は年取った船の機関士から教わった。その機関士はアルコール問題で働けなくなった。彼はカールスクローナの街をさまよい歩いては、悪口雑言を吐いていた。だが、不思議なことに瓶の中に帆船を作る技だけは忘れなかった。その手が酒のせいでブルブル震えていたにもかかわらずだ。私はこの島に来るまではこれを作る時間がなかった」

「ここの島、名前がないんですか？」ヴァランダーが言った。

「私は〝青い礁〟と呼んでいる。名前がないのは困るからな。青い丘とか、青い娘という名前はすでに他の島につけられていたから」

二人はふたたびテーブルについた。互いに何も言わなかったが、このまま眠らずに話を続けるのは当然と思っていた。一度始めた話は最後まで続けなければならないという気持ちだった。ヴァランダーは、次は自分が話す番だと思った。ホーカン・フォン＝エンケは質問されるのを待っていた。ヴァランダーは出発点に戻って話し始めた。

「七十五歳の誕生祝いのとき、あなたは私と話をしたがった。しかし私はあのときなぜあなたが私に、他の誰でもなく私に、あのようなできごとを話したいと思ったのか、いまでもわからないのです。あのときの話はそのわけを明かすところまではいかなかった。そしてまた、あのときの話は、正直言って、私にはわからないことが多くあった。それはいまでも同じです」

「君は知っておくべきだと思ったからだ。私の息子と君の娘はそれぞれ一人っ子で、これからずっと、おそらくは一生、いっしょに暮らしていくだろうから」

「いや、いまのあなたの返事は変でしょう。何か他の理由があるはず、と私は確信している。それに何より、あなたは部分的真実しか話していない。はっきり言っておきますが、私はそれが嫌なのです」

フォン＝エンケは眉をひそめてヴァランダーを見た。

「あなたとルイースには娘がいる。シグネという名前の娘です。ニクラスゴーデンという施設で暮らしている。私はその娘の存在だけでなくその施設も確かめた。彼女についてあなたは何も言わなかった。実の息子にさえも話していない」

ホーカン・フォン＝エンケは目を大きく開いてヴァランダーを見た。椅子の上で体を硬くしている。この男はめったに人に驚かされることがなかったに違いない、とヴァランダーは思った。だがいまは心底驚いた様子だ。

「私はそこへ行きましたよ」ヴァランダーが続けた。「あなたたちの娘を見て来ました。さらに、あなたが定期的に彼女に会いに行っていることも知った。姿を消す前日にもあなたは彼女に会いに行っている。もちろん、この話を一切しないことを選ぶこともできます。いまのこの会話を、いままでと同じように霞がかかっているような話にして、真実を話さないことにすることもできる。私たち二人が決めればいいのですよ。いや、もっと正確に言えば、あなたが決めればいいのです。私はもう決めたのですから」

ヴァランダーはフォン＝エンケを見つめた。なぜこの男は迷っているのだろうと思った。

「君の言うとおりだ」と、ついにフォン＝エンケは言った。「私はあまりにも日常的にシグネの存在を否定していたので、それに慣れすぎていた」

「なぜです？」

「それはルイースのためだった。彼女はいつもシグネに対して過度な罪の意識をもっていた。分娩時の失敗ではなかったし、妊娠中にルイースがしたこと、食べたもの、飲んだものなどには何の関係もなかったのに。私たちは決してシグネの話をしなかった。ルイースはシグネの存在が認められなかった。だが、私にとってはシグネは存在した。私はハンスに彼女のことが話せないことが苦しかった」

ヴァランダーは黙っていた。ホーカン・フォン＝エンケは急にそのわけがわかったようだった。

「君は彼に話したのか？　そんな必要があったか？」

「私はハンスに姉がいるということを知った以上、話さないのは恥ずべきことだと思ったのです」

「彼はどう受け止めた？」

「怒りましたよ。それは容易に理解できる。騙されていたと感じたのですから」

フォン＝エンケはゆっくりと頭を振った。

「私はルイースと約束した。その約束を破ることはできなかった」

「これはあなたが自分で直接ハンスと話さなければならないことです。それとも知らんふりするか。もう一つの質問をします。数日前にあなたはコペンハーゲンで何をしていたのですか？」

フォン＝エンケの驚きは本物だった。ヴァランダーはその瞬間、立場が優位になったと感じた。問題はその立場をどう利用すれば、テーブルの向かい側に座っている男に真実を話させることができるかだ。聞きたいことは山ほどあった。

「私がコペンハーゲンにいたとどうして知っているのだ？」

「当面、その問いには答えられない」

「なぜだ？」

「答えても意味がないからです。それにいまは私があなたに質問しているのですよ」

「それは私が法的な尋問を受けているという意味か？」

「いや、違う。しかし忘れないでほしい。あなたは姿を消すことで自分の息子と私の娘に非常な苦痛を与えたということを。あなたの行為を考えると、本当は無性に腹が立つ。私を落ち着かせる唯一の方法は、真実を話すことですよ」

「そうしよう」

ヴァランダーは改めて質問を開始した。

「コペンハーゲンでハンスと連絡をとりましたか？」

「いや」

「するつもりだった？」

「いや」

「では、コペンハーゲンでは何をしたのか？」

「金を引き出した」

「しかし、たったいまあなたはハンスとは会わなかったと言った。あなたとルイースの貯金を管理しているのはハンスではなかったですか？」

「ルイースと私の口座はデンマーク銀行にもあった。それは我々二人が直接管理していた。私は退職してから海軍船舶用の武器システム製造会社のコンサルタントをしていた。礼金はドル払いだった。いうまでもなくこれはスウェーデン税務署の知らないところだ」

「金額はどのくらい？」

「その問いに答える必要はないと思う。私を脱税の罪で訴えるつもりがなければ」

「あなたはもっと重大な犯罪を疑われているのですよ。真実を話してください！」

「およそ五十万スウェーデンクローナ」

「なぜデンマーク銀行を選んだのですか？」

「デンマーククローネの方がスウェーデンの通貨よりも安定していると思ったから」

「コペンハーゲンに行ったのはそのためだけですか？」

「そうだ」

「そこまでの交通手段は？」

「ノルシュッピングから列車で。ノルシュッピングまではタクシーで行った。島からフィールウッデンの船着場までは、君がもう会っているエスキルが船に乗せてくれた。帰りも彼の船でここまで戻った」

ここまでは疑問はない、とヴァランダーは思った。

「ルイースはあなたの裏金のことを知っていたということになりますね？」

「私といっしょにその口座をもっていたのだから、そうだ。別に悪いことをしたとは思っていなかった。二人ともスウェーデンの税金は高すぎると思っていたから」

「なぜいま金が必要だったのか？」

「持ち金がなくなったから。金遣いに気をつけてはいたが、いつかはなくなるものだから」

ヴァランダーはコペンハーゲンのことはそのくらいにしてふたたび話題をユーシュホルムに戻した。

「一つ頭に引っかかっていることがある。それはあなたにしか答えられないことです。パーティー会場のテラスにいたとき、私の背中の後方に男を見てあなたは緊張した。正直言って、私はあのときのことを何度も思い出すのです。あれはいったい誰だったのですか？」

「わからない」

「しかし、その男を見つけてあなたは不安になった？」

「怖くなった」

その答えはうなり声のように突然発せられた。ヴァランダーは緊張した。長い逃亡生活はテーブルの向かい側に座っている男の神経にきているに違いない。この先は用心深く話を進めようと思った。

「あれは誰だと思ったのですか？」

「わからないと言ったではないか。それに、誰かということは問題ではない。あの男があそこにいたのは、私に思い出させるためなのだから。少なくとも私はそう思っている」

「何を思い出させるため？　いちいち質問させないで、全部自分から言ってください」

「ルイースのコンタクト側は私が彼女を疑っていることがわかったのではないかと思う。もしかすると彼女自身が私に気づかれたと向こう側に告げたのではないか。以前も私は誰かに見られていると感じたことがあった。しかし、あのユーシュホルムのときほど明白ではなかった」

「つまりあなたは監視されていた？」

「常にではない。だが、ときどき尾行されていると思うことはあった」

「それはどのくらい続きましたか？」

「わからない。かなり長い間ではないかと思う。私が気づかなかっただけで、何年間も。あのとき彼らは、見張られていることを忘れるなと忠告したのだと思う」

「テラスから中に話を移します。あの窓のない小部屋に。あのときあなたは建物の中に入りたがった。他の人たちから離れたかった。私と話をしたかった。しかし私はあのときあなたが〝懺悔《ざんげ》〟の相手に選んだのがなぜ私だったのか、いまでもわからない」

「あれは計画的なものではなかった。あのときにたまたま君を誘っただけなのだ。思いつきで突然決めることに自分自身驚くことがある。君にはそういうことはないか？　あのときのパーティーは初めから終わりまでじつに不愉快だった。七十五歳を祝うパーティー、あれはそもそも私は開きたくなかったのだ。それで私はパニックのようなものに襲われたのだ」

「あとになって私はあなたの話の裏にはなにか伝えたいことがあったのではないかと思った。どうですか？　そうではなかったのですか？」

「いいや、そんなことはない。私はただ話をしたかっただけだ。もしかするとのちのち君に私の秘密を明かすことができるかどうか見たかったのかもしれない。私は売国奴と結婚しているということを」

「あなたには他に誰か話せる人がいなかったのですか？　例えばステン・ノルドランダーとか？　あなたの親友の」

「惨めな話を彼に打ち明けると考えるだけでも恥ずかしい」

「それじゃスティーヴン・アトキンスは？　彼にはシグネのことを話していますよね？」

「あのとき私は酔っ払っていた。ウィスキーを大量に飲んで。シグネのことを話したことを私は後悔した。忘れてくれればいいと思ったのだが、忘れていなかったようだな、いまの話では」

「私が知らなかったことに驚いていましたよ」

「私の失踪を友人たちはなんと言っている？」

「心配していますよ。ショックを受けています。あなたが隠れていたと知ったら、彼らは本当に怒ると思いますよ。あなたと絶交するかもしれません。ここで改めて訊きたい。なぜあなたは姿を消したのです？」

「脅かされていると感じたからだ。ユーシュホルムのパーティー会場の外にいた男は始まりに過ぎなかった。突然影が私の行くところどこにでも現れるようになった。そんなことはそれまでなかったことだ。おかしな電話がかかってくるようになった。まるで私がどこにいるかを全部把握《はあく》しているようだった。あるときなど、私が海洋歴史博物館にいたときのことだが、警備員がやってきて、私に電話がかかっていると言った。電話の主は男で、外国訛りのあるスウェーデン語で気をつけろと言った。私は動転した。私はそれまで一度もそんな恐怖を感じたことがなかった。もう少しでルイースのことを告発しそうになったほどだった。警察に匿名の手紙で知らせようとも思った。しまいにそんなことをする気力もなくなり、この狩猟小屋を借りる契約をした。朝の散歩に出かけ、スタジアムの前で待っていたときに、エスキルが迎えに来てくれた。そのあとはずっとここにいた。コペンハーゲンへ行ったとき以外は」

「あなたがなぜ疑いを持っていることを直接ルイースに言わなかったのかがどうしても理解できない。そのころにはもう疑いではなく確信に変わっていたに違いないのに。彼女はスパイに違いない、そう確信していながらどうしてそのあとも彼女といっしょに生活できたのか、それが私にはわからない」

「いま君が言ったことは真実ではない。私は彼女に詰め寄ったことがあるのだ。それも二回もだ。最初はオーロフ・パルメが殺された年のことだ。もちろんあの事件とは関係ないことだが、とにかく不安な時代だった。同僚たちとコーヒーを飲むと、よく我々の中にスパイが泳いでいるらしいということが話題になった。まったく恐ろしい状況だった。菓子パンなどを食べながら自分の妻こそみんなの噂するスパイなのだと心の中で思っていたのだから」

ヴァランダーは突然くしゃみを立て続けにした。フォン＝エンケはその間黙って待った。

「一九八六年の夏、私は初めてルイースに疑問を突きつけた。それは潜水艦艦長のフリース夫妻といっしょにリビエラで休暇旅行中のことだった。フリース夫妻とはふだんからのブリッジ仲間で、我々はメントンでホテルに宿泊していた。ある晩ルイースと私は二人だけで食事をしていた。その日フリース夫妻には娘さんたちが訪ねてくる予定で、別行動だった。食事後、我々は散歩に出かけた。そして私はいきなりルイースに訊いたのだ。何の前置きもなしに。いわば突然爆発したようなものだった。私は彼女の前に回り、こう訊いた。お前はスパイか、スパイではないのか？　彼女は怒り、最初は答えずに私を打つふりをして手を上げた。そのあと感情を抑え、もちろんそうではない、と静かに答えた。どうしてそんなとんでもないことを思いつくのか、外国の情報機関に話せるような情報をわたしが持っていると思っているのか、と訊き返してきた。そう言ってから彼女は微笑んだ。私の問いをまともに受け止めていない態度だった。それで私も引っ込んだ。私は彼女がそんな芝居を打てるはずがないと思ったのだ。私は彼女に謝り、疲れているせいだと言った。その夏はそのまま自分が間違っていたのかもしれないと思っていた。だが秋になるとまた疑いが頭をもたげた」

「何が起きたのですか？」

「同じことが起きた。銃の保管庫に入れた書類が、また見られているという感じがしたのだ」

「メントンで疑問を突きつけたあと、彼女の態度に変化はありましたか？」

フォン＝エンケは少し考えてから答えた。

「私自身何度も同じことを考えた。彼女の態度が変わったように思うこともあったが、そうでないこともあった。いまでもわからない」

「二度目に訊いたのはいつですか？」

「一九九六年の冬のことだった。十年ほど前になるが、二人とも家にいたときだった。朝食中で、外は雪だった。突然ルイースは、私が夢で夜中に彼女に向かって大声で叫んだ、と言った。

お前はスパイだ、と」

「本当にそうしたのですか？」

「わからない。夢で寝言を言うことはあるが、何を言ったかは憶えていない」

「それで、あなたはなんと答えたのですか？」

「私は彼女の言ったことをそのまま彼女にぶつけた。私が夢で言った言葉、お前はスパイだ、は正しいのか、と」

「それで？」

「ルイースはナプキンを私に投げつけて、席を立ってキッチンを出て行った。そして十分ほどして戻ってきた。私は時計を見ていたからわかる。九分と四十五秒だった。失礼しました、と彼女は冷静に言った。そして二度と言わないからよく聞いてほしい、今回はっきり言っておく、と断った上で、今後一切この種の疑いを聞きたくない、まったく馬鹿げていると言った。もし私がこれからもこのことを繰り返し言って責めるのなら、頭がおかしくなったか、認知症になったと思うより他ない、と」

「それで、その後は？」

「何事もなく暮らしが続いた。しかし私の心配も続いた。またスウェーデン軍の中でのスパイの噂も続いた。二年後、ついに自分の頭がおかしくなったかと思うようなことが起きた」

「それは？」

「私は軍隊の情報機関から呼び出された。私に対して直接の告発はなかったが、私は一定期間、スパイ行為を行《おこな》っていた疑いがあるとみなされたのだ。まったくグロテスクな状況としか言いようがなかった。しかし私はこうも考えた。もしルイースが本当に防衛機密情報をソ連に売り渡しているのなら、彼女は完璧な隠れ蓑《みの》を見つけたのだと」

「あなたという?」

「そう。私だ」

「それで、その後は?」

「何も起きなかった。スパイの噂はそれからも聞こえてきた。ときには大きくなり、ときにはほとんど消えた。取り調べに呼び出された者は多かった。年金生活に入ってからもそれは続いた。そして次第に私は監視されていると感じるようになった」


フォン＝エンケは立ち上がって電気を消し、カーテンを開けた。木々の間から灰色の海、灰色の空が見えた。ヴァランダーは窓に近寄った。風が出てきた。ボートが心配になった。きちんと繋いであるかどうか確かめに外に出た。ホーカン・フォン＝エンケがついてきた。水辺にカモが数羽浮かんでいた。日の光がゆっくり朝霧の中に差し込んでいた。ボートはあるべきところにあった。フォン＝エンケの手を借りて、ヴァランダーはボートの舳先を少し高いところに引っ張り上げた。

「誰がルイースを殺したのだろう?」ボートを引っ張り終わったとき、ヴァランダーは呟いた。

ホーカン・フォン＝エンケは振り返って彼をまっすぐに見た。メントンでホーカンがルイースに迫ったとき、きっとルイースもこのような顔をしたに違いないとヴァランダーは思った。

「誰がルイースを殺したのか、と君は私に訊いているのかね？　私の答えは、それは私ではないというだけだ。だが、警察はなんと言っているのだ？　君はどう思っているのだ？」

「ストックホルムでこの件を扱っている捜査官は優秀な男です。だが、彼はこの問いの答えを知らない。いや、まだ知らないというのが正しいでしょう。しかし我々はそう簡単にはあきらめません」

二人は黙ったまま狩猟小屋に戻り、さっきと同じ位置に腰を下ろし、話を続けた。

「最初に戻りましょう。そもそも彼女はなぜ姿を消したのか？　この件を外から見れば、彼女の失踪はあなたと合流するため、あなたといっしょに決めたことであるように見える」

「まったくそうではなかったのだ。私は彼女の失踪を新聞で知った。ショックだった」

「彼女はあなたの居場所を知らなかった？」

「そうだ」

「そもそもあなたはどのくらいの期間隠れているつもりだったのですか？」

「私は一人で静かに考えたかった。それに私は命を狙われていた。突破口を見つけなければならなかった」

「私はルイースには数回会いました。彼女は正直だった。あなたの身に何が起きたのかを心から心配していた」

「彼女は私を騙したのと同じように君をも騙したのだ」

「さあ、それはどうですかね。あなたが彼女を愛したのと同じほど、彼女もあなたを愛していたのではないですか？」

フォン＝エンケは答えず、ただ首を振った。

「それで、突破口は見つかったのですか？」ヴァランダーが訊いた。

「いや」

「あなたはここでいろいろ考えたはずです。ここで眠れぬ夜を過ごしたはずだ。あなたはルイースを愛していたと言う。いま、それを信じるとして、彼女が死んだことを知ってもあなたはこの隠れ家から出てこなかった。いいですか、あなたは命を狙われていたと言うが、彼女が死んだいま、その危険はなくなったはずではないですか。だがあなたは隠れ続けている。なぜですか？」

「私はルイースが死んでから十キロも痩せた。食欲がない。眠れもしない。いったいなにが起きたのか理解しようとしているが、なにもわからない。まるで、ルイースは私の知らない人間になってしまったようだ。彼女が誰に会ったのか、なぜ殺されるに至ったのか、どう考えても答えが出ないのだ」

「彼女は怯えているという印象はありませんでしたか？」

「いや、まったく」

「新聞に書かれていないことがある。警察がまだ公表していないことです」

ヴァランダーはここでルイースは東ドイツで使われていた毒で殺された可能性があると話し

た。

「あなたは全部本当のことを話しているのかもしれない」ヴァランダーが言った。「人生のある時点で、ルイースはソ連のエージェントになったのでしょう。あなたが疑っていたとおり、彼女こそが噂のスパイだったのかもしれない」

フォン＝エンケは急に立ち上がり、出て行った。ヴァランダーはしばらく待ったが、少し経って心配になり、自分も外に出た。フォン＝エンケは島の見晴らしのいい崖の上に仰向けに寝ていた。ヴァランダーはそばに腰を下ろした。

「あなたはこの島を出て戻らなければなりませんよ。ここにいたのではこれからも何もわからないままだ」

「ルイースを殺したのと同じ毒が私を待っているのではないか？　私も殺されればますます何もわからなくなるだけではないか」

「そう。しかし、警察があなたを保護しますよ」

「考えてみよう。ああ、だが、やっぱり私が正しかったのだな。なぜ、どのようにして彼女がスパイになったのか、私は理解しなければならない。そのあとなら、戻ってもいい」

「長引かないようにしてください」と言って、ヴァランダーは立ち上がった。

狩猟小屋に戻って、今度は自分でコーヒーを淹れた。長い夜だった。頭が重かった。ホーカン・フォン＝エンケが戻ってきたとき、ヴァランダーはすでに二杯目のコーヒーを飲み終わっていた。

「シグネの話をしましょう。私は彼女の部屋に行ったとき、本棚にあなたのバインダーを見つけた」

「私は娘を愛していた。だが彼女を訪ねていたことは、ルイースには内緒だった。彼女は私がシグネに会っていたことを知らない」

「あなただけだったのですね、彼女に会っていたのは」

「そうだ」

「しかし、それは違う。あなたが姿を消してから、少なくとも一人彼女を訪ねている。あなたの兄弟であると言って」

ホーカン・フォン＝エンケは激しく首を振った。

「私には兄弟はいない。親族の一人がイギリスに住んでいるが、それだけだ」

「そのとおりでしょう。シグネを訪ねてきたのが誰なのかは、わからない。このことは、あなたと私が思っているよりもずっと複雑である可能性があるのです」

ヴァランダーの目の前でフォン＝エンケの表情が見る見るうちに変わった。正体不明の人物がニクラスゴーデンにシグネを訪ねたということが、その日の話で一番彼に衝撃を与えたようだった。


時刻は六時近くになった。長い夜の対話は終わった。どちらもそれ以上続ける体力はなかった。

「私はいま戻りますが、あなたの所在を知っているのは当面は私だけです。しかし、いつまでも帰りを引き延ばさないでほしい。これからも私はあなたに問いを続けるつもりです。シグネの叔父を騙《かた》ってニクラスゴーデンに入り込んだのは誰か、思い当たる人物がいるか考えてほしい。あなたのあとをつけた人間がいるはずです。誰なのか、理由は何なのか？　この話は続けなければならない」

「ハンスとリンダに私は元気だと伝えてくれ。心配しないでほしい。私が君に手紙を書いたのだと言ってくれ」

「いや、電話をもらったと言います。手紙と言ったら、リンダはすぐに見せてくれと言いますから」

二人はボートまで歩き、力を合わせてボートを海に出した。狩猟小屋を出る前に、ヴァランダーはフォン＝エンケの携帯番号を教えてもらった。また、フォン＝エンケが青い礁と名付けたその島には電波が届かないことがあるということも聞いた。風が強くなっていた。ヴァランダーはボートで無事に帰れるか不安になった。

「私はルイースの身に何が起きたのか、知らなければならない」フォン＝エンケが言った。「ルイースを殺したのは誰かも知らなければならない。また、ルイースが売国奴になった理由も知らなければならない」

モーターは一回綱を引いただけですぐに始動した。ヴァランダーは手を振って、船を出した。

青い礁の岸壁を曲がって振り返ると、ホーカン・フォン＝エンケはまだ海辺に立っていた。

その瞬間、なにかがおかしいという思いが湧き起こった。なぜかその理由はわからなかったが、その感じが鋭く胸に突き刺さった。

貸しボート屋にボートを戻すと、スコーネに向かって急いで車を走らせた。ガムレビーのパーキングで休憩し、数時間眠った。

目を覚ますと、体が硬くなっていてあちこちが痛んだ。さっきの不安な感じがまだ強く残っていた。フォン＝エンケといっしょに過ごした長い夜のあと、残っているのはその感じだけだった。

それは警告といってよかった。何かがおかしい。自分は何かを見過ごしているのだと思った。

数時間後、自分の家の前に着いたときも、まだその感じが残っていた。

一つだけはっきりしていることがあった。何事も、外側から見える姿とは違う、ということだ。

33

翌日、ヴァランダーはホーカン・フォン＝エンケとの会話を思い出して書き留めた。そして改めていままで書いたメモすべてに目を通した。読み返してみると、ルイースの存在は目立たなかった。ソ連に機密情報を売っていたのは本当にルイースだったのだろうか？　ヴァランダーの記録では彼女は常に控えめで陰に隠れた存在だった。本当はどういう人物だったのだろう？　もしかすると彼女は、死んで初めてはっきりわかるような類の人間だったのだろうか？いや、死んでもその正体はわからないのかもしれない？

その日のスコーネは雨が降り、風が強かった。ヴァランダーは窓の外を見て、この夏は自分の記憶するかぎりもっとも惨めな夏かもしれないと思った。それでも彼はユッシと長い散歩に出かけた。血液に酸素を送り込み、頭をスッキリさせなければならなかった。スッキリと晴れ上がった熱い太陽の夏の日差しがほしいと激しく思った。そうしたら庭に出て寝転ぶのだ。いま彼の頭を悩ませている問題など全部捨てておいて。

散歩から帰ると、濡れた衣服を脱ぎ、着古したガウンを羽織って電話のそばに座ると自分の薄汚い電話手帳をめくった。どのページにも名前の上に線が引かれたもの、変更した番号、追加した番号などがごちゃごちゃと書き込まれていた。前日、車を運転していたとき、子ども時代の級友を思い出した。スルヴェ・ハーグベリ。もしかすると、彼に手伝ってもらえるかもしれないと思った。ヴァランダーはいま、その男の電話番号をどこかに書き留めておいたはずだった。数年前、マルメの路上でばったり会ったときにもらった彼の電話番号をどこかに書き留めておいたはずだった。

スルヴェ・ハーグベリは子どものころから変わり者でいじめられっ子だった。ヴァランダーは自分も彼をいじめた一人だったことを思い出した。強度の近眼だったこと、クソ真面目な〝いい子〟だったことがいじめの対象となったのだ。だが、どんなにいじめられてもスルヴェ・ハーグベリの自信は揺るがなかった。意地悪な、軽蔑に満ちたヤジ、突き落としや蹴りなどの暴力も彼にはまったく通じなかった。

義務教育後は何の付き合いもなかった。だがある日ヴァランダーは、テレビのクイズ番組を見ていたときにスルヴェ・ハーグベリが画面に出ているのを見て驚いた。さらに驚いたことに、そのクイズはスウェーデン海軍の歴史という非常に狭い、特殊な分野のクイズだった。スルヴェ・ハーグベリは子どものころから肥満児だった。それもまたいじめっ子たちに目をつけられた理由の一つだった。当時の彼が肥満だったとすれば、テレビに出ているスルヴェ・ハーグベリはまさにデブ、それも大デブだった。スタジオに入ってきた彼の姿は、まるで丸い玉が転がってきたようだった。頭ははげ、縁なし眼鏡をかけ、小学校当時からヴァランダーには何を言っているのかわからなかった、ひどく癖のある南部の方言で話した。当時はまだモナといっしょで、モナはテレビ画面のスルヴェ・ハーグベリの姿を見ると嫌悪感をむき出しにして部屋を出て行ってしまったが、ヴァランダーはスルヴェ・ハーグベリが出題に次々に正解を言っていくのを驚嘆して観ていた。もちろん、スルヴェ・ハーグベリはその番組の賞金王になった。スルヴェ・ハーグベリはすべての出題に対して正確で完璧な答えを瞬時に言った。一度も迷わなかった。彼はスウェーデン海軍の長い、複雑な歴史を完璧に記憶していた。スルヴェ・ハーグベリは子どものころから海軍で兵役につくのが夢で、そのあとは海軍に入って士官になることを夢見ていた。だが、その異常なまでの肥満から、軍事訓練には不適合とされ、本と軍艦のミニチュアの世界に戻されたのだった。そして何年か経って、テレビのクイズ番組で海軍に関するエキスパートであることを証明したのだ。それはいわば彼のリベンジだった。

その後短期間、スルヴェ・ハーグベリは新聞で取り上げられ、話題になった。子ども時代と同じリンハムヌに住んでいて、様々な軍関係のニュースレターに記事を書いたり、講演をしたりしていた。また新聞には彼の膨大な資料についても書かれていた。彼は十七世紀以降のスウェーデン海軍士官に関する膨大な量の記録を持っていて、それらは常にアップデートされているとあった。

ヴァランダーはそのことに目をつけたのだった。もしかするとスルヴェ・ハーグベリはホーカン・フォン＝エンケに関する資料もなにか持っているのではないか？　ホーカン・フォン＝エンケの正体について、ヴァランダーの知らないことを知っているのではないか？

ようやく電話番号を見つけた。それはHの欄にごちゃごちゃと書き込まれた名前や番号の中にあった。ヴァランダーは電話を引き寄せて番号を打った。電話に出たのは女性で、ヴァランダーは名前を言ってスルヴェと話したいと言った。

「スルヴェは死んだわ」

ヴァランダーは息を呑んだ。ちょっと間を置いてから、女性はもしもしと声をかけた。

「ああ、聞こえていますよ。いや、彼が死んだとは知らなかった」

「二年前に死んだのよ、心臓発作で。ロンネビーで昔海軍の機関士をやっていた人たちの集まりで急にバタッと倒れてね。講演のあとの食事会のときだったとか。私への知らせは、おかしな文章だったわね。たしか『メインディッシュとデザートの間に逝去した』とあったわ」

「あなたは彼の奥さん？」

「ええ。アスタ・ハーグベリよ。あの人とは二十六年結婚してました。いつも、体重を減らさなくちゃと言っていたのよ。それで唯一彼がやったのは、コーヒーに入れる砂糖を四杯から三杯に減らしたことだけ。あんたは誰？」

ヴァランダーは名前をいい、できるだけ早く電話を切ろうとした。

「あんた、あの人をいじめた一人だったわね」とヴァランダーが名前を言うとすぐに彼女は言った。「あんたの名前、憶えているわ。小中学校時代に彼をいじめた子の一人よね。あの人、あんたたちの名前をちゃんと書き留めておいたわ。あんたたちがその後どうなったかも調べてた。うまくいかない人がいると、喜んでいたわ。それを恥ずかしいとは思わなかったそうよ。それであんた、なぜ電話してきたの？　スルヴェに何の用事なのよ？」

「彼の膨大な資料で調べてほしいものがある」

「スルヴェは死んだけど、あたしが手伝えるかもしれない。本当はあまり手伝いたくないんだけどさ。あの人のこと、かまわないでおいてくれない？」

「あのころ、自分たちがしていることを、本当は自分たちもよくわかっていなかった。子どもは残酷なものだ。自分も例外じゃなかった」

「後悔している？」

「もちろん」

「それじゃ、こっちに来て。あの人、自分の命は長くないと薄々気づいていて、あたしに資料庫のシステムを教えてくれたの。あたしが死んだあとはどうなるかは知らないけどね。あたしは家にいるから、いつでも来て。スルヴェはお金を残してくれたから、あたしは働く必要がないのよ」

そう言って、女性は笑った。

「あの人がどうやってお金を稼いだか、知ってる？」

「講師として引っ張りだこだったとか？」

「残念でした！　あの人、講演してもお金はもらわなかったの。もう一度、当ててみて！」

「いや、わからない」

「ポーカーよ。あの人、闇の賭け事をやってたのよ。あんた、そういうの、取り締まってるんじゃないの？」

「いや、この頃ではそういう賭け事はみんなインターネットを使ってやってると思っていた」

「インターネットなんて、全然使っていなかったわね。あの人はその種のクラブへ行ったのよ。何週間も帰ってこないこともあったわ。たまにすってんてんになることもあったけど、たいていはカバンいっぱいに現金を詰めて帰ってきた。そしてあたしに金を数えて銀行に入れておけと言ったわ。そして自分はベッドに入って、ときには何日も眠り続けてた。警察が来たこともあるわ、何度か。警察の一斉手入れのときに捕まることもあったけど、一度も逮捕されなかったし、起訴もされなかった。あたしが思うに、あの人、警察と取引してたんだと思う」

「取引？」

「そう、取引。他にどんな言い方があるって言うのよ。あの人は警察に情報を渡してたと思うの。例えば、警察が捜しているだれそれは、盗んだ金を持ってどこそこのクラブに現れてたとか。気の優しいでぶっちょスルヴェが密告屋だとは誰も思わないでしょ。あんた、こっちに来るの、来ないの？」


住所を聞いて、ヴァランダーはスルヴェがリンハムヌの昔の住所にいまでも住んでいることに気がついた。その日の午後五時ごろに行くと約束した。その電話のあとすぐにリンダに電話をかけた。留守電になっていたので、ヴァランダーは家に電話をくれとメッセージを残し、その後冷蔵庫の中の腐った食べ物を捨てて、買い物リストを作った。いま、冷蔵庫の中にはまったくと言っていいほど食べ物がない。家を出ようとしていたとき、リンダが電話をかけてきた。

「薬局に行ってたの。クラーラの具合が悪くて」

「ひどく悪いのか?」

「そんなふうに、まるでクラーラが死にかかっているように反応するの、やめてくれない? 熱があって、喉が痛いんだって。それ以上じゃないわ」

「医者に診てもらったのか?」

「地域保健センターに電話をかけたわ。あの子の症状はちゃんとわかってる。ただ、そっちが興奮すると、わたしまでつられて興奮しちゃうから、落ち着いてよ。どこか、出かけてたの?」

「それは電話では言えない」

「誰か、女の人に会っていたんならいいけど」

「いや、女性じゃない。いや、じつは大事な知らせがあるんだ。ちょっと前に電話があったんだ、ホーカンから」

一瞬、リンダは何を言われたか、わからないようだったが、すぐに大きな声で訊き返した。

「ホーカンから電話が? 何言ってるか、自分でわかってるの? どういうこと?」

「そんな大声で叫ぶな! ホーカンがどこにいるか、おれはわからない。それは言わなかったから。ただ元気だと言った。調子が悪いようには聞こえなかった」

リンダの息遣いが聞こえた。ヴァランダーは彼女に嘘をつくのが嫌でたまらなかった。あの島を離れる前に、ホーカンと約束したことが悔やまれた。事実を言おう。おれは自分の娘に嘘をつくことはできない。

「でも、ちょっと変じゃない? ホーカンはなぜ身を隠してるのか、言わなかったの?」

「言わなかった。ただ、ルイースの死には、自分は何の関係もないとだけ言った。おれたちと同じようにショックを受けていると。姿をくらましてから、ルイースとは連絡を取り合ってないと言っていた」

「クラーラのおじいちゃんもおばあちゃんも、頭が変なんじゃないの？」

「それにはおれは答えられない。だが、とにかく彼が無事だということがわかったのはよかった。ホーカンがお前たちに伝えたいのは無事だ、元気だということだけだ。だが、いつ戻るつもりなのか、なぜ隠れているのかは言わなかった」

「そう言ったの、ホーカンは？　隠れているって？」

ヴァランダーは言いすぎたと思った。だが、打ち消すことはできなかった。

「どういう言葉遣いだったか、はっきり憶えていない。何しろ、おれは彼から電話をもらったことで動転していたからな」

「すぐにハンスに伝えなければ。彼、今日はコペンハーゲンなの」

「おれは午後出かける予定だ。今晩こっちに電話してくれ。そのときに話をしよう。おれもハンスがどう反応したか知りたい」

「大喜びするに決まってるでしょ」

ヴァランダーは嫌な気分で電話を切った。すべてが明らかになったとき、リンダの激怒にどう対処するか、それを考えるだけで憂鬱《ゆううつ》になった。

嫌な気分のまま車に乗り込み、イースタの街へ買い物に出かけた。必要もない鍋を一個買い、食料品の値段がまたとんでもなく高くなっていると思った。イースタの中央を一回りして、紳士服の店に入り、これまた必要ない靴下を一足買ってから家に戻った。雨は止んでいた。空も晴れて空気も暖かかった。ブランコソファを拭いて横になった。目を覚ましたときはすでに三時半になっていた。車に乗り、リンハムヌへ急いだ。ハーグベリの資料庫にどんな協力を求めるのか、自分でもわからなかった。マルメに着いたとき、ヴァランダーはいつものように不快感と喪失感の入り混じったものを感じた。それは彼が子どものころの場所を訪ねるときに決まって感じる感情だった。アスタ・ハーグベリの家の近くに車を停め、そこから彼自身が育った家の方向へ歩いた。外壁が塗り替えられ、新しい垣根が作られていたが、彼は自分の育った家のことははっきりと憶えていた。子どものころよりも砂場は大きくなっていた。だが、木登りした樺の木は二本ともなくなっていた。歩道に立ち止まって、遊んでいる子どもたちを眺めた。子どもたちは肌の色が濃く、中近東か北アフリカ出身に違いなかった。頭をスカーフで覆っている女性が一人、家の入り口の石段に腰を下ろして編み物をしながら子どもたちを見守っていた。開いている窓からはアラビアの音楽が流れていた。ここにおれは住んでいた。別の世界、遠い昔のことだ。

男が一人、家の中から姿を現し、垣根まで出てきた。彼もまた黒い肌だった。その顔に笑みが浮かんでいた。

「誰か、探してる?」と不確かなスウェーデン語で訊いた。

「いや」ヴァランダーが答えた。「私はずっと昔、この家に住んでいた。隣の人は機関車の運転士だった」

そう言ってヴァランダーは昔彼らが住んでいたときには居間だった二階の窓を指差した。

「これはいい家。この家、大好き。子どもたちもこの家大好き。ここに住んでいればなにも怖くない」男が言った。

「よかったね。誰でも怖いのはいやなものだ」

ヴァランダーはうなずいてあいさつし、その場を離れた。自分は年取ったのだと感じて気分が重くなった。そんな自分から離れるように、足早にその場を立ち去った。


アスタ・ハーグベリが住んでいる家の庭は荒れていた。ドアを開けた女性は、ヴァランダーがテレビで見た夫のスルヴェ・ハーグベリと同じくらい肥っていた。顔が汗びっしょりで、髪の毛は汚く、短すぎるスカートをはいていた。強烈な匂いがした。初めは彼女がきつい匂いの香水をつけているせいかと思ったが、家の中に入って、家中が鼻をつくほどのきつい香水の匂いに溢れていることがわかった。家具に香水を振りかけて歩くのだろうかこの女性は、とヴァランダーは思った。植木鉢の花にまで香水を振りかけているのだろうか？

コーヒーを勧められたが、彼は断った。家中に溢れる強烈な香水の匂いのせいで、すでに吐き気を催すほど気分が悪かった。居間に入ると、そこはまるで巨大な船の司令室のようだった。船舵、ピカピカに磨き立てられた銀色の金属製のコンパス、よく教会の天井から吊るされているのを見かける神に捧げた船の模型、壁には船員が船で使う古いハンモックが架けられていた。アスタ・ハーグベリは背の高い回転椅子に腰を下ろした。これもどこかの船の操縦室からきたものに違いないとヴァランダーは思った。彼自身はソファに腰を下ろした。これは普通の家具だろうと思ったのだが、よく見るとソファについている金具に〝クングスホルム号〟とあったので、これもまた船の付属品だったのだろうと思い直した。

「それで、どういう手伝いがほしいの？」と訊きながら、アスタはマウスピースに押し込んだタバコに火をつけた。

「ホーカン・フォン＝エンケ。昔の潜水艦艦長だ。いまはもう引退しているが」

アスタ・ハーグベリは突然猛烈な咳の発作に襲われた。ヴァランダーはこの太った喫煙者の女性がいま、自分の目の前で死なないようにと密かに祈った。アスタは彼と同じくらいの年齢、六十歳ほどだろうか。

アスタの目から涙がこぼれた。ようやく咳が収まると、彼女はゆっくりと落ち着いてふたたびタバコをふかした。

「失踪したホーカン・フォン＝エンケのこと？　たしか奥さんはルイースという名で、死んで発見されたのよね？　違う？」

「スルヴェはたしか独特のアーカイブを持っているのではないか？　そこでフォン＝エンケの履歴を見てくれないか？　なぜ彼が姿を消したのか、その理由を知りたいんだ」

「もちろんもう彼も死んでるでしょ」

「もしそうなら、死んだ理由を知りたい」とヴァランダーはぼそっと言った。

「奥さんは自殺と発表されたわね。ということは、その家族は何か大きな問題を抱えていたと見るのが普通じゃないの？」

アスタは大きなテーブルに向かい、コンピュータにかけてあった布を外した。ヴァランダーは彼女の指が軽やかにキーボードを打つのを見て目を見張った。何分もしないうちにアスタは椅子に寄りかかり、目を細めながらモニター画面を見て言った。

「ホーカン・フォン＝エンケの出世は普通枠の中に入るわね。だいたい普通どおりの出世だった。スウェーデンが戦時下にあるときだったら、もう少し出世したかもしれないけど、まあ、早くもない遅くもない、普通ってとこね」

ヴァランダーは立ち上がって、アスタのそばから覗き込んだ。香水の臭いが強烈すぎて、彼は口から呼吸した。画面に出ている情報を読んだ。写真はおそらくホーカンが四十代のときのものだろう。

「何かとくに目を引くものはないか？」

「別にないようね。士官生のころに北欧スポーツ大会でいくつか賞をもらったようだけど。射撃がうまかった。何度か表彰された。それがとくに目を引くと言えるものなら、だけどね」

「彼の妻に関してはどうだろう？」

太い指がふたたびキーボードの上を躍った。またもやひどい咳が始まったが、今度はルイースの写真が画面に現れるまで指を止めなかった。三十五歳ほどのルイース。いや、四十歳ほどる。かもしれない。微笑んでいた。髪の毛にパーマがかかっていて、真珠《しんじゅ》のネックレスをしている。

ヴァランダーはそこに書かれてある文章を読んだが、別段目を引くもの、驚くようなことは書かれていなかった。アスタ・ハーグベリは次のページに移った。ヴァランダーはルイースの母親方の祖先はキエフからの移民であることに目を留めた。『一九〇五年、アンゲーラ・ステファンノヴィッチは石炭輸入業者イェルマール・スンドブラードと結婚。その後スウェーデンへ移住し、スウェーデン市民となった。イェルマールとの間に四人の子どもをもうけ、ルイースは末っ子』とあった。

「ほら、見るとわかるでしょ、特別に目を引くところはないわね」とアスタ・ハーグベリ。

「そうだな。彼女の先祖はロシアの出身だったということ以外は」

「現在ではウクライナと言うんじゃない？　スウェーデン人の大多数は、出身が外国よ。フィンランド、オランダ、ドイツ、ロシア、フランスなど、あたしたちの先祖はみんな外国から移住してきたのよ。スルヴェの曾祖父はスコットランドからの移民よ。あたしのおばあちゃんはトルコ人の血を受け継いでいたそうよ。あんたは？」

「先祖はスモーランドの小作農だったと聞いている」

「自分の先祖のこと、本気で調べたことある？」

「いや、ない」

「やってみたらわかるわよ。思いがけない発見があるから。でも、いつもいいことばかりじゃないの。あたしの友達にスウェーデン国教会の元牧師がいるんだけどね、引退したとき、彼、家系図を作る決心をしたの。調べ始めてまもなく、直系の親族に二人も絞首刑になっている男がいることがわかったんだって。そのうちの一人は十七世紀の初めころ強盗殺人を犯し、斬首されていた。その男の孫は十七世紀の中頃、ヨーロッパを席巻したドイツ軍隊の軍人だったけれど、軍隊から逃げたため、捕まって絞首刑にされた。五十年の間に二人も直系の親族が死刑にされていたのよ。それがわかってから、その元牧師は先祖のことを調べるのはやめたんだって。なんだかわかる気がしない？」

アスタはよいしょと声をあげて立ち上がり、隣の部屋までいっしょに来いと顎をしゃくって見せた。そこには壁に沿って書類キャビネットがずらりと並んでいた。アスタはその一つの箱を開けて、中から分厚いファイルを取り出した。

「何が入っているのか、絶対にわからないのよ」と言いながら、彼女はファイルの中身を見ていった。

一つの書類を取り出してテーブルの上に置いた。書類の中身は写真だった。ヴァランダーはアスタが当てがあって何かを探しているのか、それとも行き当たりばったりにめぼしいものを探しているのか、わからなかった。そのとき彼女は探している手を止めて、一枚の写真を取り出し、光に向けて見た。「この写真をどこかで見たという記憶がかすかにあったのよ」と言った。「これ、面白いでしょ」

そう言ってアスタはヴァランダーにその写真を渡した。ヴァランダーはその写真を見て呆然とした。そこに写っていたのはスーツに蝶ネクタイの正装で微笑んでいるあの伝説のスパイ、スティーグ・ヴェンネルストルムだった。その手にはカクテルグラスがあり、その目は他でもないもう一人写真に写っている男ホーカン・フォン＝エンケを見つめていた。

「これはいつ撮られたものだろう？」

「後ろに書いてあるでしょ。スルヴェは日付と場所は必ず写真の裏に書き込んでいたから」

確かに写真の後ろにはテープが貼り付けてあり、文章が打ち込まれていた。一九五九年十月、ワシントンを訪問したスウェーデンの海軍派遣団、ワシントンの在米駐在武官ヴェンネルストルム宅にて。ヴァランダーはこの写真は何を意味するものか、頭をフル回転させて考えた。そこに写っているのがルイースだったら、意味合いを理解するのは難しくなかったかもしれない。だが写真にルイースの姿はなかった。写真の背景にいるのは男たちばかりで、一人いる女は白いエプロンをつけたウェイトレス、しかも黒人だった。

「こういう派遣団には妻たちもいっしょに行くのだろうか？」

「それは最高級の位の人たちの旅行のときだけよ。スティーグ・ヴェンネルストルムはよく奥さんを伴って旅行とかレセプションに出ていたようね。でもその写真のとき、ホーカン・フォン＝エンケはまだ若手だったから、おそらく一人で行ったんじゃないかな。もしルイースがいっしょだったら、旅行費は個人で出していたと思うわ。そしてスウェーデンの武官が主催するレセプションのようなフォーマルな場には絶対に出ていなかったはず」

「この場合はどうだったのか、知りたい」

アスタ・ハーグベリはまたもや咳の発作に襲われた。ヴァランダーは窓のそばに立ち、そっと斜に窓を開けた。香水の匂いが今や耐えられなかった。

「ちょっと時間がかかるわ」と、咳の発作が収まると、アスタが言った。「探さなきゃなんないから。でも、スルヴェは間違いなくこの派遣団の、いや、これだけでなくスウェーデンの派遣団の情報、経費の裏付けは全部記録しているはずよ」

ヴァランダーはクングスホルム号のソファに戻った。一九五〇年代末にアメリカへ送られた派遣団の経費明細を別の部屋で探しているアスタがうなったり、呟いたりしている声が聞こえてきた。イライラして待ち続けていたヴァランダーのもとにアスタが一枚の紙をひらひらさせながら戻ってきたのは、約四十分後のことだった。

「フォン＝エンケ夫人はいっしょだったわよ。〝同伴者〟という言葉できちんと別枠に書かれていたわ。おそらく公費ではなく、私費で旅費と滞在費を出していたという意味よ。もしお望みなら〝同伴者〟の正確な意味を調べてあげましょうか？」

ヴァランダーはその紙を見た。派遣団は八人からなり、派遣団の座長はカルレン司令官だった。〝同伴者〟の欄にはルイース・フォン＝エンケ夫人とメルタ・アウレン夫人とあった。アウレン夫人はカール＝アクセル・アウレン中佐夫人だった。

「これのコピーもらえるかな？」ヴァランダーが訊いた。

「〝もらえる〟わよ。地下にコピー機があるから。何枚ほしいの？」

「一枚」

「一枚二クローナよ」

そう言うと、アスタは部屋から出て行った。ヴァランダーはホーカンとルイースが一九五〇年代に八日間ワシントンに行っていたことを思った。そこでルイースが接触されたという可能性はある。いや、そんなことがあり得るか？　一九五〇年代は五十年も前のことだ。確かにそのころから冷戦は始まってはいたが。その時代は、ソ連スパイがあらゆるところに入り込んでいるとアメリカ人は信じ切っていたころだ。何かがその旅行で起きたのだろうか？

アスタ・ハーグベリがコピーを持って戻ってきた。ヴァランダーはテーブルの上に一クローナ硬貨を二枚置いた。

「あまり助けにならなかったのかしら？」

「失踪者を探す仕事は手間も時間もかかる仕事だ。一歩一歩進むしかない」

アスタ・ハーグベリは玄関まで彼を見送った。ヴァランダーは外に出るとようやく香水の匂いのしない空気を胸いっぱいに吸い込んだ。

「また何かあったら来ていいわよ。いつもここにいるから」

ヴァランダーはうなずき、礼を言って荒れた庭を出た。車に乗り、出発しようとしたとき、急にもう一箇所回ってみようと思った。五十年以上も前の記憶を確かめるために、そこへ行ってみようと思うことはしばしばあったのだが、いままで一度も戻っていなかった。車を教会のそばに停めた。墓地を囲む石塀の西角まで行き、しゃがみこんだ。十歳か十一歳のころだったと思う。年齢は確かではなかったが、人生の大きな秘密を知るのに十分な年齢ではあった。あのとき、自分は自分、他の誰でもない、自分自身のアイデンティティを持った人間なのだとわかったのだ。そして、そう感じたことをどこかに記したくなった。どこか、決して消えないところに自分の存在を書き記したくなったのだ。そして、教会墓地を囲む低い石塀——高い塀の部分には墓地の入り口の鉄門がついている——を選んだのだった。ある秋の夕方、上着の胸に太い釘とハンマーを隠し持って彼は教会の墓地へ行った。リンハムヌの町は静まり返っていた。場所はすでに選んでおいた。西の角の石は他の場所のものよりも平らだった。冷たい雨が降る中、彼は教会墓地の石塀にKWとイニシャルを彫り込んだのだった。

すぐにその文字は見つかった。文字の刻みは浅くなっていた。長い年月の間に滑らかになったのだ。だが子どもながら、彼は深くはっきりと自分が生きている証拠を刻み込んだのだった。いつかクラーラをここに連れてこようと思った。あのとき、おれは世界を変えるぞと心に誓ったことを話すのだ。たとえその証《あかし》が、石塀に自分のイニシャルを刻み込むことだけだったとしても。

墓地の真ん中まで入り、木陰のベンチに腰を下ろした。目をつぶると子ども時代の自分の声が聞こえるような気がした。変声期以前の、まだ大人の世界に付随する様々なことが起きる以前の自分の声だ。もしかするといつの日かおれはここに埋めてもらうのがいいかもしれないと思った。出発点に戻るのだ。ここの土に返るのだ。墓石に刻む文字はすでに石塀に彫り込んである。あれだけで十分だ。

ヴァランダーは墓地を出て、車に乗り込んだ。エンジンをかける前に、アスタ・ハーグベリに会いに行ったことを考えた。何を得ただろう？

答えは簡単だった。まったく何も変わっていない。ルイースはいままでどおり、正体がわからない。姿を現さない、海軍軍人の妻のままだ。

だが、あの島でホーカン・フォン＝エンケに会って以来、彼が感じてきた不安感もそのままあった。

おれには見えていないのだ、と思った。もうとっくに見えていいはずのものが。それが見えれば、いったい何が起きたのかを理解できるはずの何かが、おれにはどうしても見えない。

34

ヴァランダーは家に帰った。アスタ・ハーグベリを訪ねても大きな収穫はなかったのは仕方がないと思った。一方で、バイバの死を悼む気持ちが重苦しく彼の心にのしかかった。彼女が突然やってきたこと、そして同じように突然逝ってしまったことが、寄せては返す波のように彼の胸に去来した。どうしようもないことなのだ、と思った。彼女の死に彼は自分の死を見る思いがした。

車を降りて、ユッシを犬小屋から出し、好きに走り回らせると、キッチンに行って大きなグラスを出し、ウォッカをなみなみと注いで一気に飲み干した。もう一度ウォッカをグラスの口まで注ぐと、それを持ってベッドルームに行った。二つある窓の両方ともにブラインドを下げ、服を脱いでベッドに横たわった。そして腹の上に直接ウォッカの入ったグラスを置いた。あと一歩、前に進もうと思った。それがうまくいかなかったら、すべてから手を引くのだ。ホーカンにはリンダとハンスに隠れ場所を言うと伝えよう。それによって彼がまた姿をくらまして別の隠れ家を探しても、それはもはや彼の問題であって、おれの知ったことではない。イッテルベリ、ノルドランダー、そしてもちろんスティーヴン・アトキンスにも話そう。そのあとはもうおれには関係ない。もともとおれの仕事ではないのだから。もうじき夏が終わる。おれの夏休みは完全に邪魔されてしまった。そしておれはまたもや、おれの休みはどこに行ってしまったのかと嘆きながら仕事に戻ることになる。

彼は一気にウォッカを飲み干した。あたたかさと気持ちいい酔いが体を満たす。あと一歩だ、と思った。あと一歩。どの方向へ踏み出すか？　ベッドサイドテーブルにグラスを置いて、眠りに入った。一時間後目を覚ますと、どの方向に進むかは迷いがなかった。眠っている間に脳が答えを出していた。はっきりと見える。いま重要なのは一つしかない。ハンスだ。ハンスだけが情報を持っている。頭のいい若者だ。もしかするとあまり繊細ではないかもしれないが、人は自分で自覚するよりももっと多くを知っているものだ。できごとや観察したことを無意識のうちに頭に登録しているものだ。

汚れた衣服を集めて洗濯機の中に放り込み、スイッチを押した。それから外に出てユッシを呼んだ。応える吠え声が遠くから聞こえた。刈り入れたばかりの隣人の畑の向こうから猛烈な勢いでユッシが飛んできた。体全体が汚れていて、嫌な匂いがした。ヴァランダーは犬小屋のある囲いの中にユッシを入れて、庭の水やり用のホースを引っ張り出して、ユッシの体にシャワーを浴びせた。ユッシは尻尾を下げて、情けない顔でヴァランダーを見上げた。

「臭いんだ、お前は。家の中には入れられないよ、このままじゃ」

そのあとヴァランダーは家の中に入り、キッチンテーブルに向かってハンスへの質問の要点を書き留めてからコペンハーゲンにあるハンスの職場の電話番号を探し、電話をかけた。だが電話を受けた女性から、ハンスは一日中重要な会議で時間がないと聞き、ヴァランダーは腹を立てた。そして、一時間以内にスウェーデンのイースタ署の捜査官クルト・ヴァランダーに電話をかけるように伝えてくれと言った。ハンスはそのとおりに電話をかけてきた。だがそのとき、ヴァランダーは洗濯機の蓋を開けて、洗剤を入れずに回してしまったことに気づいたところだった。苛立ちを隠せないまま、彼は電話に出た。

「明日の予定は？」

「仕事です。なぜそんなに怒っているんですか？」

「別に。明日、何時に行けばいいか？」

「夜になってしまいます。明日は一日中いくつも会議に出なければならないので」

「予定を変えるんだな。明日の午後二時にそっちに行くから。一時間必要だ。一時間でいい。だが、それ以下じゃダメだ」

「何か起きたんですか？」

「いつも何かは起きる。重要なことだったら、とっくに伝えている。いくつか君に訊きたいことがあるのだ。新しいことも、古いこともある」

「夜ではダメでしょうか？　経済市場は不安で、予測できないことが起きるもので」

「二時ちょうどに行く。コーヒーでいい」

受話器を叩きつけるように置くと、猛烈な勢いで洗剤を大量に入れて洗濯機を再始動させた。自分が洗剤を入れるのを忘れたのに洗濯機に当たるなど、まったく幼稚な行為だと思った。

そのあと庭の草を刈り、通路の砂利掻きをし、テラスのブランコソファに横になって本を読んだ。それはオペラの作曲家ヴェルディのことを書いたもので、彼が自分自身のためにクリスマスプレゼントとして昨冬買ったのだった。洗濯が終わって洗濯物を機械口から出したとき、赤いハンカチが混じっていたために洗濯物が赤く染まっていることに気がついた。それを取り除いて、もう一度ボタンを押して、三度目の洗濯をした。その後ベッドの端《はし》に腰を下ろして指に針を刺して血糖値を測った。それもまたこのところサボっていたことだった。血糖値はまあまあだった。

洗濯機が動いている間、ソファに横になって新しく買ったばかりの『リゴレット』を聴いた。バイバをまたも思い出し、生きていてくれたらよかったのにと思い、涙を流した。彼女は今や永遠にいなくなったのだ。音楽が終わったあと、キッチンへ行き、魚のグラタンを解凍して食べた。飲み物は水だけにした。調理台の上にある赤ワインのボトルをちらりと見たが、今日の酒はさっきのウォッカで十分と思うことにした。夜、テレビで古い映画『お熱いのがお好き』を観た。それはモナがお気に入りの映画で、よくいっしょに観たものだった。何回も観たのに、まだ笑えた。

自分でも驚いたことに、その晩はよく眠れた。

翌朝、食事をしているときにリンダが電話してきた。快晴の気持ちのいい日で、窓を開け、ヴァランダーは上半身裸のままキッチンスツールに座っていた。

「イッテルベリはホーカンが電話してきたことについて、なんて言っていた?」

「まだ話していない」

リンダは驚き、そして腹を立てた様子だった。

「どうして？　イッテルベリこそ、誰よりも先にホーカンが生きていることを知らなければならない人じゃないの！」

「ホーカンに口止めされたからだ」

「それ、昨日、わたしには言わなかったわね？」

「忘れたのかもしれないな」

リンダはそれを聞いて、何か隠していると感じたらしかった。

「わたしに言ってないこと、他にもあるの？」

「いや、ない」

「それじゃ、この電話が終わったらすぐにイッテルベリに電話をかけることね」その声には怒りが込められていた。

「わたしがいままっすぐに質問したら、まっすぐに答えてくれる？」

「ああ」

「いったい何が起きたの、この一連のことの裏に何があるの？　あなたにはいつも何かしらの意見がある。それを聞きたいわ」

「今回の場合、おれには何の意見もない。お前と同じように驚いている」

「でも、ルイースがスパイだったという疑いに関しては、まさか正しい意見がないわけじゃないでしょ？」

「正しい意見かどうかはわからないが、とにかく警察はルイースのバッグにモノを見つけたのだから」

「誰かがそこに入れたに違いないわ。それしかないと思うの。彼女はスパイじゃない。それだけは確かよ」

リンダは黙った。もしかするとヴァランダーの同意を待っていたのかもしれない。突然リンダの背後でクラーラの泣き声が聞こえた。

「あの子はいま何をしているんだ？」

「ベッドに寝てるわ。寝ていたくないと言って泣いてるの。そういえば、訊きたいことがあるわ。わたしはどうだった？　よく泣いた？　これ、前にも訊いたことがあったかな？」

「子どもは泣くもんだ。お前は小さいとき、よく糞詰《ふん》まりを起こしていた。これは前にも話したよ。夜中にお前が泣くときは、モナではなくおれがお前をよくあやしていた」

「そう。ただ訊きたかっただけ。〝我が子に我の姿を見る〟とよく言うじゃない？　とにかく、今日、イッテルベリに電話するのね？」

「明日する。お前はいい子だった、と言えるよ」

「あとで、十代で、ひどいことになったけどね」

「ああ。本当にひどいことになったな」

電話を切ったあと、ヴァランダーはそのまま動かなかった。それは最悪の記憶の一つで、できれば思い出したくないものだった。リンダは十五歳のとき、自殺しようとしたのだ。それは真剣なものではなかったかもしれない。もしかするとそれは昔からの手段の一つ、助けてくれという合図、注意を引きたいという行為だったのかもしれない。だがそれでも、もしあのとき、ヴァランダーが財布を忘れて家に戻らなかったら、大変なことになっていたかもしれなかった。リンダは意識朦朧《もうろう》の状態で、そばには空になった睡眠薬の瓶があった。そのときの恐怖は、あとにも先にも、感じたことのないものだった。その経験は彼の人生でもっとも衝撃的なものだった。十代の難しい時期に、リンダがどれほど苦しんでいたかを同じ家に住んでいながら、自分にはわからなかったということに愕然とした。

体をブルっと震わせて、思い出を振り落とした。もしあのときリンダが死んでいたら、自分もいま生きていないことは確実だった。

リンダとの電話を思い返した。ルイースがスパイだったはずがないというリンダの確信が気になった。証拠があるかどうかの問題ではない。彼女の絶対的な確信、そんなことがあろうはずがないという確信が心に引っかかった。しかし、もし本当にルイースがスパイでないとなると、どう説明できるのだろう？　ルイースとホーカンは夫婦してスパイをしていた、協力し合っていたということか？　それともホーカン・フォン＝エンケは冷酷にもルイースを心から愛していたと言いながら、人を信用させる芝居を打っているということか？　彼女の死の背後にいるのはホーカンで、疑いを逸らすために嘘をついているということなのか？

ヴァランダーは手帳にメモを書きつけた。ルイースは無実だというリンダの確信。ヴァランダーは実のところそれを信じてはいなかった。ルイースは殺されるようなことをしたのだ、だから殺されたのだ、そうでなければ辻褄が合わない、と思っていた。

その日の午後二時ちょっと前に、ヴァランダーはコペンハーゲン中央部にあるルンドトーンの近くにある近代的なビルにやってきた。気取った若い女性がボタンを押してヴァランダーをガラスドアの内側に入れ、ハンスに連絡した。ハンスはすぐさま長い廊下を渡ってやってきた。顔色が悪く、ストレスが顔に表れていた。廊下沿いの部屋の中から激しいやり取りの声が聞こえてきた。英語を話す中年の男とアイスランド語を話す金髪の若い男二人が激しく意見をぶつけていた。そのそばで上から下まで黒い服装に身を包んだ女性が通訳していた。

「ずいぶん激しいやり取りだな」ヴァランダーが言った。「金融関係の人間は落ち着いた低い声で話すものと思っていたが」

「いや、ときどき我々の仕事は殺し屋の仕事に属すると冗談で言っているんですよ。ひどい表現ですが、金を扱う仕事をしていると、シンボリックな意味ですが、両手を血で汚すこともあるんです」

「何が問題なんだろう、あんなに激しいやり取りを交わすとは？」

ハンスは首を振った。

「金融取引ですよ。何を、とはっきり言うことはできませんが」

ヴァランダーはそれ以上訊かなかった。ハンスはヴァランダーを小さな会議室に案内した。そこは壁も天井も透明なガラスでできていて、通りに面している部屋だった。床までがガラスでできていた。ヴァランダーは水族館の水槽の中にいるような気分になった。入り口の案内嬢と同じくらい若い女性がコーヒーと菓子パン《デニッシュ》を運んできた。ハンスがカップにコーヒーを注いでいる間、ヴァランダーはメモ帳を取り出してテーブルに置いた。ハンスの手が震えているのが目に留まった。

「メモ帳の時代は終わったと思っていました」コーヒーを注ぎ終わったハンスが言った。「現代の警察は録音装置とビデオカメラを使うものとばかり」

「残念ながら、テレビドラマは必ずしも現実の警察の働き方を映していないんだ。もちろん私も録音することはある。だがこれは尋問じゃない。会話だよ」

「どこから始めます？　初めから言っておきますが、僕は本当にこの一時間しか時間がないんです。この時間をとるのだって大変だったんですから」

「話は君のお母さんのことだ」ヴァランダーがズバッと言った。「彼女の身に何が起きたのかを知ること以上に大事な仕事などあるはずがない。それには君も同意するだろう？」

「もちろんです。僕はそういう意味で言ったんじゃありません」

「それじゃ本題に入ろう。君の時間と関係なく」

ハンスはヴァランダーをきつく睨みつけた。

「何よりもまず言いたいのは、僕の母はスパイになったりしないということ。絶対に。ときどき秘密めいた動きをすることはありましたが」

ヴァランダーは眉を上げた。

「そんなことがあったのかね？　聞いていないね。ときどき秘密めいた動きをすることがあったとは」

「前回あなたと話をしてから考えたんです。いま、僕にとって母はだんだん謎になってきました。もちろんそれは僕がシグネの存在を知らなかった、秘密にされていたということと関係がありますが。こんなに大きな裏切りがあるものか？　本当はもう一人子どもがいる、姉がいることを隠すなんて？　僕はときどき一人っ子であることに文句を言ってました。とくにまだ小さいころ、まだ一年生にもなっていなかったころのことです。でも、母は一度もこの話題を避けたいような様子は見せませんでした。いま思うに、母は僕の子どもっぽい問いに対して冷静に対処していたのでしょう」

「ホーカンはどうだった？」

「そのころ父はほとんど家にいなかった。少なくとも僕にとって父は常にいない存在だった。父が家に帰ってくると、僕はいつもまたもうじきいなくなる人だと思ってました。父はいつもプレゼントを持って帰ってきた。でも僕は喜べなかった。父の制服が取り出され、ブラシをかけられると、次の日に父はまた行ってしまうのだとわかってましたから」

「ルイースの秘密めいた動きとは？」

「難しいな。ときどきぼんやりしていることがあった。考えに沈み込んでいたんだと思う。僕が邪魔をするとすごく叱られた。まるで僕が母に暴力を振るったかのような、まるで僕が母を鋭いもので突いたかのような怒り方だった。あなたにわかるかどうかわかりませんけど、そんなふうに僕は感じた。ときには僕が部屋に入っていくと、それまで書いていたノートを閉じたり、その上に何か新聞のようなものを置いて隠したりすることもあった。これでもっとはっきりしますか?」

「ルイースが、ホーカンのいないときだけにした行動はあったかな? 例えばいつもしていることをやめてしまったとか?」

「どうだろう。ないと思います」

「答えが早すぎる。よく考えて!」

ハンスは立ち上がって、ガラスの壁とガラスの窓の前に立った。ヴァランダーは彼の足元から路上を見て、ストリート・ミュージシャンが帽子を前においてギターを弾いている姿を見た。ガラスの壁はまったく音を通さなかった。ハンスは振り返り、椅子に戻った。

「もしかすると」とためらいながら言った。「これから言うことは、誓って言えるほど絶対的な記憶じゃない。もしかすると気のせいかもしれない。勘違いかもしれない。でも、あなたの言うとおりかもしれないんだ。父がうちにいないとき、母はいつも電話で話していたと思う。それも部屋のドアを閉めて。父が家にいるときは決してそうしなかったのに」

「ホーカンが家にいるときは電話で話さなかったということ? それともドアを閉めなかっ

た？」

「両方ともです」

「続けて」

「テーブルの上には母の仕事の紙がいつもあった。父が家にいるとき、テーブルの上に紙はなかったと思う。代わりにテーブルの上には花が飾ってあった」

「紙とはどんなものだった？」

「わからない。でもときどき絵が書いてあったと思う」

ヴァランダーは驚いた。

「どんな絵？」

「飛び込み選手の絵。母は絵が上手だった」

「飛び込み？」

「水泳競技の飛び込みです。一つの飛び込みで様々な形に変化する飛び込みですよ。『ぐるぐる回るドイツ式飛び込み』とかありましたよね」

「他の絵は何か思い出せるか？」

「何度か、僕の顔を描いていましたよ。あれはいまどこにあるのかな、わからないけど。でも上手でした」

ヴァランダーはデニッシュを半分にして、コーヒーに浸けた。時計を見た。ストリート・ミュージシャンはまだ音のないコンサートを続けていた。

「まだ質問は終わりじゃない。ルイースの政治的、社会的、経済的な意見はどういうものだったか？　スウェーデンのことをどう思っていただろうか？」

「我が家では政治の話はしませんでした」

「一度も？」

「どっちかが『スウェーデンの防衛力は、もはや国を守るほど力はない』といえば、もう一人が『共産主義者《コミュニスト》のせいだ』と言う。そんな程度でしたね。そのあとはおしまい。話は続かなかった。どっちがどっちのセリフを言ってもおかしくなかった。二人は同じような意見だったから。もちろん保守ですよ。これに関しては以前討論しましたよね。穏健党に投票することは当然なことでした。税金は高すぎる、移民を入れすぎるから路上は移民で溢れているんだ、などなど。そうですね、二人とも想像どおりの保守の人たちですから」

「意外なことは何もなかったと言うんだね？」

「ええ、一度も。僕が思い出せるかぎり」

ヴァランダーはうなずき、残りの半分のデニッシュを食べた。

「君の両親の関係について訊きたい」デニッシュを食べ終わって、ヴァランダーが言った。

「仲がよかったですよ」

「ケンカはしなかった、文句を言うこともなかった？」

「そう。本当の話、二人は愛し合っていたと思います。大人になって思ったことですが、子ども時代僕は、よくある〝親の離婚〟なんてことは想像できなかった。そんなことは考えたことさえなかった」

「しかし、どの夫婦にも葛藤とか、問題はあるものだと思うが」

「いや、彼らにはなかったと思う。もちろん、僕が眠っているとき、僕のいないところでケンカしたことはあったのかもしれませんが、僕にはまったく考えられないことでした」

ヴァランダーはそれ以上訊きたいことはなかった。だが、まだ終わりにはしたくなかった。

「他にも何かルイースのことで言いたいことはあるかな？　彼女は優しく、秘密がありそうで、いや、もしかすると謎めいていた、というのが、いま我々がもっている共通の印象だ。だが、正直に言わせてもらうと、君は驚くほど少ししか彼女のことを知らないね」

「ええ、僕もいまそう思っています」とハンスは言った。ヴァランダーの目には少し傷ついているように見えた。「母と僕の間には絶対的な信頼感というものはなかった。母と僕との間には、いつも、必ず、一定の距離があった。転んだりすればもちろん母は慰めてくれた。でもいま振り返ってみると、それは彼女にとっては気の進まない、面倒なことだったかもしれない」

「誰か他の男がいたとか？」

この質問はつい口に出たが、用意していたものではなかった。だが、口にしてみて、これは理由としてうなずけると思った。

「いや、それは絶対にない。母と父の間には裏切りはなかった。父にも母にも、他の人はいなかった」

「結婚前はどうだったのだろう？　その時代のこと、君は知っているか？」

「あの二人は、若い時期に会っているので、相手以外の人は知らないんじゃないかと思います。いや、本当ですよ。もちろん、本人たち以外にはわからないことですが」

ヴァランダーは手帳を胸のポケットにしまった。一言も書かなかった。書くようなことは何もなかったのだ。来たときに知っていた以上のことは何も得られなかったという思いだった。

ヴァランダーは立ち上がった。が、ハンスは座り続けた。

「父が……、父が電話してきたのですか？　生きているけど、姿は現したくないということなのでしょうか？」

ヴァランダーはまた腰を下ろした。ガラスの壁の下に見えていたストリート・ミュージシャンの姿はなくなっていた。

「電話してきたのは本人だった。他の誰かが彼の声を真似してかけてきたということではない。元気だと言った。自分の行動を説明するようなことは一切言わなかった。ただ君たち二人に、自分が生きていることを知ってほしいということだった」

「いまどこにいるか、場所は本当に言わなかったのですか？」

「そうだ」

「あなたはどう感じました？　遠くにいると？　固定電話から、それとも携帯から電話してきたのでしょうか？」

「その問いには答えられない」

「それは答えたくないから、それともわからないから？」

「わからないから」

ヴァランダーはまた立ち上がった。二人はガラス張りの会議室を出た。さっきの会議室の前まで来ると、ドアは閉まっていたが、大声はまだ続いていた。

「役に立ったでしょうか、僕は」ハンスが訊いた。

「君は正直だった。私が願っていたのはそれだけ。それには応えてくれた」

「外交官のような当たり障りのない言葉ですね。僕はあなたの期待に応えられなかったということでしょうか？」

ヴァランダーは残念そうに肩をすぼめた。ガラスのドアが開いた。ヴァランダーはハンスに手を振った。エレベーターは音もなく一階まで下がった。車はクンゲンス・ニートルヴに駐車してきた。日差しの強い気持ちのいい暑い日だった。ヴァランダーは上着を脱ぎ、シャツの首元のボタンを外した。


突然、警戒もしていなかったことが起きた。誰かに見られているという感じがして、彼は振り返った。通りは人で溢れていた。見覚えのある顔はなかった。百メートルほど行って立ち止まり、高級婦人靴の店のショーウィンドーのガラスを通して後ろの通りを見た。いま歩いてきた道の方を見てみた。男が一人、腕時計を見ていた。それから右腕に掛けていたコートを左腕に持ち替えた。その男は最初に振り返ったときも視野の中にいた、とヴァランダーは思った。ショーウィンドーに目を戻したとき、男がヴァランダーの背中を通り過ぎた。まさにリードベリから聞いていたとおりだと思った。尾行するとき、尾行だからと言って必ずしも後ろにいる必要はない。前にいることもできるのだ。ヴァランダーは百歩歩いた。後ろを見ると、さっきの男はいなかった。コートを持った男は姿を消していた。駐車場まで来ると、もう一度振り返ってみた。往来を行き来する人間は見知らぬ人々だった。ヴァランダーは首を振った。気のせいかもしれない。

デンマークとスウェーデンの間の長い橋を渡った。ファーシュ・ハット（父の帽子）というレストランで一休みし、そのあとはまっすぐ家に帰った。

家の前で車を降りたとき、突然記憶が消えた。手に鍵を持ったまま、ヴァランダーはその場に立ち尽くした。車のボンネットは温かかった。またもや彼はパニックに襲われた。おれはどこへ行っていたのか？　ユッシが後ろで吠え、金網に飛びついている。ヴァランダーは犬を食い入るように眺めながら、記憶をたぐろうとした。また車のキーに目を落とした。それから車を見た。まるでキーと車が答えをくれるとでもいうように。いままで何をしてきたかが思い出せるまで、およそ十分ほどかかった。全身汗びっしょりだった。これは前よりもさらに悪くなっている。いったいおれの身に何が起きているのか、調べなければならない。

郵便受けから郵便物を取り出して、庭の椅子に腰を下ろした。突然自分を襲った記憶喪失にまだショックを受けていた。

ユッシに餌を与えてからしばらくして、ヴァランダーは郵便物の中に手紙が一通混じっていることに気がついた。発送者の住所も名前も書かれていなかった。筆跡にも覚えがなかった。手紙を開けて初めて、それはホーカン・フォン＝エンケからの自筆の手紙であることがわかった。

35

手紙はノルシュッピングで投函されていて、次の文章がヴァランダーの目に飛び込んできた。

ベルリンにジョージ・タルボスという男がいる。アメリカ人で、以前ストックホルムのアメリカ大使館で働いていたことがある。流暢なスウェーデン語を話し、いまのロシア、以前のソヴィエト連邦とスカンディナビア諸国の関係に関するエキスパートとみなされている。私は彼が初めてストックホルムに赴任した一九六〇年代の末ごろに彼と知り合い、当時のアメリカ大使館の武官ホッチンソンといっしょに彼が数回スウェーデン海軍基地を、なかでもベリヤを訪問した際に同道していた。我々の付き合いは円満だった。とくに彼の妻とはトランプゲームでブリッジをよくし、夫婦同伴の付き合いをしていた。そのうちに私は彼がCIAと深く関係していることを知った。しかし彼は私から秘密の情報を聞き出すようなことはしなかった。一九七四年ごろに彼の妻マリリンががんで亡くなった。ジョージにとってそれは大きな悲劇だった。彼と妻の関係はとても深く、私とルイースよりもさらに密接な関係のように見受けられた。妻を亡くしたあと、彼は我々の家によく来るようになった。毎週末、ときには週の間にも我が家に来ていっしょに食事をした。一九七九年、彼はボンに異動を命じられ、そのままそこで引退するまで働いたが、引退後は住居をボンからベルリンに移した。彼はもしかすると今は〝片手間に〟祖国のために様々な働きをしているかもしれないが、それについてはよく知らない。

ごく最近では去年の十二月ごろ彼と電話で話をした。今年七十二歳になるが、彼の知的能力はまだ衰えていない。その彼が確信をもって、冷戦は決して終わっていないと言う。ソヴィエト連邦が崩壊したとき、確かに一九一七年の革命のときと同じように多くの変革があった。だが、ジョージによれば、それは一時的な退行、一時的な弱体化だったと言う。彼によれば、今日、ロシアはますます強力になり、諸国に対してより強く要求をするようになっている。私は勝手ながら彼に手紙を書き、君にコンタクトするように頼んだ。ルイースの身に何が起きたかを探している君に答えを与えられる人間がいるとすれば、彼だと私は思う。

こんなやり方で私が君の真摯な努力をサポートしたいと思うのを悪く思わないでもらいたい。

敬意を込めて

ホーカン・フォン＝エンケ

ヴァランダーは手紙をテーブルの上に置いた。ホーカン・フォン＝エンケが外部のコンタクトパースンを薦めてきたのはありがたい。だが、彼はこの手紙に不快感を覚えた。何かがおかしいというあの感じが戻ってきた。もう一度手紙を読んでみた。今度はゆっくりと、地雷が埋めてある野原を歩くように慎重に。手紙はすべて読み解かれなければならないと言ったのはリードベリだった。その手紙が犯罪捜査上意味のあるものだったら尚更に、と。しかし、この手紙にはどんな意味があるのか？　ある人間を推薦している以上の意味があるのだろうか？　ヴァランダーはキッチンテーブルから机に移り、ジョージ・タルボスという人物をグーグルで調べてみた。同姓同名の人物が数人ヒットしたが、どれも別人だった。仕方なくＣＩＡと書き入れてみた。驚いたことに同名の栄養研究所がヒットした。もちろん、本物のＣＩＡもそれに続いて出てはきたが。

パソコンを閉じて、今度は血糖値を測った。よくない。高すぎる。メトフォルミン錠もインシュリン注射もないがしろにしていたせいだ。冷蔵庫の中を見て、近いうちに薬を買いに行かなければならないと思った。

ヴァランダーは毎日少なくとも七種類の薬を飲んでいた。糖尿病、血圧、そしてコレストロール値のためである。薬を摂るのが嫌だった。負けたような気がするのだ。職場の仲間たちの中には常備薬を摂取している者はいない。少なくとも、みんなそう言っていた。リードベリは薬をバカにしていた。彼はしょっちゅう頭痛に悩まされていたが、頭痛薬さえ飲んだことがなかった。おれは毎日七種類もの薬を飲んでいるが、その実《じつ》、それらの薬の効能は何も知らない。

薬効に疑問を抱くこともなく、ただ唯々諾々と医者に処方される薬を飲んでいる。おれは医者と製薬会社の言うがままだ。

彼はリンダにさえ薬のことは話したことがなかった。彼女は父親がインシュリン注射を自分で打っていることも知らない。もし彼女が冷蔵庫の中を覗いたとしても、薬はチャツネの瓶の後ろに隠してあるから、気がつかないはずだ。リンダはチャツネが嫌いで、瓶には触りもしないことをヴァランダーは知っていた。

その手紙を三回繰り返し読んだが、新しい発見はなかった。ホーカン・フォン＝エンケが手紙になんらかのメッセージをひそめているとは思えなかった。

夜七時、珍しく隣のオーロフソンがやってきた。家畜の餌の匂いが身体中から臭った。巨漢で歯がない。スコーネの農夫ではなく、まるでアイスホッケーのプレーヤーのように見える。オーロフソンは、現在ヴァランダーが使っていない小さな畑部分を貸してくれないかと訊きに来たのだ。孫の誕生日のプレゼントに仔馬をあげることになっていて、その仔馬のために小さな草地がほしいのだと。ヴァランダーはもちろん、と答え、賃貸料などいらないと言った。ユッシのことで度々世話になっていることで帳消しだ、と。オーロフソンは饒舌な男で、ヴァランダーは心の内でコーヒーを出さないとこの男は帰らないだろうと思った。天気のことから逃げ出した雄牛のことまで、話の種は尽きない。オーロフソンは好奇心の強い男で、イースタ・アレハンダ紙で読んだ様々な事件のことを聞きたがった。十時、ようやくオーロフソンが重い腰を上げて乗用車代わりのトラクターに乗り込んだ。農地のことに関しては握手して約束した。

家の中に戻ると、疲れていると感じた。キッチンテーブルにはフォン＝エンケからの手紙がさっきのまま置いてあった。ヴァランダーはそれを読み返したが半分も読まないうちに手紙を投げ出した。ここには自分が探していることは書かれていないと思った。

その晩、父親の夢を見た。父はオーロフソンに貸すことを約束した土地に立って、イーゼルを叩いていた。まるで馬に鞭を当てているかのように。

朝、まだ七時を回ったばかりのとき、電話が鳴った。こんなに早く電話をかけてくるのは、リンダしかいないと思った。とくにいま、おれが夏休みをとっているときに。受話器を取った。

「クヌート・ヴァランダーかね？」

男の声だった。完璧なスウェーデン語だったが、それでもかすかに外国訛りがあった。

「ジョージ・タルボス？　お電話を待っていたところです」

「ややこしい言葉遣いはやめて、友人言葉にしよう。私はジョージ、そちらはクヌートでいいね？」

「クルトです。クヌートではなく」

「クルトか。クルト・ヴァランダーだね。すぐ名前を間違うんだ。いつこっちに来るのかね？」

ヴァランダーは驚いた。ホーカン・フォン＝エンケはジョージ・タルボスに何と言ったのだろう？

「ベルリンに行くつもりはないです。昨日初めて手紙であなたの存在を知ったばかりです」

「ホーカンは君がこっちに来るだろうと言っているが？」

「こちらに来てくれませんか？」

「私は免許証を持っていない。飛行機や列車はあまり好まない」

運転免許証を持っていないアメリカ人？　ずいぶん珍しい人間がいるものだ。

「君を助けることができるかもしれないと思うのだ。私はルイースを知っていた。ホーカンのことも知っているが、同じくらいルイースのことも知っている。それに彼女は私の妻のマリリンとも親しかった。二人はよくいっしょにお茶を飲みに出かけたものだ。帰ってくるとマリリンはその日のことを話してくれた」

「どんな話でしたかね？」

「ルイースは毎回と言ってもいいほど政治の話をしたらしい。マリリンは政治の話は苦手だったが、それでもルイースの話には耳を傾けたと言っていた」

ヴァランダーは首をひねった。ハンスは真反対のことを言っていたではないか？　母親は政治の話はまったくしなかった、たまにしてもほんの短いコメントだけだったと言っていたではないか？

急にジョージ・タルボスに会いにベルリンに行く気になった。ベルリンには東西統一されてから一度も行ったことがない。それ以前、一九八〇年にリンダといっしょに二度東ベルリンを訪ねたことがある。リンダが演劇に夢中だった時代にベルリーナ・アンサンブル劇場にどうしても行きたいと言っていたころのことだ。いまでも思い出すと不愉快になる。東ドイツの旅券審査官が真夜中に寝台車のカーテンを断りもなく開けて、ビザを見せろと命じたのだ。二度ともアレクサンダー広場の近くのホテルに泊まった。ベルリンの思い出は二度ともよくなかった。

「いいですよ。そちらに行きましょう。自分の車で行きます」

「私のところに泊まってくれ。シェーネベルクに住んでいる。いつ来られるかな?」

「いつがいいですか?」

「私は独り身だ。いつでも君の都合のいいときに」

「明後日は?」

「いいね。電話番号を教えよう。ベルリン近くに来たら、電話をくれ。案内してあげよう。魚がいいか、肉がいいか?」

「どちらでも」

「ワインは?」

「赤が」

「これで必要なことは全部知ったよ。ペンはあるかね?」

ヴァランダーはホーカン・フォン＝エンケからの手紙の欄外に、電話番号を書き留めた。

「歓迎する」ジョージ・タルボスは言った。「君の娘さんは若い方のフォン＝エンケと結婚しているそうだね?」

「いや、そうじゃありません。二人の間にはクラーラという娘がいますが、二人は結婚してはいない」

「その子の写真を持ってきてくれないか」

会話は終わった。クラーラの写真は家の中のそこここに貼ってあった。彼はキッチンの壁に貼ってあった写真を二枚外し、パスポートのそばに置いた。朝食を食べながら地図を取り出し、ドイツ側のフェリーボート発着所のザスニッツからベルリンまでの距離を調べた。スウェーデン側のフェリーボート発着所があるトレレボリに電話をかけて、船の発着時刻を調べた。時刻を書き留めながら、突然のこの旅行が楽しみになった。フェリーボートに乗ってのこの旅行はいい思い出になるような気がした。まだリンダが小さいころよく夏休みにデンマークへ行ったときのように。ゴットランド島にも行ったし、一度などノルウェー北部のハンメルフェストまでも行ったことがある。


七月二十三日、ヴァランダーは車でトレレボリへ向かった。フェリーボートに乗り、ヨーロッパ大陸へ渡る。リンダには、二、三日、ベルリンで夏休みを楽しんでくるとだけ言った。彼女は別段疑うようなことは言わず、羨ましいなと言った。テレビの気象予報によれば、ベルリンおよび欧州中央部はいままでにないほど素晴らしく暑くなると報道されていた。

ヴァランダーはまっすぐベルリンへ行くつもりはなかった。ヨーロッパ横断自動車道路をどこか途中で降りて、小さな宿を見つけて一泊しようと思っていた。急ぐ旅ではなかった。

フェリーボートの中で食事をした。同じテーブルで長距離トラックの運転手が食事をしていて、これからドレスデンまでドッグフードを運ぶのだと言った。

「ドイツの犬がスウェーデンの餌を食べるというのは、またどういうわけなんだ?」ヴァランダーが訊いた。

「確かにね。だが、それが自由市場っちゅうもんじゃないのかね?」

ヴァランダーはデッキに上がった。多くの人が海の仕事を選ぶのが理解できるような気がした。ホーカン・フォン＝エンケもその一人だ。もちろん海といっても彼の場合は海中で過ごしたのだろうが。なぜ人は潜水艦の艦長などになるのだろうか? そう思うとすぐに別の疑問が浮かんだ。人はなぜ警察官になどなるのだろう? おそらくそう訊く人の方が多いのではないだろうか、と思った。おれ自身の父親がそうだったように。

ザスニッツの町に入る前にパーキングに車を入れて、シャツを着替え、ショートパンツとサンダル姿になった。一瞬、これからどこに車を停めようと、どこに宿をとろうと、何を食べようとおれは自由なのだと思い、嬉しくなった。おれの自由はせいぜいこの程度のものだと思い、情けなくなって苦笑いした。自分自身から解放され、逃げ出した年老いた警察官、それがおれだ。

ベルリン郊外のオラニエンブルクまで車を走らせ、そこでその晩は泊まることにし、しばらく適当なホテルを探し回り、しまいに町外れのクロンホフというホテルに決めた。フロント係は年配の、立派な髭をたくわえた男だった。ヴァランダーがスウェーデンから来たとわかると、男はスウェーデンの森の中にサマーハウスを買いたいと思っていると言った。ヘル・ヴァランダーはどこか、心当たりがありませんかな？

「スモーランドはどうですか？　あの地方にはたくさん空き家があって、新しい居住者を募集してるようだ」

三階の一部屋に案内された。大きく、重厚な家具がしつらえられた暗い部屋だったが、ヴァランダーは満足だった。そこは最上階で、夜中に頭の上で人の音がすることはないだろう。長ズボンに着替えて、街に出かけた。コーヒーを飲み、古本屋を覗き、その後ホテルに戻った。まだ五時だった。空腹だったが、もう少し待つことにした。クロスワード・パズルが載っている新聞を持ってベッドに横たわり、二つ三つ、言葉を書き入れたが、まもなく眠ってしまった。七時半に目が覚め、下のレストランに行って隅のテーブルに着いた。まだ夜が早いせいか、レストランに人は少なかった。ウェイトレスが——なぜかファニー・クラーストルムを思わせたが——メニューを渡してくれた。ヴィンナーシュニッツェルを注文しワインを飲んでいると、次第に客が入ってきた。たいていは知り合いのようだった。ヴァランダーはチョコレート菓子をデザートに注文した。甘いものは食べるべきではないと知ってはいたのだが。もう一杯ワインを飲んだころ、酔いが回ったと感じた。とにかくいまは銃を携帯していない、だからここに忘れるリスクはない、と彼は思った。明日の朝、おれを叱りつけるマーティンソンもいない。

九時、ヴァランダーは会計を済ませて部屋に戻り、服を脱いでベッドに入った。だが、眠れなかった。なぜか駆り立てられているような、落ち着かない気分だった。一人で食事をしたときの快適な気分はなくなっていた。しまいにまた服を着て、レストランに戻った。片側の一角にバーがあった。ヴァランダーはワインを注文した。バーカウンターのそばに数人の年配の男が立ってビールを飲んでいたが、ヴァランダーに近いテーブルを除けば人の姿はなかった。隣のテーブルに一人、四十がらみの女性がいて、ワインを飲みながら携帯電話にメッセージを打ち込んでいた。ヴァランダーと目が合うと、女性は微笑んだ。ヴァランダーは微笑み返し、グラスを上げて乾杯の仕草をすると、女性も同じ仕草を返してきた。そのあとはまた携帯電話に戻った。ヴァランダーはもう一杯ワインを注文し、向こうの女性にも、とバーテンダーに言った。女性は礼を言い、電話をしまうと彼のテーブルに移ってきた。ヴァランダーは下手な英語で、自分はスウェーデン人で、ベルリンへ行く途中だと言った。クルトという名前が英語でどう発音されるかわからなかったので、ジェームスと名乗った。

「ジェームスって、スウェーデンの名前なの？」女性が訊いた。

「母親がアイルランド出身なんだ」と彼は答えた。

自分のついた嘘に笑いながら、相手の名前を訊いた。イサベルと女性は答えた。そしてオラニエンブルクは数年のうちにベルリンに飲み込まれてしまうだろうと言った。ヴァランダーは女性の顔を見た。目が大きく、疲れた顔をしている。化粧が濃い。もしかして、この女性はいつもこのバーに網を張っているプロの女ではないかという気がした。だが、それにしては衣装が地味すぎる。それにおれは、女を買うつもりはない。

いま自分が白ワインをおごったこの女は何者なのだろう？　花屋で働いている、独身、成人した子どもがいる、街なかにある〝ゼア・シューン（とってもきれい）な〟アパートに住んでいると言って、公園の近くのそのアパートまでの道を説明した。だがヴァランダーは道にも公園にも関心がなかった。彼はすっかり女性に魅惑され、ホテルの部屋に行って彼女を裸にすることしか頭になかった。なんとか彼女をそこまで誘うことしか考えられなかった。女性が酔っていること、また彼自身も酔っていて、これ以上飲むべきではないことはわかっていた。すでに真夜中近くで、バーテンダーは飲み物のラストオーダーをとりに来た。

　ヴァランダーは会計を頼み、女性に、部屋に来てもう一杯飲まないかと誘った。それまで彼は、このホテルに泊まっていることは言わなかった。女性に驚いた様子はなかった。もしかすると気づいていたのかもしれない。目に見えないやり取りがバーテンダーと女性の間にあったのだろうか？　だがヴァランダーは何も言わず、金を払い、多すぎるほどのチップをバーテンダーに与えて、誰もいないロビーを通って部屋に行った。部屋のドアを閉めて初めて、ここに酒類はないと彼女に言った。部屋の棚には酒瓶は一本もなく、この部屋はそのような贅沢《ぜいたく》ができるクラスではなく、ルームサービスもないと言った。だが彼女はそんなことはすべて承知のようで、手を伸ばして彼を抱きしめた。彼は夢中になり彼女をベッドに連れて行った。最後にいつセックスしたのか、思い出せないほどだった。この女性の体にバイバ、モナ、そしていままですっかり忘れていた女性たちを探した。

　明け方、目を覚ました。頭が痛く、口の中がねっとりして、すぐにこの部屋から、そばで眠っているイサベルから逃げ出そうと思った。そっと服を着ながら、とてもいま運転することはできないが、ここにいることもできないと思った。スーツケースを持って受付に行き、昔風の客室の鍵棚の下の長椅子で寝ていた受付の若い男に声をかけた。部屋代を計算してもらい、両替した金を払った。それから十ユーロを取り出して受付の男に言った。

「部屋に女性が眠っている。これを彼女に渡してくれないか？」

「アーレス・クラー（了解しました）！」と受付の男はあくびしながら言った。

ヴァランダーは車へ急ぎ、ベルリンへ向かって出発した。最初に目に留まったパーキングに入って車の後部座席に移り、体を丸めて眠った。昨夜の夜のことは思い出したくもなかった。


それから数時間後の午前九時、彼はふたたびベルリンへ向かった。アウトバーン沿いにあるモーテルからジョージ・タルボスへ電話をかけた。タルボスは地図を見て、すぐにヴァランダーの居場所を言い当てた。

「一時間以内にそこへ行ける。いい天気だ。外で待っていなさい」

「ここへはどうやってくるんですか？　たしか運転免許を持っていないということでしたが」

「問題ない」

ヴァランダーはモーテルの売店でコーヒーを買い、レストランの外の木陰に座って待った。イサベルはもう目を覚ましただろうか、おれの姿を探しているだろうか。ヴァランダーは昨晩のぎこちない、味気ないセックスを思い出した。あれは本当のことだったのだろうか？　ぼんやりした断片しか思い出せなかった。その記憶はただただ恥ずかしいものだった。

彼はもう一杯コーヒーを買い、ついでにサンドウィッチも買ったが、濡れた布巾のようだと思い、半分も食べずに捨てた。すぐに鳩が飛んできて地面のサンドウィッチをつついた。

時間が経ったが、依然としてスウェーデンの警察官を探しにくる人間はいなかった。十五分後、黒いメルセデス・ベンツが静かにモーテル前の駐車スペースに入ってきた。車には外交官車両の印がついていた。ジョージ・タルボスの到着だった。白いスーツ、黒いサングラス姿の大柄な男が車から降りた。あたりを見回し、すぐにヴァランダーを見つけた。近寄って、サングラスを外した。

「クルト・ヴァランダー?」

ジョージ・タルボスは二メートルほどの長身、がっしりした体格で、握手をしたその手は、もし首に当てられたら、一捻りでやすやすと殺されたに違いないと思わせるほどがっしりしたものだった。

「思ったよりも渋滞していたものでね。遅れてすまない」

「言われたとおり、いい天気を楽しんでいましたよ。時間のことは考えていなかった」

ジョージ・タルボスは手を上げ、こちらからは見えないメルセデスの運転手に手を振った。

車は静かにいなくなった。

「必要なときに使える車があるんだ。それじゃ、行きますか?」

二人はヴァランダーのプジョーに乗り込んだ。タルボスはまるで生けるGPSで、交通の激しいベルリンの街をスイスイと迷いなく案内してくれた。約一時間後、車はシェーネベルクにある立派なアパートメントの前に停まった。ヴァランダーは、この建物はおそらく第二次世界大戦末期、ヒトラーが地下壕で自殺し、ソ連の赤軍がベルリンの町全体を占領したときにもあったに違いないと思った。タルボスは建物の最上階に六室のアパートメントを所有していた。ヴァランダーが案内された大きな部屋の窓からは小さな公園が見えた。

「これから二、三時間、くつろいでいてくれ。私はちょっと用事で出かけてくる」

「ええ、どうぞ。休んでますから」

「戻ってきたときに、ゆっくり話そう。近くに旨いイタリア料理の店がある。ゆっくり話せる。ベルリンにはいつまでいられるのかな？」

「ゆっくりはできません。明日には帰るつもりでいます」

ジョージ・タルボスは激しく首を横に振った。

「それはダメだね。せっかくベルリンに来たのに一日しかいないということはあり得ない。それはこの世界一悲しい歴史を経験した町に対する侮辱だよ、君」

「ま、それはまたあとで話しましょう。しかし、老いぼれ警官といえども用事はあるのですよ」

ジョージ・タルボスはその答えにうなずいた。バスルーム、キッチン、広いバルコニーと案内してから、出かけていった。ヴァランダーは窓からタルボスがまた黒いメルセデスに乗り込むのを見送ってから、冷蔵庫からビールを一瓶取り出して、バルコニーで飲んだ。それは前の晩出会った女性に対する彼なりの別れのあいさつだった。これであの女性は存在しなくなる。しかし、もしかすると夢の中に出てくるかもしれない、と思った。というのも、そういうことがいままでにあったからだ。真剣に愛した女性たちの夢を見ることは決してなかった。彼が嫌な、あるいは心が痛む経験をした女性たちは夢に現れるのだ。

おれは憶えていたくないことを憶えていて、憶えていなければならないことを忘れる。おれの生き方はどこかが変だ。他の人間も同じかどうかはわからない。リンダはどんな夢を見るのだろう？　マーティンソンは？　いや、あの生意気な署長レナート・マッツソンはどんな夢を見るのだろうか？

もう一本ビールを開けて飲んだ。少し酔っ払ったような気がして、風呂に湯を張った。風呂から上がって着替えると、少し気分が良くなった。

二時間後、ジョージ・タルボスが戻ってきた。二人は日が傾いてきたバルコニーに座り、話を始めた。

ヴァランダーがバルコニーのテーブルの上に小さな石を見つけたのはそのときのことだった。それは間違いなく見覚えのある石だった。

36

ジョージ・タルボスと話している間、ヴァランダーを悩ませていた疑問があった。この石におれが目を留めたことにタルボスは気づいただろうか、ということ。それとも気づかなかったか？　翌日、スウェーデンへ戻る車を運転しながら、彼はしきりにこのことを考えた。ジョージ・タルボスが眼光の鋭い男であることは間違いない。その目の奥には素早く動く頭脳がある。その頭脳はまったく衰えていないどころか、おそらく若いころと変わりなく冴えている。たまにその態度が退屈そうに見えたり、反応が鈍かったりしても、関心がないと誤解してはならないのだ。

確かなのは、かつてホーカン・フォン＝エンケの机の上にあった石が、いまはジョージ・タルボスのバルコニーのテーブルの上にあるということだ。同じものか、似たようなものが。

似たようなということで言えば、ジョージ・タルボス自身に関しても言えた。モーテルの外で初めて彼の姿を見たとき、ヴァランダーはこの男は誰かにそっくりだと思った。個人的に知っている人間ではないかもしれない。どこかで見かけた誰かに似ているのだ。

夜、タルボスといっしょに食事に出かけようとしたとき、答えが脳裏に浮かんだ。昔の映画俳優ハンフリー・ボガートにジョージ・タルボスは生き写しなのだ。ただし、タルボスの方が背が高いのと、いつもタバコを唇の端《はし》にくわえているハンフリー・ボガート独特のスタイルはなかったが。しかし、似ているのは外見だけではなかった。昔の映画『アフリカの女王』をヴァランダーは何度も観ていたが、タルボスの声はボガートにそっくりだった。この男は自分がハンフリー・ボガートに似ているのを知っているのだろうか、とヴァランダーは思い、きっとわかっているに違いないと思った。ジョージ・タルボスは間違いなく自意識の強い男だった。

帰宅したタルボスはバルコニーで話をする前にヴァランダーに見せたいものがあると言った。そしてそれまでは閉まっていた部屋のドアを開けた。中には巨大なアクアリウムがあって、赤や青の様々な小魚が群れをなして厚いガラスの内側を静かに泳いでいた。その部屋はアクアリウムの他に水のタンクとビニールの管で一杯になっていた。だが、ヴァランダーがもっとも驚いたのは、魚の水槽の下に曲がりくねった線路があって、その線路はトンネルを通っていて、ミニチュアの列車がその線路の上を走っていたことだった。トンネルは透明ガラスでできていて、そこには一滴の水も漏れていなかった。列車は勢いよく走り、小魚たちは自分たちの下にそんなものがあることなどまるで知らないように見えた。

「このトンネルはドーバー海峡を通っているものとほぼ同じだ。このモデルを作ったとき、私はドーバーとカレーの間を通っているトンネルのオリジナル設計図の構造の細部《デイテール》を使わせてもらった」

ヴァランダーは隠れ家で瓶の中に帆船を作っていたホーカン・フォン＝エンケのことを思い

出した。この二人は似ているところがある、と思った。それが何を意味するのかはわからなかったが。

「私は手仕事をするのが好きなのだ。頭だけを使うというのは、人間にとってよくないと思うのだよ。君はどう思うかね？」

「いや、私はまったくそんなことは言えない。父は器用でしたよ。だが私はまったくそれを受け継いでいない」

「君の父上はどんな仕事をしていた？」

「絵を製作していました」

「芸術家だったわけだ。しかし君はなぜ〝描く〟ではなく〝製作〟という言葉を使ったのかね？」

「父は少し変わり者でした。一生の間、たった一つのモチーフを描いていたのです。別に話すようなことではないですが」

タルボスはヴァランダーがこの話題を好まないことを察知し、それ以上訊かなかった。二人はそのまま、魚の群れのゆっくりした動きと列車が勢いよく進むのをしばらく見ていた。ヴァランダーは魚の群れと列車がいつも同じ場所ですれ違うとはかぎらないことに目を留めた。初めはほとんど気がつかないほどのズレなのだが、そのズレは次第に大きくなる。また二つの列車は一定区間同じ線路を走っていることにも目を留めた。迷いながらも、彼はタルボスにこのことを訊いた。

「鋭いね」とタルボスは言った。「そのとおりだよ。時間がずれるように設計したのだ」

タルボスは壁の棚から砂時計を取り出した。それまでヴァランダーは砂時計に気づかなかった。

「これは西アフリカの砂だ。正確に言えば、小さな群島にある島々の中にあるブバックという島の海岸の砂だ。ブバックはギニアビサウの近くにある。ギニアビサウはあまり知られていない国だ。名前さえ聞いたことがない人もいるだろう。時間を測るのに砂時計を使うと決めたのはイギリス人の大佐だった。私がいま列車を動かすスイッチを入れるのと同時にこの砂時計をひっくり返すと、片方の列車がもう片方の列車にぴったり五十九分後に追いつくのだ。私はときどきそうやって、砂時計の砂が落ちる速度に変わりがないか、変圧器に狂いがないかをチェックしている」

子どものとき、ヴァランダーはメルクリン社のおもちゃの列車がほしかった。だが、父親にはそんなものを買うような余裕はなかった。いま彼の目の前にあるような列車はヴァランダーには小さいころから手の届かない夢だった。

二人はバルコニーに座った。夏の午後は暑くて心地よかった。タルボスは氷の入った水とグラスをテーブルの上に置いた。ヴァランダーはいきなり本題に入ることにした。最初の問いが自然に口をついて出た。

「ルイースが行方不明になったと聞いたとき、どう思いましたか？」

タルボスは澄んだ青い目をヴァランダーに向けた。

「驚きはしなかった、かな?」

「なぜでしょう?」

タルボスは肩をすくめた。

「君がすでに知っていることは繰り返さない。ホーカンは疑わずにはいられなかったのだ。いや、疑いではなく、知っていたという方がいいかな、ルイースが売国奴だということを。売国奴。この言葉でいいのかな? 私のスウェーデン語はいつも正しいとはかぎらないかもしれない」

「いや、そんなことはありません。正しい言葉です。スパイ行為をする人間はたいていの場合、売国奴と言っていいでしょう。まあ、産業スパイのように、特定の分野のスパイの場合は必ずしも売国行為とは言えないかもしれませんが」

「ホーカンは逃げ出したのだ。耐えられなかったからだよ。考える時間がほしかったから身を隠した。ルイースが行方不明になったときには、彼はすでに答えを出していた。軍の情報機関にルイースが売国奴だという証拠品を出す決心をしていた。すべて滞りなく行われるはずだった。ホーカンは自分は無関係だと言ったり、自分の名誉だけを守るつもりはなかったはずだ。通報すればもちろんハンスにも影響を与えることになると承知してもいた。だが、それは仕方がないと覚悟した。これは良心の問題だった。だから、彼女が姿を消したと知ったとき、彼は愕然とした。そして怖くなったのだ。私と何度か話したあと、彼は不安になった。いつも誰かに尾《つ》けられていると心配した。ルイースが姿を消した理由は、彼には一つしか考えられなかった。彼女が彼の決心を察知したということ。ホーカンは彼女が自分の隠れ場所を探り当てるのではないかと恐れた。彼女か、彼女が奉仕しているロシアの情報機関が。ホーカンは、ロシアにとってルイースは過去現在を問わず、かけがえのない重要な人物であるから、ロシアが彼女を守るために自分を殺すこともためらわないと信じて疑わなかった。すでに彼女は高齢だから現在もスパイ行為を続けてはいないにせよ、彼女の正体が暴かれないようにするために。当然のことながらロシアは彼女が知っていることも知らないことも、暴露されたくないだろうから」

「ルイースが自殺したというニュースを聞いて、あなたはどう思いましたか？」

「自殺などあり得ないと思った。彼女は殺されたと見るのが自明だろう」

「なぜです？」

「それには質問で答えよう。ルイースが自殺をする理由がどこにある？」

「もしかすると、自責の念に駆られたとか？　自分の行為がどんなに夫を苦しめたかわかったとか？　理由はいくらでも考えられます。警察官としての経験から、私は人が本当に些細《ささい》な理由で自殺するのを見てきましたから」

タルボスは少しの間、ヴァランダーの言葉を考えたようだった。

「それはそうかもしれない。私は、私のもっていたルイースのイメージを君に話していないことに気がついたよ。私はルイースを知っていた。彼女が自分の正体をすっかり隠していたにもかかわらず、私はルイースという人間の本性を知っていた。彼女は自殺したりする人間じゃない」

「なぜそう思うんです?」

「自殺しない人間というタイプがいるのだ。彼女はそういう人間だった」

ヴァランダーは首を振った。

「私はそうは思わない。私の経験では、どんな人間でも不幸な状況では自殺することがあり得ると思う」

「君に反論するつもりはない。私の意見をどうなりと解釈してくれ。君の警察官としての経験は重要だろう。しかし、長い間アメリカの情報機関で働いてきた人間の経験をすっかり無視することもできないだろうと私は思うがね」

「わかっているのは、彼女は殺されたということ。そして彼女のハンドバッグに秘密情報書類が入っていたということです」

ちょうどグラスに手を伸ばしていたタルボスは、眉間にしわを寄せ、水を飲まずにまたテーブルの上にグラスを置いた。別の緊張感があった。

「それは知らなかったな。彼女のハンドバッグに秘密の書類が入っていたとは?」

「いや、それは外部の人間が知るはずのないことなのです。私はこれを話すべきではなかったのですが、いま話してしまった。ホーカンを擁護するために。これはここだけの話にしてください」

「誰にも言いはしない。情報機関で働く人間ならみんな知っていることだ。仕事を辞めるときには頭には何も残ってない。全部空にして去るのだ。机や棚を空っぽにするように記憶も空っぽにするのだよ」

「ルイースはおそらくかつての東ドイツで使われた毒で殺されたのだろうと聞いたら、あなたはどう思います？　処刑ではなく自殺と見せかけるために」

タルボスはゆっくりうなずいた。それから氷水の入ったグラスを持ち上げ、今回は飲んだ。

「それはＣＩＡの中でも行われることだ」タルボスが言った。「我々もまたしばしば、人を消さざるを得ない状況に陥ることがあった。そういうときは、誰が見てもこれは自殺だとうなずくような方法を考えるのだ」

ヴァランダーはタルボスが直接ホーカンとルイースに関係すること以外を話したがらないのは理解できた。それでも、ここで引かず、できるかぎりの情報を得ようと思った。

「ルイースは殺されたと見ていいと思います」ヴァランダーが言った。

「スウェーデンの情報機関が彼女を始末したのだろうか？」

「いや、スウェーデンはそういうやり方はしない。それに彼女の正体が判明したとする根拠がない。言い換えれば、彼女を殺す動機のある犯人が見つかっていないのです」

タルボスは日陰に座るために籐椅子から別の椅子に移った。何も言わずに下唇を噛んでいる。

「これは嫉妬心から起きたドラマのように見えないか？」タルボスが急にそう言って、椅子からパッと体を起こした。「スウェーデンで情報員として働くことは、鉄のカーテンがあった時代にその内側で働くのとはまったく違うことは言うまでもない。あそこで正体が暴かれた者は全員が、と言っていいほど処刑された。ま、交換してもいいと思われるほど重要な人物なら別だったかもしれないが。裏切り者と裏切り者の交換という場合だな。スパイは精神的におかしくなることがよくある。自分の正体が暴かれる不安を常に抱えて長い間スパイ稼業をやってきた人間によくあることだ。ストレスが大きい仕事だ。嫉妬が渦巻き、協力とか忠誠心の代わりに競争心が生まれる環境だから。ルイースのケースでは、それが考えられる。それも非常に特別な理由から」

ヴァランダーも日陰に移った。手を伸ばして氷水の入ったグラスを持った。氷はすでに溶けていた。タルボスが話を続けた。

「すでにホーカンから聞いていると思うが、スウェーデン人スパイの噂は広まっていた。CIAはその噂はかなり早いときから知っていた。私がストックホルムで働き始めたころ、CIAはその人物を捜し出すために莫大な予算を当てていた。スウェーデンの軍事情報をソ連に売っている人物がいることは、NATOにとっても我々にとっても大きな問題だった。スウェーデンは技術イノベーション部門において世界のトップを走っていたからだ。我々はこの非常に問題のある状況についてスウェーデン側としばしば話し合った。他にもイギリス、フランス、ノルウェーとも話し合った。そのスパイは非常に優秀と思われた。また我々はスウェーデン側に仲介人、いや、〝情報提供者〟とでも言うべきかな、そういう人物がいることもつかんだ。スパイに情報を与える人物のことだ。それをスパイがソ連側に伝えるのだ。我々は、我々のパートナーであるスウェーデン側が何の手がかりも見つけられないことに苛立った。スウェーデン側は二十人ほどの〝容疑者〟の名前を書いたリストを持っていた。様々な部隊の士官たちだった。だがスウェーデン側の調査ではまったく結果が得られなかった。また我々の協力もうまくいかなかった。まるでファントムを追いかけているようなものだった。誰かが我々の追いかけていた人物をファントムならぬダイアナと呼んだ。ダイアナはファントムの恋人だよ、漫画の中で。まったく馬鹿げていると私は思ったものだがね。何より、この人物が女だという疑いも推量も当時はまったくなかったのだから。だが、あとで、それは無意識の、将来を見越した命名だったと言う者まで現れた。とにかく状況は一九八七年の三月まではそんなものだった。一九八七年の三月、正確に言えば三月八日に状況は一変した。スウェーデンの情報部の人間の一部は解雇され、我々も初めからすべてやり直しを迫られるような事態が持ち上がった。この話はホーカンから聞いていないと思うが？」

「ええ、聞いていません」

「ことは、その日の朝アムステルダム郊外にあるスキポール空港で始まった。突然一人の男が空港警察詰所前に現れた。着古したスーツに白いシャツ、そしてネクタイ姿だった。片手に小さな旅行カバン、そしてもう一方の腕にコート、手に帽子を持っていた。別の時代から現れたような格好をしていた。暗いバックグラウンドミュージックが響くモノクロ映画の登場人物のようだったという。その男が話しかけたのは、その状況には若すぎる警官だった。ちょうどインフルエンザが流行《はや》っていた時期で、彼は臨時に呼び出された、空港で働いたこともない警官だった。男はたどたどしい英語で、オランダに政治亡命したいとその若い警官に言った。そしてソ連のパスポートを取り出して見せた。名前はオーレグ・リンデとあった。ロシア人には珍しい名前だったが、確かにパスポートにはそう書かれていた。年齢は四十歳、頭髪は薄くなりかけていて、顔の左側、鼻に沿って古い切り傷があった。若い警察官はそれまで東からの亡命者を扱った経験がなかったので、年長の警察官を呼んできた。ゲルトというその年長警察官が質問を始めようとしたとき、ロシア人が自分から話し始めた。私はその調書を何度も読んだから、重要な部分はほとんど暗記している。その男はKGBの、ヨーロッパ側をスパイする特別部隊の大佐だった。彼は崩壊し始めたソ連帝国では働きたくないと言って政治亡命を望んだ。オーレグ・リンデはまさに亡命理由をそう語った。それから交換条件としてこう言った。自分は西欧諸国に入り込んでいるソ連人エージェントを大勢知っている、とくにオランダを基地にして働いている優秀なエージェントを数人知っていると。その後、オーレグ・リンデは情報関係者に引き渡された。ハーグの隠れ家に連れて行かれ、そこは皮肉なことに国際裁判所のすぐ近くだったが、そこで素っ裸にされた。それはオランダの同僚の言葉だったが。まもなくオーレグ・リンデは本当のことを言っていることが判明した。そこで、オーレグ・リンデの正体は明かさぬまま、オランダの情報機関はここに一人本物の〝人物〟がいる、正真正銘の〝人物〟だと世界中の情報機関に伝えた。こっちにきて見てみるか？　本物かどうか見たいか？　とね。また、モスクワからの報告も入った。KGBは上を下への大騒ぎ、まるで蟻塚が棒でつつかれたような状態になっていると。オーレグ・リンデは間違っても亡命などされては困る中核にいる人物の一人だったからだ。だがその彼が姿を消したため、最悪のことが起きた。モスクワは、オランダにあった彼らの情報網が壊滅したときに初めてオーレグ・リンデはオランダにいると知った。あろうことか彼は自身を一大セールで売りに出したのだ。しかも、その値段は決して高価ではなかった。彼が望んだのはただ、新しいアイデンティティと新しい名前だけだった。聞くところによると彼はその後モーリシャス共和国に移住し、なんとも愛らしい名前パンプルムースという町で大工として暮らしたという。オーレグ・リンデの前歴は家具職人だったらしい。私はその辺のことはあまり知らないが」

「それで、彼はいま何をしているんですか？」

「永遠の眠りについている。二〇〇六年に死んだ。がんだったという。モーリシャス島で彼は若い女性と結婚し、子どもを何人かもうけた。その辺のことは詳しく知らない。彼のことで、そういえば、もう一人思い出した人物がいる。たしか〝ボリス〟という名前だった」

「その人物なら、名前を聞いたことがあります」ヴァランダーが言った。「そのころはロシア人スパイの投降がとんでもなく多かったらしいですね」

タルボスは立ち上がり、部屋の中に姿を消した。遠くからサイレンの音が聞こえてきた。戻ってきたときには、容器の口まで氷を浮かせた水を持ってきた。

「我々が長いこと捜していたスウェーデン人スパイが女だということを教えてくれたのはその男だった」とタルボスは椅子に腰を下ろしながら言った。「だが、ボリスは女の名前は知らなかった。KGBの中でもどこにも所属せず自由に動いていた数人のエージェントがその女と関係していた。ソ連でも特別格のエージェントたちだ。とにかくボリスは、スウェーデンで暗躍していたのは女だと確信していた。その女は防衛関係や武器製造関係の人間ではないらしかった。ということは彼女には一人、あるいは複数の情報提供者がいて、彼らから情報を得てそれをソ連に売っていたということになる。その女がスパイ活動をしたのはイデオロギーからか、それとも金のためだったかは、まったくわからない。情報活動を買う側の人間にとっては、いつだって金目当ての方が与しやすい。イデオロギーがそこに混じっていると、とんでもない裏切りが起きたりするからだ。確信犯は信頼できない、と我々はよく言ったものだ。情報機関はシニカルなもの。また、仕事上シニカルでなければならなかった。『我々は世界をよくはしないかもしれないが、これ以上悪くもしない』と我々はよく言っていた。我々はある種のテロ・バランスを保っているのだと自己弁明した。実際そうだったに違いない」

タルボスはガラス容器の中をスプーンでかき回した。

「未来の戦争は」とタルボスは考えをかみしめるように言った。「ベーシックなものをめぐって起きるだろう。我々の戦士たちは水のように人間にとって基本的に必要なもののために死ぬようになる。つまり我が国の兵士たちは貯水池のために死ぬようになるだろうよ」

そう言うとタルボスはこぼれないように気をつけながらグラスの口まで水を注いだ。ヴァランダーは話の続きを待った。

「我々はそのスウェーデン女性スパイを見つけることができなかった。あらゆる手段を行使して捜し回ったが、女性は見つからなかった。正体を暴くことも捕まえることもできなかった。もしかすると、全体が嘘なのかもしれないという噂も立った。だがソ連側はその間もずっと知るはずのないことを知っていた。スウェーデンのボフォーシュ社が何か新しい技術を武器製造過程に取り入れたら、すぐにソ連側の知ることとなった。数え切れないほどの罠をしかけたが、女はどこにも引っかからなかった」

「そしてルイースは？」

「もちろん彼女は疑われる対象にさえ入っていなかった。誰が彼女を疑ったりしただろう？飛び込み競技の好きな語学教師など？」


タルボスはアクアリウムの魚に餌をやる時間だと言って、席を立った。ヴァランダーはバルコニーに一人残った。ノートを出して、タルボスの言ったことをすべて書き留めようとした。が、いや、待て、書く必要はない、すべて憶えていると思い直した。目を開けると、今晩ここを寝室に、と勧められた部屋に行き、頭の下に手を組んでベッドに横たわった。二時間も眠っていたことに気がついた。寝過ごしてしまったときのように、急いで部屋の外に出た。タルボスはバルコニーに座って、タバコを吸っていた。ヴァランダーはさっきまで座っていた椅子に腰を下ろした。

「夢を見ただろう？　声をあげて叫んでいたようだった」タルボスが言った。

「ときどき、強烈な夢を見るんです」

「私は幸いそんな夢は見ないね。それに夢を見ても、目を覚ましたときに憶えていることはめったにない」

タルボスが昼間言っていたイタリアン・レストランまでは歩いた。赤ワインを飲みながら二人は様々な話をした。ただし、ルイース・フォン＝エンケのことには双方とも触れなかった。この食事は自分が招待すると強く言ってから、タルボスは様々な種類のグラッパがあるから飲み比べようと誘った。イル・トラヴァトーレというそのレストランを出たころには、ヴァランダーの足取りは怪しくなっていた。タルボスはタバコに火をつけ、ヴァランダーから顔を背けて煙を吐き出した。

「さっきのオーレグ・リンデですが、ずいぶん前のことですよね、彼がスウェーデン人女性スパイの話をしたのは。その女性がいまでも活動しているということはあり得ますかね？　私にはちょっと不自然に思えますが」

「その女性が本当にスパイだったら、だ。バルコニーで話したことを忘れないように」

「スパイ行為が続いていたとすれば、ルイースではなかったということになりますね」ヴァランダーが言った。

「いや、必ずしもそうはならない。誰か別の人間がバトンを引き継いだということも考えられるからだ。この業界ではなんでもありなのだ。真実は予測とまったく逆だったということも度々あるのだ」

二人はゆっくり街の中を歩いた。タルボスは新しくタバコに火をつけた。

「仲介人、さっきあなたが〝情報提供者〟と呼んでいた人間のことですが、その人物に関しても何もわからないのですか？」

「そう、その人物に関しては何の手がかりもない」

「ということは、それもまた女性である可能性もある？」

タルボスは首を振った。

「いいや、それはない。防衛や軍需産業関係にそれだけの影響力を持つ人間が女性であることはめったにないからだ。私の少ない年金全部をかけてもいい。それは男だね」

街には昼間の気持ちいい暑さがまだ残っていた。ヴァランダーは軽い頭痛を感じ始めていた。

「私が話したことで特別に君を驚かせたことはあったかね？」とタルボスがさりげなく聞いた。会話のための会話のような聞きかただった。

「いや、ありません」

「君が出した結論と私から聞いたことが合わないということは？」

「いや、いまのところそれもありません」

「ルイースの死を調べている担当警察官はなんと言っている？」

「手がかりがないと。犯人もいなければ、動機も見つからない。彼女のハンドバッグの隠しポケットの中にマイクロフィルムが見つかった以外は」

「それだけでも彼女がスパイである可能性はあるのではないか？　物を渡すときに、なにかが起きたのではないか？」

「それは考えられる状況説明です。警察はまさにそれを前提にして捜査をしていると思う。しかし、そのなにかとは何なのか？　彼女に会ったのは誰なのか？　そしてなぜこれがいま起きているのか？」

　タルボスは足を止め、タバコを靴でねじり消した。

「まだまだ道のりは遠いね、解決まで。ルイースがスパイであるということを示すものは十分にある。全捜査をルイースに絞ればいい。おそらく仲介人もその線でわかるだろう」

　二人は歩き続け、タルボスの住む建物まで来た。タルボスがコード番号を押した。

「もう少し夜の空気を吸いたい」とヴァランダーは急に言った。「私は昔から夜散歩するのが好きなのです。もう少し歩きます」


　タルボスはうなずき、ヴァランダーに入り口のコード番号を教えると一人、中に入っていった。ヴァランダーはドアが音もなく閉まるのを見てから、人影のない通りを歩きだした。何かが決定的におかしいという感じがまた戻ってきた。ホーカン・フォン＝エンケとあの島で一晩過ごしたあとに感じたあの感じだった。タルボスが言った言葉、〝真実は予測とまったく逆だったということも度々あるのだ、という言葉を思い出した。逆の発想をしなければならないということか。

　ヴァランダーは足を止めていま来た道を振り返った。依然として人影はない。通りの建物の窓から音楽が聞こえた。ドイツ語の歌だ。レーベン（生きる）、エーベン（ただ単に）、ネーベン（次に）という言葉が聞こえた。そのまま広場まで歩いた。若者たちがベンチで抱き合っている姿が、そこここに見られた。ここで叫びたい、と彼は思った。何が起きているのかおれにはさっぱりわからない、と。唯一はっきりわかるのは、一連のことの中に、おれの目には見えない何かがあるということ、どうしてもそれを摑まえることができないということだ。とにかく、おれにはできない。おれは解決に近づいているのか、それとも遠のいているのか？　それがどうにもおれにはわからないのだ。

広場をぐるりと回ってみた。次第に疲れてきた。タルボスの住居まで戻ってみると、彼はすでに眠っているようだった。バルコニーへのドアは閉まっていた。ヴァランダーは服を脱ぎ、しばらくして眠りに就いた。

夢の中でまたもや水辺を走る馬数頭が現れた。だが朝、目が覚めたときにはまったく憶えていなかった。

37

目を覚ましたとき、ヴァランダーは自分がどこにいるのか一瞬わからなかった。腕時計を見た。六時。そのまま動かずベッドにいた。隣の部屋の大きなアクアリウムに空気を送り込む機械の音が静かに聞こえてくる。おもちゃの列車が動いているかどうかまでは聞こえなかった。列車はあの完全に音が遮断されたトンネルの中にいるのだ。モグラと同じだと思った。また、秘密の決定がなされる廊下に住み着いている人々と同じだと思った。その秘密の決定を彼らは盗み、さらに次のグループへ伝えるのだ。

起き上がった。急がなければならないと思った。シャワーなどどうでもよかった。急いで着替えて、明るい大きな部屋へ行った。バルコニーへのドアは開いていて、薄いカーテンが風に揺れていた。タルボスはそこに座って、タバコを吸っていた。コーヒーカップがテーブルに置いてある。ゆっくりとヴァランダーの方を見た。まるでヴァランダーが現れる前から彼が来るのを知っていたような動きだった。微笑を浮かべている。ヴァランダーはその笑いが信用できないように感じた。

「よく眠れたならいいが？」

「ベッドがよかったです。部屋は静かで、暗かったし。少し早いですが、いま出発しようと思います」

「そうか。ベルリンで一日も過ごすことなく帰るのかね？　見所はたくさんあるのに」

「時間があればそうしたかった。しかし今回はすぐに帰る方がよさそうです」

「犬を残してはいられないということかな？」

なぜおれが犬を飼っていると知っているのだろう？　話した覚えはないのに？

ヴァランダーはタルボスがすぐに言いすぎたと気がついたのがわかった。

「そのとおり。隣人の親切に甘えすぎてはいけないので。この夏はユッシを預けてずいぶん留守にしましたから。それに孫に会う時間もほしいのです」

「ルイースも孫が生まれてさぞ嬉しかっただろうね」とタルボス。「子どもはもちろん可愛いものだが、孫でまさに人生は完成するというものだ。子どもは人生に意味を与えるが、孫は良き人生の証拠になると言っていい。写真は持ってきたかね？」

ヴァランダーは持参した二枚の写真を見せた。

「美しい子だ」と言って、タルボスは立ち上がった。「発つ前に食事するだろう？」

「コーヒーだけで」とヴァランダー。「朝はあまり食べないのです」

タルボスは賛成できないというように軽く頭を振った。だが言われたとおり、コーヒーだけを持ってバルコニーにやってきた。ヴァランダーにはいつもどおりのクリームも砂糖もなしのブラックだった。

「昨日、あなたが言ったことなのですが」とヴァランダーが言った。

「君が気になるようなことを私はおそらくたくさん言っただろうな」

「捜しているのとまったく逆の方向も、ときには捜さなければならないというようなことを言いましたね？　それは一般的なことで言ったのですか？　それともとくに何か特別のことを指していたのですか？」

タルボスは静かに考えた。

「いま君が言ったことにはまるで覚えがない。が、もし私がそう言ったのであれば、一般的なこととしてだろう」

ヴァランダーはうなずいた。いまのタルボスの言葉は嘘だと思った。昨日タルボスが言った言葉には特別の意味があったはずだ。ただ自分にはその意味がよく掌握できなかったということに違いないのだ。

タルボスは落ち着かなかった。前日のようにリラックスしてはいなかった。

「我々二人の写真を撮りたい」とタルボスが言った。「カメラを持ってくる。来客に名前を書いてもらうゲストブックはないが、写真をその代わりにしているのだ」

カメラを持って戻ってくると、椅子のアームにおいて自動シャッターを押し、ヴァランダーのそばに来て座った。そのあと彼はカメラを持って、正面からヴァランダー一人の写真を撮った。そのあとヴァランダーは片手に旅行カバン、もう一方の手に車のキーを持ってあいさつした。

「この大都市の道路がわかるかね？」タルボスが訊いた。

「私は方向音痴ですが、まあ、時間をかければ正しい道路を見つけるでしょう。それにドイツの道路はじつに整然としているので、それほど難しくないと思います」

二人は握手した。ヴァランダーは道路に出てから上を見てタルボスに手を振った。建物の入り口の壁に出ている住人の名札にはタルボスの名前はなく、『USGエンタープライズ』とだけあった。それをしっかり記憶して、ヴァランダーは車を出した。

ベルリンの交通の網の目をくぐり抜けるのに数時間もかかってしまった。そしてようやくアウトバーンを見つけたのだが、今度は出口を見過ごしてしまい逆方向へ走り続けなければならなくなった。ようやく方向を変えて北へ向かった。オラニエンブルクの町を通過したとき、ヴァランダーはあの晩のことを思い出して首を振った。

家までのドライブには問題なかった。夜、リンダがやってきた。クラーラは風邪で、いまはハンスが看ているが、翌日、彼はニューヨークへ出発するという。

外のテラスに座った。暖かい夜で、リンダは紅茶をすすっていた。

ゆっくりブランコソファを揺らしながら、隣に座っているリンダに訊いた。

「ハンスの仕事の方はどうなんだ？」

「わかんない。ときどき、いったい何がどうなっているのかと思うことはあるわ。以前は家に帰るとハンスは、その日うまくいった仕事のことを全部話してくれたものよ。でもいまはまったくなにも言わない」

雁が列になって飛んでいった。二人は黙って雁の群れが遠く南の方へ飛び去るのを見送った。

「あれ、もう南下するの？　早すぎない？」

「練習しているのかもしれないな。飛び立つとか、列を作るとか」

リンダが大声で笑いだした。

「いまの言い方、おじいちゃんそっくり。知ってる？　どんどんおじいちゃんに似てきてるってこと」

ヴァランダーはきっぱりと否定した。

「親父にユーモアがあったことは認める。だが、おれなんか比べ物にならないほど意地が悪かったぞ、親父は」

「おじいちゃんはそんなに意地悪くなかったわ。怖かっただけじゃないの？」

「怖かった？　なにが？」

「年取るのが、とか？　死ぬってことも。そういう気持ちをあの怒りの爆発に隠してたんじゃないの？　あれ、たぶんお芝居だったのよ」

ヴァランダーは答えなかった。だが心のうちで、リンダはまさにそれこそがおれと親父の似ているところだと言いたいのかもしれないと思った。つまり親父も、死ぬのが怖かったのかもしれない。

「明日、いっしょにモナに会いに行きましょ」リンダが突然言った。

「明日、モナに？　なぜだ？」

「なぜって、モナはわたしの母親だし、モナにはあなたとわたしが一番近い親族だからよ」

「例のICAスーパーの男はどうした？　ちょっと頭のおかしいやつ。あいつがモナの世話をすればいいじゃないか？」

「え？　あの二人、別れたってこと、知らなかったの？」

「知らなかった。だが、おれは行かないぞ」

「どうして？」

「おれはモナとはもう関係を持ちたくないんだ。もうバイバは死んでしまったが、おれはいまでもモナが彼女についていった悪口が許せない」

「あれは嫉妬からよ。嫉妬している人はそのせいでバカなことを言うものなのよ。モナに言わせれば、あなたも嫉妬するとひどいことを言ったらしいわよ」

「それは嘘だ」

「嘘とは言いきれないでしょ」

「おれは行かないぞ。行きたくない」

「でも、わたしはいっしょに来てほしいの。何よりも、ママがあなたに来てほしいと思っているから。あなたは彼女の存在をなかったことにはできないのよ」

ヴァランダーはそれ以上何も言わなかった。これ以上抵抗しても意味がない。いまここでリンダの言うとおりにしなかったら、これから何ヵ月もひどいことになる。それだけは避けたかった。

「おれはそのアルコール依存症患者のリハビリ施設がどこにあるかも知らない」としまいに彼はブツブツ言った。

「それは明日行けばわかるわ。きっと驚くわよ」


夜中、スコーネ地方は低気圧に見舞われた。翌朝八時、彼らが車で出発したときには雨だけでなく風も強く吹き始めていた。ヴァランダーは気が重かった。よく眠れなかったし、リンダが朝迎えに来たときは疲れて機嫌が悪かった。リンダはヴァランダーの着古した灰色のズボン姿を見るなり、着替えさせた。

「ママに会いに行くのに正装する必要はないわ。でも、そんないま起きたばかりという格好で行かなくてもいいでしょう」

グリミンゲヒュース古城への曲がり角まで来たとき、リンダが父親をちらりと見て言った。

「憶えてる?」

「もちろん憶えてるさ」

「時間は十分にあるから、ちょっと寄ってみようか?」

城の右壁の側にあるパーキングに車を入れた。車を降り、堀にかけられた橋を渡って、城の中庭に入った。

「ここが私の小さいころの最初の思い出と言っていい場所なの。二人でここに来たときのこと。このお城に幽霊が出るという話をしてくれたのが、とにかくすごく怖かった。わたし、何歳ぐらいだったかな？」

「初めてここに来たときお前は確か四歳だったと思うよ。だがそのときはまだお化けの話はしなかった。お前が七歳のときだったんじゃないかな、お化け話をしたのは。学校に入学する年の夏だった」

「わたし、パパが自慢だったわ。強くて、何にも負けないパパだと思っていた。いまでもあのころのことが思い出せる。わたしは落ち着いたいい子で、毎日がとても幸せだった」

「おれもまったく同じ思いだったな」とヴァランダーも正直に言った。「お前が小さいころが一番いい時代だったな」

「あの幸せはどうなった、と考えているの？　いま、六十歳になって」リンダが言った。

「そうなんだ。二、三年前からおれはイースタ・アレハンダ紙の死亡広告を見るようになった。他の新聞を見ても、やはり同じように死亡広告の欄を見てしまう。気がつくとおれは、マルメのリンハムヌ時代のクラスメートはいまどうしているかと考えているんだ。彼らの人生はどうなっただろう？　おれと比べてどうだろう？　ときどき時間があると、彼らの現在を調べている。そんな自分に気がつくんだ」

二人は城の入り口前の石段に腰を下ろした。

「一九五五年に入学した同級生たちの人生は様々だ。おれはいま、おおよそみんなの人生がわかっている。たいていの者ははっきり言ってあまりうだつの上がらない人生を送ってきた。何人かはすでに死んでいる。カナダに移住してから自殺した者もいる。何人かが望みどおりの人生を送った。クイズ番組で成功したスルヴェ・ハーグベリのようにね。だがほとんどの者は文句も言わずに働きづめの人生を送ってきた。外から見ればそう見える。おれは？　おれの暮らしは？　やっぱり同じようなものだ。六十にもなれば、だいたいのことはもう終わっている。それは悔しいけど認めざるを得ない。残りの人生でしなければならないことはもうあまりないんだ」

「人生が終わりかけていると感じるの？」

「ああ、そうだな。ときどきそう思う」

「そういうとき、何を考えるの？」

少しためらってから、ヴァランダーは答えた。

「バイバがいないことを悲しむ。そしておれたちがいっしょに暮らさなかったことを悲しむんだ」

「他にも人はいるでしょう？　ひとりぼっちというわけじゃないんだから」

ヴァランダーは立ち上がった。

「いや、他には誰もいないんだ。バイバに代わる人はいない」

二人は車に戻り、そこから数キロのところにあるリハビリ施設へ行った。そこはスコーネ地方独特の伝統的な農家造りで、正方形に東西南北に建物があり、真ん中に庭のあるスタイルまで昔のとおりだった。二人が石畳の中庭を歩いていくと、モナは建物の前のベンチに座ってタバコを吸っていた。

「タバコを吸っているのか?」ヴァランダーが声をあげた。「以前は吸っていなかったのに」

「ママは自分を慰めるために吸っているんだって。この治療が終わったときにやめるって言ってるわ」

「治療はいつ終わるんだ?」

「あと一ヵ月後」

「ハンスがその治療費をもってくれるのか?」

リンダはその問いには答えなかった。そうに決まっているからだ。二人の姿を見ると、モナは立ち上がった。ヴァランダーは彼女の目の下の大きなたるみと灰色の顔色を見て思わず目を伏せた。醜いと思った。いままでモナのことをそう思ったことは一度もなかった。

「ありがとう、来てくれて」と言って、モナはヴァランダーの手を取って握手した。「君の具合がどうか、見たかったから」とヴァランダーは渋々応えた。

三人はモナを真ん中にしてベンチに腰を下ろした。ヴァランダーはすぐにもそこを離れたかった。モナが禁酒時の反応や精神の落ち込みと闘っていることなど、自分に関係ないではないか。このような状態にいるモナと、なぜ自分は会わなければならないのか? なぜリンダは自分をここに連れてきたがったのか? この状態の彼女を見ることで、おれに罪を認めさせるのが目的なのか? おれの罪? 何に対する罪なのだ? リンダとモナが話している間、彼は心の中でこんな自問をし、闘っていた。そのうちモナは部屋を見たいか、と訊いた。ヴァランダーは断り、リンダだけが見に行った。

待っている間、ヴァランダーは施設の建物を見て回った。ポケットの中で携帯が鳴った。イッテルベリだった。

「もう夏休みは終わったか？　それともまだ休み中か？」

「いや、まだ休暇中だ。少なくともそう思いたい」

「おれは署の自分の部屋にいる。いま、目の前に軍の〝秘密の情報機関〟から上がってきた報告書がある。内容を知りたいか？」

「途中で邪魔が入るかもしれないが」

「いや、すぐ終わるよ。二、三分くれ。信じられないほど短い報告書だからな。つまりそれは、おれや一般の警察官に見せられるものではないということを意味しているんだろうよ。引用するぞ。報告書の一部に極秘とスタンプが押されている。いいか、これは報告書の大部分は極秘だということなんだ。いまおれの目の前にあるのはその一部に過ぎないということだ。中身のおいしい部分、真珠《しんじゅ》とでも呼ぶか、はやつらだけのものというわけだ」

イッテルベリは突然激しくくしゃみを始めた。

「アレルギーなんだ。署で使っている洗剤におれが反応するらしい。自分で床掃除、トイレ掃除しろということかね？」

「ま、それもいいんじゃないか？」ヴァランダーが苛立った声で言った。

「報告書にはこのように書かれているんだ。ルイース・フォン＝エンケのハンドバッグの中に発見された資料、なかんずくマイクロフィルムと写真のネガ、およびコード化された文章等は極秘扱いの軍事資料である。その多くは機密情報で、適正でない手に渡ることを妨げるために極秘とする。と、ある。つまりだな」

「資料は本物、ということか？」ヴァランダーが言った。

「ああ、そうだ。そしてこの報告書は次のように続く。類似の資料が以前ソ連側に渡ったことがある。それはスウェーデン側の精査により、ソ連側が保有するはずのない知識を保有していたことが証明されたと了承される、とある。それになんだ、このややこしい文章は？ 軍隊独特の面倒な表現で書かれているんだ」

「警察内の〝秘密の同僚〟が話すときもたいていそんな言葉遣いだ。軍の〝秘密の情報機関〟の文章がさほど違うはずはないからな。とにかく、おれにはいまの文章は理解できる」

「報告書はこれでほぼ終わりだ。だが、この結論を無視することはできないな。ルイース・フォン＝エンケは軍隊のジャム瓶の中に指を突っ込んだということだ。彼女は秘密情報を売った。どこから情報を仕入れたのかは神のみぞ知る、だな」

「疑問はたくさん残っている」ヴァランダーが言った。「遺体が発見されたヴァルムドウーで何が起きた？ なぜ彼女は殺されたのか？ 彼女は誰に会いに行ったのか？ そしてもう一つ、なぜ彼女を殺した連中はハンドバッグの中のものを持ち去らなかったのか？」

「そこにあるとは知らなかったからかな？」

「彼女は初めからそんなものは持っていなかったのかも？」ヴァランダーが言った。

「その可能性は否定できない。他の人間がそこに置いたということだな」

「あり得るとおれは思う」

「だが、なぜそんなことをする？　理由は？」イッテルベリが訊いた。

「彼女がスパイ行為をしていたと思わせるため」

「いや、ちょっと待て。彼女はスパイじゃないのか？」

「おれは迷路の中にいるような気がする」ヴァランダーが言った。「迷路の外に出ることがどうしてもできない。だが、いまあんたが話してくれたことに話題を戻そう。この事件はそちらの署ではどれだけの重要度で考えられているんだ？」

「重要度はかなり高い。テレビ局が警察の事件捜査の特集を企画しているらしいんだ。警察の現在進行中の事件捜査を追う特別番組だと。上層部はいつもメディアがマイクを持って近づいてくることに神経質になるからな」

「報道陣をおれの方に回してもいいぞ」ヴァランダーが言った。「おれは怖くはない」

「誰が怖いと言った？　おれはただ、馬鹿な質問をされると、機嫌が悪くなる癖があるんだよ」

ヴァランダーは施設の庭のベンチに座り、イッテルベリとの話を思い出していた。話のどこかにピンとこないところがあったと思ったが、見つけられなかった。ここでは集中できなかった。

リンダとモナが戻ってきた。モナの目が濡れていた。泣いていたのだとヴァランダーは思った。二人が何を話していたのかなど、知りたくなかった。だが、急にモナがかわいそうになった。モナに対しても訊いてみたかった。君の人生はどうなった、と。彼女は自分よりも強いものの前で、青ざめ、気を落とし、震えている。

「治療の時間だわ。来てくれてありがとう。この治療はとても大変なの」

「治療とは、どういうことをするんだ?」とヴァランダーは関心を示すために、勇気を出して訊いた。

「今日は、医者と話をするの。トシュテイン・ロセーンという医者で、彼自身アルコール問題を抱えていた人。遅れるといけないからもう行かなくちゃ」

そのまま庭で別れた。帰りの車中、二人は無言のままだった。リンダの方がもっとショックを受けているに違いないとヴァランダーは思った。十代の難しい時代のあと、彼女は母親とそれ以前より近しい関係になったようだった。

「いっしょに来てくれてよかったわ」ヴァランダーの家に着いたときにリンダが言った。

「行かないという選択は与えてくれなかったじゃないか。だが、おれも行ってよかったと思っている。モナがどういう時間を過ごしているのか、どんな治療を受けているのかを知ることができたから。残る問題は一つ。この治療が成功するかどうかだ」

「わからない。そう望むしかないわ」

「そうだな。最後にはそれしかない。望もう、成功することを」

開いている車窓から手を入れて、娘の頭を軽く撫でた。リンダは車の方向を変えて、立ち去った。ヴァランダーは彼女を、彼女の車を見送った。

胸がつぶれるような思いだった。ユッシを小屋から出して、耳の裏をしばらく掻いてやってから鍵を開け、家の中に入った。

すぐに家の中の様子が違っていることがわかった。ついに彼の用心深さが功を奏した。意識的に置いたものの位置が違っていた。玄関ドアに一番近い窓の窓枠に小さなキャンドルスタンドを一個置いておいた。窓の真ん中にある取っ手の前に置いたのだが、キャンドルスタンドはいま窓枠の奥の方に、それも取っ手の左側に移されていた。ヴァランダーはそのまま動かなかった。おれの間違いか？　いや、そうではない。記憶に間違いはなかった。

窓に近づいてみると、外から、それも何か細く尖った道具を使って窓が開けられたことがわかった。それは車上泥棒が窓をこじ開けるときに使うような細い針金のような道具に違いなかった。

そっとキャンドルスタンドを持ち上げて見た。スタンドは木製で、中に銅の輪っかがはめ込まれていた。スタンドを元の位置に戻すと、ヴァランダーはゆっくり家の中を見ていった。何も変わっていない。これはプロの仕業だと思った。キャンドルスタンド以外には、どこにも形跡を残していない。

キッチンテーブルに向かって腰を下ろし、キャンドルスタンドを見つめた。何者かが自分の家に押し入った理由は一つしか考えられなかった。

何者かが疑っているのだ。ヴァランダー自身にはわからない、持っていることに気がついていない、彼自身が意識していないないなにかがここにあると。彼のメモの中にある知識か、いやもしかすると彼が持っている物かもしれない。

ヴァランダーは動かずに椅子に座っていた。おれは答えに近づいている。いや、そうではなくて、何者かがおれに近づいているのかもしれない。

38

翌朝、彼は何者かに追いかけられているような夢を見て、あせって目を覚ました。夢の内容は憶えていなかった。もしかするとまた野生の馬が海に走りこむ夢だったのかもしれない。いや、他の夢だったかもしれないが思い出せなかった。元の位置にあるキャンドルスタンドが、誰か他の人間が彼の家に入り込んでいたことを思い出させた。裸のまま庭に出ると、ユッシを犬小屋から出した。初めて秋の気配を感じた。ヴァランダーはぶるんと体を震わせ、家の中に入った。服を着て、コーヒーを淹れ、キッチンテーブルに向かって、改めてルイース・フォン＝エンケの身に起きたことを初めから考えてみようと思った。もちろん、せいぜい仮説を打ち立てることぐらいしかできないのはわかっていた。だが、改めて徹底的に目を通す必要があると思った。自分は何かにずっと気づかないでいるという感覚がある。何よりもなぜそう感じるのかその理由を見つけたかった。その感覚は、今回何者かがふたたび家に侵入したことでますます強くなった。一言で言えば、彼はあきらめるつもりはなかった。

だが、その日の朝、彼はなかなか集中できなかった。数時間粘ったのち、資料をもって警察署の自分の執務室へ行った。今回もまた地下のガレージから誰にも会わずに自室に入った。三十分後、廊下に誰もいないのを確かめてからコーヒーの自動販売機へ急いだ。ちょうどコーヒーが紙コップいっぱいになったとき、レナート・マッツソンが現れた。ヴァランダーは署長に長いこと会っていなかった。もちろん、会いたいとも思っていなかった。署長はきれいに日に焼けて、体も締まっていた。ヴァランダーは羨望を感じ、面白くなかった。

「もう戻ってきましたか？　家にはいられないのかな？　仕事が呼んでいるとか？　それでいいんです。苦労なしにはいい警察官にはなれませんからね。本当は来週の月曜日から仕事開始じゃないですか？」

「家に帰るところですよ。ちょっと書類を取りに部屋に来ただけで」

「時間ありますか？　喜ばしいニュースがあるので、是非分かち合いたい」

「いつだって時間はありますよ」とヴァランダーは皮肉を込めて言ったが、署長には皮肉が通じないこともまた承知していた。

二人は署長室に行った。ヴァランダーは訪問者用の椅子に腰を下ろした。レナート・マッツソンはきれいに整頓された机の上にあったホルダーを手に取った。

「じつに喜ばしいニュースですよ、さっきも言ったように。スコーネ地方は全国で犯罪捜査成功率がもっとも高い警察の一つになった。他の地方と比べて犯人検挙率が高いのです。もっとも良い成績であるばかりでなく、前年と比べても検挙率は上がっている。これからのために、このような結果はいい励ましになりますからね」

ヴァランダーは署長の話に耳を傾けた。いま署長が言ったことは、報告書に書いてあるとおりであることは疑わなかった。が、統計をどう解釈するかはかなり主観に委ねられるものであることも彼は十分承知していた。統計は事実を表すものであることは疑いないが、事実でないことが表れることもある。スウェーデン警察の相対的な事件解決率は世界的に見れば、統計上最悪のグループに属することは同僚もヴァランダーもよく知るところだった。これからもそれは変わらないだろう。ずっとこの状態が続くだろう。絶えず警察組織の変革が行われているから、未解決の犯罪が増えるのだ。警察内の優秀なグループが潰され、あるいは再組織されると、往々にして組織がまったく機能しなくなる。そしてまさにこれこそが問題なのだが、統計上の目標を達成することの方が、実際の事件を捜査し犯人を挙げることよりも先行してしまうのだ。それだけではない。ヴァランダーは、他の警察官と同様、優先順位が間違っていると思っていた。スウェーデン警察の上層部が〝小さな犯罪〟は仕方がない、目をつぶろうという方針を決めたとき、警察と一般市民の間にあった信頼関係がカーペットをひっくり返すように失われてしまったのだ。一般市民にとっては、車上泥棒やガレージのものが盗まれる、空き巣に入られるなどというのは小さなことではない。目をつぶろうなどとは到底思えないからだ。市民はそのような犯罪も解決してほしい、少なくとも捜査してほしいと願っているのだ。

だがヴァランダーはこの問題をいまレナート・マッツソン署長と討論するつもりはなかった。秋になればきっとこの問題を話し合う機会があるだろう。

レナート・マッツソンは報告書を脇に置き、急に心配そうな顔をしてヴァランダーを見上げた。髪の生え際に汗が浮かんでいる。

「体の調子はいいのかな？　顔色が悪いね？　なぜ戸外に出て太陽に当たらない？」

「太陽？　どこに太陽があるんですか？」

「この夏はそんなに悪くはなかったのでは？　私はクレタ島へ行っていた。スウェーデンの天気は頼りにならないからね。クノッソス宮殿に行ったこと、ありますか？　壁に彫られたイルカがじつに素晴らしかった」

ヴァランダーは立ち上がった。

「いや、元気ですよ。今日は少し太陽が出ているようなので、署長の言うとおり、外に出て太陽に当たることにしましょう」

「どこかに拳銃を忘れたりしていないかな？」

ヴァランダーはレナート・マッツソンを睨みつけた。もう少しで殴り飛ばすところだった。


ヴァランダーはまた自室に戻り、椅子に腰掛けて両足を机の上にあげた。バイバのことが頭に浮かんだ。そしてリハビリ施設で震えていたモナのことも。一方では、署長が統計を、それも決して真実を映してはいない統計の数字を喜んでいることを思いながら。

足を床に下ろした。もう一度、やってみようと思った。おれがなぜ出すべき結論を出せないでいるのかを理解するために。もう少しおれに政治的知識があれば、これほど迷わないのだろうが、と思った。それが残念でならなかった。

そのとき急に思い出したことがあった。それまで一度も思い出さなかったことだ。一九六二年か六三年のこと。ヴァランダーは当時マルメの花屋で土曜日だけ配達のアルバイトをしていた。ある日、大急ぎでマルメのフォルケッツパルケン公園に花束を届けろと命じられた。その公園で当時の首相ターゲ・エールランダーが演説をする。演説が終わったら小さな女の子が花束を首相に手渡すことになっているのだが、組織委員会の担当者が花束を注文するのを忘れていたため、大変なことになっている。急いでくれ、と花束を渡された。ヴァランダーは全力で自転車のペダルを踏んだ。その間に花屋は彼が会場に向かっていることを組織委員会に伝えていたので、到着するとすぐに楽屋に通され、花束の包み紙を外して無事少女に渡すことができた。ヴァランダーは五クローナのチップをもらった。甘いジュースもらい、ストローで飲みながら、変な鼻声で話す背の高い男の演説を聞いた。言葉が難しかった。いや、少なくともヴァランダーには聞いたこともない言葉で聴衆に向かって話をしていた。緊張緩和、小国の権利、条約を締結せず、あらゆる同盟からスウェーデンが中立の立場をとることの正当性と自由について。そのくらいはヴァランダーにも理解できた。

家に帰るとヴァランダーは当時父親がアトリエとして使っていた部屋へ行った。不思議なことに彼は父親がその晩いつも描いているモチーフの背景となる森に色を塗っていたのをはっきりと憶えていた。当時はまだ十代の中頃で、父親とはいい関係だった。もしかすると二人の長い親子の付き合いの中で、一番いい時期だったかもしれない。ヴァランダーが警察官になりたいと父親に話したのは、それから三、四年後のことだった。父親は激怒し、家から追い出そうとしたほどだった。とにかく追い出されなかったまでも、一時期父親はまったく彼と口をきかなかった。

父親の部屋に入ると、ヴァランダーはいつもどおり小さなスツールに腰を下ろし、フォルケツツパルケン公園でのできごとを話した。父親は常々政治には関心がないと言っていたが、ヴァランダーは次第にそうではないとわかった。父親はいつも忠実に社会民主党に投票した。怒りと不信感を共産党にぶつけ、保守政党にはすでにいい暮らしをしている連中にますます利する政策を立てると腹を立てていた。

ヴァランダーはいま、そのときの会話を一言一句はっきりと思い出した。父親はそれまで控えめながらいつもエールランダーを讃えるような言葉を口にしていた。あれは正直な男だ、信用していい、他の政治家とは違う、と。

「エールランダーは、ソ連は敵だと言ってたよ」とヴァランダーが言った。

「そうとは言い切れないところがある。我々の指導者たちはアメリカが今日世界でどのような役割を果たしているか少し考えてもいいかもしれない」

ヴァランダーは父親の言葉に驚いた。アメリカは正義の味方ではないのか？　ヒトラーとナチスの第三帝国を滅ぼしたではないか？　映画も音楽もファッションもみんなアメリカからやってくるではないか。プレスリーの『ブルー・スウェード・シューズ』は最高だったし、すでに映画スターのブロマイドを集めるのはやめていたが、集めていた当時はアラン・ラッドの熱烈なファンだった。とくにラッドという苗字が洗練されてると彼は思った。だがいま父親はアメリカに気をつけろと遠回しに言っているではないか。自分が知らないなにかがあるのだろうか？

ヴァランダーは父親にその日聞いたばかりの首相の言葉を繰り返して聞かせた。条約を締結せず、あらゆる同盟からスウェーデンが中立の立場をとることの正当性と自由について。「そうか？　そう言ったのか？」と父親は言った。「実際には、アメリカのジェット機はスウェーデンの上空を飛んでいる。表面上はあらゆる同盟からの自由を謳いながら、その裏でスウェーデンはNATOと、とくにアメリカと手を結んでいるんだ」

ヴァランダーはそれはどういう意味かと父親に問い質した。だが、父親は答えなかった。ただ聞き取れないような言葉をブツブツと呟いて、一人にしてくれと言ったのだった。

「お前はいろんなことを訊きすぎる」

「何かわからないことがあったら、いつでも訊いていいと言ったじゃないか」

「それにも限界がある」

「限界って、どこにあるんだ？」

「ここにだ。いまだ。お前のおかげで間違って塗ってしまったじゃないか」

「そんなこと、できるはずないよ。おれの生まれる前から父さんは同じ絵を描いているじゃないか！」

「出て行け！　おれを一人にしてくれ！」

そして戸口に立ったとき、ヴァランダーが言った。

「五クローナもらったんだ。エランダーに花束を届けるのに間にあったから」

「エールランダーだ。人の名前は正しく覚えろ！」

その瞬間、まるでその記憶が門を開けたかのように、ヴァランダーは自分が完全に間違った方向に進んでしまっていたのだと悟った。自分は騙されていたのだ、自分は騙されるままになっていたのだと。思い込みで進んでしまった、事実が示す方向でなく。そのままじっと机に向かって動かなかった。両手の指を組み合わせて、いままで起きたことすべてに新しい、思ってもみなかった光を当ててみた。頭がクラクラした。それほど考えもつかないことだったので、最初は到底それが真実なのだとは思えなかった。それでも、その考えを払い落とさなかったのは、彼の本能が何度も何かがおかしいと警告を発していたことを思い出したからだった。自分は本当に見過ごしていた。自分は真実と虚偽を混ぜこぜにしてしまっていた。自分は原因を結果と思い込んでいたのだ。事実は結果が原因だったのだ。

トイレに行ってシャツを脱いだ。全身汗びっしょりだった。上半身を洗って拭くと、署の地下のロッカーへ行って、新しいシャツに着替えた。そのシャツはリンダから誕生日のプレゼントにもらったものだと頭の片隅で思った。

自室に戻ると、書類の中からアスタ・ハーグベリから買ったスティーグ・ヴェンネルストルムの写真を探した。ヴェンネルストルム大佐がワシントンに駐在していたときに若きホーカン・フォン＝エンケと話をしていたときのスナップ写真だ。その写真を目の前にかざして、二人の男たちの顔を見比べた。ヴェンネルストルムは微笑を浮かべてマルティーニのグラスを片手に立っている。その隣に真剣な表情でヴェンネルストルムの話に耳を傾けているホーカン・

フォン＝エンケがいた。

ヴァランダーは頭の中でレゴのピースを並べた。ルイース・フォン＝エンケ、ホーカン・フォン＝エンケ、ハンス、ベッドに横たわるシグネ、ステン・ノルドランダー、ヘルマン・エーベル、アメリカのスティーヴン・アトキンス、ベルリンのジョージ・タルボス。そこにファニー・クラーストルムを加え、最後に不明の人物一人のピースを置いた。それからゆっくりと頭の中で一つ一つのピースを取り払っていった。最後に残ったのは二つ。ルイースとホーカン。ヴァランダーは手に持っていたペンをその二つのレゴピースに向かって転がした。倒れたのはルイースのピースだった。そのように彼女は死んだのだ。ヴァルムドウーで。だがホーカンは、ルイースの夫は、そのままままだ立っている。

ヴァランダーは考えをメモした。ワシントンで撮られた写真を上着のポケットに入れると、署を出た。今回は署の正面玄関から出た。入り口の受付にいた女性署員と言葉を交わし、パトロールカーで戻ってきてまた街へ向かおうとしていた警官たちと少し話をしてから外に出た。もしそのときヴァランダーの様子を見ていた人がいたら、なぜゆっくり歩いたり、急に足を早めたりするのかと、首を傾げたかもしれない。それだけでなく、ときどき立ち止まっては、両手を広げて強く訴えるような格好までしていた。

イースタ病院の向かい側のソーセージスタンドまで来ると、しばらく看板を眺めてどれを注文しようかと迷ったのち、結局何も注文せずにまた歩きだした。

だが、彼の頭の中にはずっと一つの考えがあった。いま思いついたことは真実なのか？　自分は本当にこれほど状況を間違って解釈していたのか？

しばらく町の中を歩き回ってから、しまいにいつもの桟橋の突端にあるベンチに行き、腰を下ろした。ポケットからワシントンでの写真を取り出し、改めてよく見たあと、またポケットにしまった。

頭の中に物事の関連がはっきりと浮かび上がった。バイバの言ったとおりなのだ。愛するバイバ、いままでにも増して彼が愛しているバイバの言葉。

一人ひとりの後ろに誰かが立っている。

ヴァランダーの犯した間違いは、誰が前に立っているか、誰が後ろに隠れているかの順番だった。

すべてが繋がっていたのだ。ヴァランダーにはいままで見えなかった関係が見えた。それも明確に、隅々まではっきりと見えた。


ベンチから、漁船が一艘海に出て行くのが見えた。舵を握っていた男が手を振ってきたので、ヴァランダーはそれに応えて手を振った。南の水平線の向こうに雷雲が立ち上がっていた。その瞬間、彼は父親がいなくて寂しいと思った。それはめったにないことだった。父親が死んだ直後は恐ろしいほどの空虚感を感じた。だがそこにはホッとした気持ちもあった。いまは空虚感も安心感もない。ただ寂しかった。単純に寂しく、いっしょに過ごした時を懐かしむ気持ちが強かった。

父のことをじつに好意的に話してくれた近所の年取った女性のことを思い出した。おれはもしかすると親父をあまり理解していなかったのかもしれないとヴァランダーは思った。親父がどんな人間なのか、おれにとって、また他の人間たちにとって親父はどんな存在だったのか。それはいままでおれが、ホーカン・フォン＝エンケの失踪とルイースの死の裏に何が隠されているのかわからなかったのと同じだ、と思った。そしていまついに、おれは解決の糸口をつかんだのだ。わからないまま遠ざかるのではなく。

もう一度旅行をしなければならないと思った。この夏はすでに何度も家を離れているのだが、選択の余地はなかった。いま彼は自分がしなければならないことがわかっていた。


またもやポケットから写真を取り出して眺めた。それからその写真を目の前に持ち、真ん中からゆっくりと引き裂いた。かつて、スティーグ・ヴェンネルストルムとホーカン・フォン＝エンケを結びつけた世界があった。だがいま、ヴァランダーはその二人を切り離した。

当時からそうだったのか、と彼は声に出して言った。「それともずっと時が経ってから始まったことだったのか？」

わからなかった。だが彼は、実際にどうだったのかを調べてみることにした。

彼が港の桟橋の先端で大声で独り言を言っていることを知る者はいなかった。

39

その後の記憶は飛び飛びにしかなかった。しまいにようやく桟橋から腰をあげると、またイースタの街なかに戻り、ハムヌガータンで新装開店したレストランの前に立ち止まり、一旦店に入ったが、すぐに出てきた。その後もまたぐるりと街中を回ったが、しまいに大きな広場、ストーラ・トリエットの角にある中華料理の店に入った。そこはそれまでも入ったことのあるレストランで、午後の時間のためか客もまばらで、ヴァランダーはメニューを見て適当に注文した。

そのとき何を食べたかと聞かれたら、彼はきっと答えられなかったに違いない。彼の頭は食事以外のことでいっぱいだった。この先どうするかを考えることだけに集中していた。すべてが別の様相を呈してきたいま、自分の到達した答えが正しいかどうか、どうしても知らなければならなかった。新しいカードを手にしたいま、条件がすべて変わってしまったのだ。いままで思い込んでいたすべてのことが、一瞬のうちに彼の頭の中のゴミ箱に投げ捨てられてしまったのだ。

しばらく箸で料理をつついていたが、急にものすごい勢いで食べ物を掻き込むと、勘定を支払って店を出た。警察署に戻り、自室へ行く途中で、クリスティーナ・マグヌソンに呼び止められた。次週の土日のどちらかの日に、家に来て家族といっしょに食事をしないかという誘いだった。土曜日でも日曜日でもいいということだった。断る理由が見つからなかったので、彼は喜んでと言い、日曜日に行く約束をした。自室に戻ると手製の〝仕事中〟と書いた札をドアに下げ、電話の線を抜いて目を閉じた。しばらくして目を開け、姿勢を正して大きなノートに書き込みをした。結論が出たのだ。体当たりでやってみるしかない。自分が想像したとおりかどうか確かめるよりほかはないのだ。自分が間違っていた、根本的に騙されていたのだ。突然怒りが爆発して、彼はペンを壁に投げつけて、チクショーと叫んだ。騙されるのは一度だけだぞ。二度と騙されはしない。それからステン・ノルドランダーに電話をかけた。電話の声が飛び、聞き取れなかった。重要なことなのですぐにも話したいと言うと、ノルドランダーは電話をかけ直すと言った。ヴァランダーは電話を切ると、なぜ群島の場所によって電話が通じないところ、かかりにくいところがあるのだろうと苛立った。それともノルドランダーはどこかまったく別のところにいるのだろうか？

ヴァランダーは待った。その間にも頭の中は騙されたという悔しい思いでいっぱいだった。脳はまるでタンクのようだ、と思った。縁から溢れそうになるまでいっぱいになる。もうじき溢れ出るのではないかとヴァランダーは恐れた。

ステン・ノルドランダーは四十分後に電話をかけてきた。ヴァランダーは机の上に腕時計を置いて睨みつけていた。六時十分。声がはっきりと聞こえた。

「待たせて悪かった。いまウートウー島に着いた」

「ムスクウー島からさほど遠くないところにある。違いますか？」

「いや、そのとおりだ。僕はいま昔からの馴染みの場所にいると言っていい。あ、潜水艦の通り道という意味で、ね」

「会いたいのです。直接に会って話したいことがある」

「何か起きたのか？」

「いつだっていろいろなことが起きるものですよ。ただ、いまは、私の頭にあることをあなたと話し合いたい」

「何かが起きたということではなく？」

「そうです。新しく何かが起きたわけではない。ただ、電話では話したくない。できるだけ早く会いたいのですが」

「こっちに来るというのなら、よほど重要なことだね？」

「他にも用事があるので」とヴァランダーはごまかした。

「いつ来るつもりかね？」

「できれば明日。急に決めたもので。突然の電話で申し訳ない」

ステン・ノルドランダーは考えた。ゆっくりした呼吸が電話の向こうから聞こえてくる。

「よし、海から引き揚げよう」としまいにステン・ノルドランダーは言った。「ストックホルムの町で会おうか？」

「場所を指定してくれれば、そこへ行きます」

「それじゃこうしよう。ストックホルムのシューファーツホテルで会おう。何時がいいかね?」

「午後四時に。時間をとってくれてありがたい」

ステン・ノルドランダーは笑った。

「断れたかな?」

「そんなに強く言ったつもりはありませんが」

「いや、まるで古参の教師のようだったよ。とにかく、なにかが起きたということではないんだね?」

「ええ、まあいまのところ」とヴァランダーは曖昧《あいまい》に答えた。「それじゃ明日」

ヴァランダーはパソコンに向かった。面倒だったが、なんとか列車の切符とシューファーツホテルの予約をすることができた。列車の時間が早朝だったので、ヴァランダーは家へ急いで帰り、ユッシを隣家に連れて行った。隣人は庭先でトラクターの手入れをしていた。犬を連れたヴァランダーの姿を見て、驚いた顔をした。

「あんた、その犬、おれに売ってもいいんじゃないか?」

「いや、そうするつもりはない。だがどうしても明日、またストックホルムへ行かなければならないんだ」

「ついこの間、うちの台所で、あんたはどんなに大都会が嫌いかという話をしたばかりじゃないか?」

「ああ、そのとおりだ。だが、これは仕事なんだ。仕方がない」

「イースタ警察は人員が足りないんじゃないのか、あんたばかり働いているんじゃゃ」

「うん。そうなんだ。だが、とにかくいまはおれが行かなくちゃならないんだ」

ヴァランダーはユッシの体を軽く叩き、リードを隣人に渡した。ユッシはすっかり慣れていて、ヴァランダーが背中を見せても追いかけなかった。

歩きだす前に、ヴァランダーは隣人に訊いた。それは秋の初めの決まりの文句だった。

「今年の収穫はどうだ？」

「悪くない」

つまり、かなりいいということだな、と畑を歩きながらヴァランダーは思った。いつもは苦々しい言葉を呟くだけだから。

家に着いてから、リンダに電話をかけた。彼女にも、なぜストックホルムへ行くか、本当の理由は言わなかった。ストックホルムの会議に呼ばれたと適当に言った。リンダは何も訊かず、ただ何日留守にするのかとだけ訊いた。

「二日、あるいは三日かな」

「どこに泊まるの？」

「シューファーツホテル。少なくとも最初の晩は。そのあとはわからない。もしかするとステン・ノルドランダーの家に泊まるかもしれない」

夜の七時半、ヴァランダーは簡単な着がえや洗面道具を旅行カバンに詰め、家に鍵をかけてマルメに向けて出発した。散々迷った末、彼は父親の古い散弾銃を銃弾と共にカバンに入れ、さらに職務上所持している拳銃も入れた。ストックホルムへは列車で行くので、保安上の荷物チェックはない。武器を携えるのは気持ちのいいものではなかったが、かと言って、持たずに行くのも不安だった。

マルメに着くと市の外れにある安宿に車を停め、イェーゲルスローの近くで食事をし、そのあと、体を疲れさせるためにしばらく散歩をした。翌朝、五時には起きて出発の用意をした。フロントで会計を済ませてから、ホテルのパーキングに二、三日車を置く許可を得、タクシーを呼んでマルメ駅へ行った。暑い日になりそうだった。遅まきながらついに夏がマルメにもやってきたのかもしれない。

朝は一日でもっとも頭が冴える時間帯だった。思い出せるかぎり、昔からそうだった。ホテルの外でタクシーを待っているとき、これは正しい行動だと思った。ようやく自分は事件の解明に近づいているのだと確信した。

ストックホルムへの列車の旅では、ときどき眠っては、新聞を何紙かめくり、クロスワードパズルを少しやり、その間もぼんやりと事件のことを考えていた。何度もユーシュホルムでのあの晩に思いが戻った。また、家にある、あのときのおびただしい数の写真のことも考えた。何より、あのときのホーカン・フォン゠エンケの不安、苦悩。また一枚だけルイースがまったく笑っていない写真があったことも。あれだけが彼女の素顔だったのだ。

食堂車でサンドウィッチを食べ、コーヒーを飲んだ。料金の高さに驚き、そのあとは席で頬づえをついて、外の景色をぼんやり眺めた。

ネッシューを過ぎたころ、彼が一番恐れていることが起きた。いきなり自分がいまどこに向かっているのかわからなくなったのだ。切符を取り出して見て、ようやくわかった。突然記憶がなくなった恐怖で、彼はびっしょりと汗をかいた。全身が震えていた。

ストックホルムのシューファーツホテルには正午に到着し、一旦部屋に入って荷物を置いてから、一階でランチを食べた。どこからか英語を話す声が聞こえた。話の様子からバーミンガムから来たらしかった。ハンバーグを食べ、ビールを飲んでからバーへ移った。青い椅子に座ってコーヒーを飲んだ。一時四十五分になっていた。ノルドランダーに会うまでまだ少し時間があった。

四時を少し回ったころ、ステン・ノルドランダーがホテルに入ってきた。日に焼け、髪を短く刈り少し痩せたように見えた。ヴァランダーの姿を見ると、白い歯を見せて大きく笑った。

「疲れて見えるね。休暇はどうだった？」

「休暇らしい休暇はとってないですよ」ヴァランダーが答えた。

「外はいい天気だよ。少し歩こうか？　それともここで話をする？」

「いや、外がいいと私も思っていました。モセバッケはどうです？　あそこは見晴らしがいい。ビアガーデンに座るのにちょうどいい天気だし」

モセバッケは坂道の上にある。ホテルからそこまで歩く間、ヴァランダーは無言だった。ノルドランダーもまた何も訊かなかった。ヴァランダーは坂の上まで歩くのに息が切れたが、ノルドランダーは息も切らさず調子が良さそうだった。モセバッケのテラスはほぼ満席だったが、うまい具合に一つテーブルが空いていて座ることができた。もうじき秋になり、夜は寒くて外に座れなくなる。都会に住む人々は、夏の夜をできるかぎり楽しむのだ。

ヴァランダーは紅茶を飲んだ。コーヒーの飲みすぎで胃の調子が悪かった。ステン・ノルドランダーはビールとサンドウィッチを注文した。

ヴァランダーは話し始めた。

「じつは、新しく何かが起きたというわけではないと言ったのは本当ではないのです。しかし、電話では話したくなかった」

彼はステン・ノルドランダーの顔を正面から見据えて話した。驚いたその表情は真剣で、芝居ではないと思った。

「ホーカンのことか？」ノルドランダーが訊いた。

「そう。ホーカンのことです。じつは私は、彼がいまいる場所を知っているのです」

ステン・ノルドランダーはヴァランダーから目を逸らさなかった。この男は本当にホーカンの居場所を知らないと感じて、ヴァランダーは心が軽くなった。この男は何も知らないのだ。

おれにはいま信用できる人間が必要だ。

ステン・ノルドランダーは何も言わずに、ヴァランダーの次の言葉を待っていた。あたりのざわめきが遠く響いてくる。

「何が起きたんだ？　話してくれ！」

「ええ、そうしましょう。しかしその前に、いくつか質問させてください。すべてのできことの繋がりが、私の想像どおりなのかを知るために。政治のことを少し話さなければならない。ホーカンはどういう立場でした？　士官当時のことです。もちろん政治的な意見のことです。一つ例をとりましょう。オーロフ・パルメに関して。軍隊の人間の多くがパルメを嫌っていたことはよく知られている事実です。パルメは頭がおかしい、精神病院に送り込むべきだ、彼はソ連のスパイだなどというデタラメな噂があったことはよく知られている。ホーカンはどんな意見でしたか？」

「ホーカンはそういう意見の持ち主じゃなかった。これは以前君に話したと思う。彼はオーロフ・パルメや社会民主党政府を激しく非難する連中とは一線を画していた。僕は君に、ホーカンは一度パルメ首相に会ったことがあると話したね。ホーカンは、パルメに対する軍隊の連中の批判は尋常じゃない、それはソ連が強大な戦闘能力でスウェーデンを攻撃しようとしていると喧伝するのと同じくらい理性を逸していると考えていた」

「あなたはホーカンが本当のことを言ってはいないと疑ったことはなかったですか？」

「なぜ僕がそんなことをしなければならなかったと君は思うんだ？　間違いなくホーカンは愛

国者だった。だが彼は頭の切れる、じつに分析能力の高い男だった。私が思うに、ホーカンはむしろ、周りの人間たちのロシア人嫌いに悩まされていたのじゃないかな」

「アメリカに対するホーカンの意見は？」

「いろんな意味で批判的だった。僕は憶えている、彼があるときアメリカは核兵器を他国に対して使用した唯一の国だと言ったことを。もちろん第二次世界大戦の末期は特別な状況だった。それでも、アメリカは人間に対して原子爆弾で攻撃した史上唯一の国だという事実は変わらない。人類初の行為だ、いままでのところ、と」

　他には質問がなかった。いまステン・ノルドランダーが言ったことは驚くようなことでも意外なことでもなかった。思った通りの答えと言ってよかった。ヴァランダーは紅茶をカップに注ぎ、本題に入ることにした。

「以前、スウェーデン軍の中にスパイがいるという噂話があると言いましたね。正体が決してわからないスパイだという話でした」

「それは常にある噂だと言っていい。人は話題が何もないときに、土の中を掘り返すモグラのようなことをするものさ」

「私の解釈が正しければ、噂によればそのスパイはヴェンネルストルムよりも危険だということだった。違いますか？」

「それは知らない。だが、捕まらないスパイこそもっとも危険なスパイだと人は思うんじゃないか？」

ヴァランダーはうなずいた。

「他にも噂がありましたね」ヴァランダーは続けた。「いや、過去形じゃない。現在でもこんな噂がある。その正体不明のスパイは女だという噂です」

「いや、それは誰も信じなかったと思う。少なくとも僕の周辺では。軍隊の中では女性が極端に少ないこと、また秘密文書に手が届くようなポストにいる女性は皆無に近いことを思えばわかることだ」

「あなたはこのことをホーカンと話したことがありましたか?」

「女性スパイ? いや、一度も」

「ルイースはスパイでした」ヴァランダーが静かに言った。「彼女はソ連のためにスパイ行為をしていたのです」

ステン・ノルドランダーは最初、ヴァランダーの言葉が理解できない様子だった。しかしそのあと、いま聞いたことの重大性がわかったようだ。

「そんなことはあり得ないだろう?」

「いや、あり得ない、ではなく、実際そうだったのです」

「いや、とにかく僕は君の言うことは信じない。どんな証拠があるんだ?」

「説明しましょう。ルイースのハンドバッグの中に警察は極秘の印が押された資料を見つけた。それと他の資料もいくつか。それらがどういう内容のものだったのか、私は知らない。だがそれは彼女が高度のスパイ行為を働いていたという証拠になると私は確信しています。スウェーデンに反する、ロシア、いや、以前のソ連に利する行為です。つまり彼女はじつに長い間、スパイ行為を働いていたことになる」

ステン・ノルドランダーは信じられないという顔でヴァランダーを凝視した。

「それを信じろと君は言うのか?」

「ええ、そうです」

「疑問がたくさんある。何より、君の言うことはあり得ないと言いたい」

「しかし、それじゃ、私が完全に間違っていると言えますか?」

ステン・ノルドランダーはビールのジョッキーを持ったまま動かなかった。

「ホーカンも関係しているのか? それで彼は隠れているのか? 夫婦でこれをやっていたのか?」

「いや、それはないと思います」

ステン・ノルドランダーは音を立ててグラスをテーブルに置いた。

「ないと思う? そうなのか、そうじゃないのか、はっきり言ってくれ!」

「ホーカンがルイースといっしょにスパイ行為を働いていたということを証拠づけるものが何もないということです」

「それじゃなぜホーカンは隠れているんだ?」

「なぜならルイースを疑っていたからです。彼はルイースを長い間スパイではないかと疑い、証拠を探していた。しまいに彼は自分の命が危ないと思った。ルイースが自分の疑いに気がついたと思ったからです。それで、自分が殺されるかもしれないと思ったのです」

「しかし、死んだのはルイースだった？」

「ルイースが発見されたのは、ホーカンが姿を消してからしばらくしてからだったのを忘れないでください」


ステン・ノルドランダーの様子が変わった。いつもなら元気で、オープンな男だが、いま体が縮み、小さくなった。あまりのショックで、茫然自失の状態だった。

突然隣のテーブルから叫び声があがった。酔っ払った男がよろけて、テーブルの上のボトルとグラスもろとも床に倒れたのだ。警備員が走ってきて片付け、騒ぎはすぐに収まった。ヴァランダーは紅茶を飲んだ。ノルドランダーは立ち上がり、モセバッケの端《はし》の手摺まで行った。そしてしばらくそこからストックホルムの街を見渡していた。彼がテーブルに戻ったとき、ヴァランダーが言った。

「ホーカンに戻ってきてもらうために、あなたの協力がほしい」

「僕にできることがあるのか？」

「あなたはホーカンの親友です。私といっしょに来ていただきたい。行先は明日言います。運転してもらえますか？　あなたのボートは一日どこかに係留しておくことができますか？」

「それは大丈夫だ」

ヴァランダーは立ち上がった。

「明日の午後三時、ホテルに迎えに来てくれますか？　雨具の用意をしてください。それじゃ、ここで失礼します」

ステン・ノルドランダーに質問させるチャンスを与えなかった。ヴァランダーはホテルまで一度も振り返らなかった。心の隅に、まだノルドランダーを百パーセント信頼していいのかという不安があった。だが、すでにもう決めたことだ。引き返すことはできないという思いだった。

夜、長いことヴァランダーは眠れなかった。汗ばんだシーツの中で何度も寝返りを打った。夢の中でバイバが空中で揺れているのを見た。その顔は透明だった。

翌朝、ヴァランダーはホテルを朝早くタクシーで出てユールゴーデン公園まで行った。木の下に横たわってしばらく眠った。散弾銃の入っているカバンは枕代わりになった。目を覚ましてからゆっくりと町に戻った。午後ステン・ノルドランダーがホテルに車で乗り付けたときにはすっかり用意ができていた。ヴァランダーは後部座席にカバンを置いた。

「行先は？」

「南へ」

「遠くまで？」

「二百キロほど。もう少しあるかもしれない。急がなくてもいいですよ」

ストックホルムを出発し、高速道路に入った。

「この先に何があるんだ？」ステン・ノルドランダーが訊いた。

「何も。ただ、あなたには話を聞いてもらうだけです」

ステン・ノルドランダーはそれ以上何も訊かなかった。

ヴァランダーは内心思った。驚いたふりをしているのだろうか？　わからなかった。武器を持ってきたのには、理由があった。自衛しなければならないような状況になるかもしれない。いまはそうならないことを望むだけだ。

その港に着いたのは夜の十時だった。その前に、スーデルシュッピングでゆっくり食事をした。テーブルから、町の中を流れる川を見、川幅が広がる様子を眺めた。ヴァランダーが注文しておいたボートは港に用意されていた。

十一時、ボートは目的地に着いた。ヴァランダーはモーターを止め、ゆっくり島に近づいた。あたりに耳を澄ました。静かだった。暗闇でステン・ノルドランダーの顔は見えなかった。

二人は上陸した。

40

彼らは晩夏の暗闇の中を静かに歩いた。ヴァランダーはステン・ノルドランダーに、離れないようにと理由は告げずに囁いた。島に着くとすぐにヴァランダーは、ステン・ノルドランダーがホーカン・フォン＝エンケの隠れ家を本当に知らないのだと確信した。探している人間の居場所をこれほど完璧に知らないふりをすることはできないだろう。

狩猟小屋の窓から明かりが漏れているのが目に入ると、ヴァランダーは足を止めた。海風がかすかに吹いている中、低く音楽が聞こえてきた。小屋の窓が開いているのだとわかった。ステン・ノルドランダーを振り返り、小声で言った。

「あなたはルイースがスパイだとはまったく信じられない。そうですね？」

「それがおかしいと言うのか、君は？」

「いや、そうは言いません」

「君が言うことはわかるが、僕はそれが本当だとはどうしても思えない」

「それでいいのです」ヴァランダーは、静かに言った。「これから私の話を聞いて、何を信じるか、あなたが決めればいいのです」

ステン・ノルドランダーは首を横に振った。

「君の言うことが理解できない」

「私の話はじつに単純です。ルイースがスパイだとされた根拠は、彼女のハンドバッグの中にあった資料だった。しかし、バッグの中にあったものは彼女が死んでからそこに入れられた可能性があるのです。それに彼女の死は自ら死んだと、殺人を自殺だと見せかけた工作だと思われる節がある。私はじつはホーカンと前に一度ここで会っているのです。そのとき彼は長年ルイースがスパイではないかと疑っていたと詳しく話した。その話はじつに説得力があった。だが、私には腑に落ちないところがあった。そしていま、それまで腑に落ちなかったこと、心に引っかかっていたことがすべてわかったのです。私は鏡に映る景色を見ていた。すべては反対だったのですよ」

「どういう意味だ？」

「すべてが反対だったのです。右が左と、頭が足と入れ替わっていたのですよ」

「ということは、ルイースはスパイではないと？　君はいったい何が言いたいのだ？」

ヴァランダーはその問いには答えなかった。

「いま、頼みたいことがあります。あの小屋の壁にぴったり体を寄せて、話を聞いてほしいのです」

「どういうことだ？」

「私はこれからあの小屋でホーカンと話をする。それを聞いてほしいと言っているのです」

「いや、しかし、なぜわざわざそんなことを？」

「私があなたといっしょだとわかれば、ホーカンは本当のことを言わないと思うからです」

ステン・ノルドランダーは信じられないというように首を振った。だがそれ以上何も言わず、断りもせず、小屋に向かって歩き始めた。ヴァランダーは動かなかった。フォン＝エンケは島にめぐらせた警戒網で何者かが島に入り込んだことはすでに承知しているに違いない。上陸したのが一人ではないことを彼に悟らせてはならなかった。

ノルドランダーは小屋の壁の近くに体をひそめた。ヴァランダーの方からはまったく見えなかった。ヴァランダー自身はその場を動かずにいた。奇妙な落ち着きと不安が彼の中で混じり合っていた。これからがこの話の結末だ、と思った。おれは正しいのか、それともおれは一生で一番の大失敗をしでかすのか？

ノルドランダーに時間がかかるかもしれないと言っておけばよかったと思った。

夜鳥がパタパタと羽を広げて飛び去った。ヴァランダーは耳を澄まして、ホーカン・フォン＝エンケが近づいてくる音を探した。ノルドランダーは小屋の壁に張り付いたまま動かない。小屋の窓からかすかに音楽が聞こえていた。

肩に手が当てられて、ヴァランダーはギクッとして振り返った。ホーカン・フォン＝エンケの顔がすぐそばにあった。

「また来たのか？」フォン＝エンケが低く言った。「そういう約束ではなかったな？　侵入者だと思った。何の用だ？」

「話がしたい」

「何か起きたのか？」

「ええ、いろいろ。ご存じのように私はベルリンに行って、あなたの旧友のジョージ・タルボスに会いました。正直言って、彼はＣＩＡ高官ならきっとこう振る舞うだろうというイメージどおりの人でした」

ヴァランダーはこのような場面を想定して周到に用意していた。やりすぎてもいけないが、ステン・ノルドランダーに聞こえるほどの声の大きさでなければならない。だが、声が大きすぎれば、ホーカン・フォン＝エンケはあたりに人がいるのではないかと警戒するだろう。

「タルボスは君のことをなかなかいい男だと言っていた」

「あのアクアリウムは素晴らしかった」

「ああ、あれは珍しいものだ。とくにトンネルの中を走る列車は」

そのとき、強い風が突然吹き付けてきた。が、すぐにまたおさまった。

「どうやって来たのだ？」

「前と同じくボートで」

「一人でか？」

「一人ではないとでも？」

「質問に対して質問で答えるのは、私はふだんから怪しいと思っているのだよ」

ホーカン・フォン＝エンケは突然それまで隠し持っていた懐中電灯を点け、ヴァランダーの顔に光を当てた。これは尋問の光だ、とヴァランダーは思った。この光を小屋の方に向けなければいいが。ステン・ノルドランダーが見つかったら一切が水の泡だ。

ランプが消された。

「ここで話す必要はない」


ヴァランダーはフォン＝エンケの後ろから歩いた。小屋の中に入ると、フォン＝エンケはラジオを消した。小屋の中の様子は前回と変わらなかった。

ホーカン・フォン＝エンケは緊張を解かなかった。ヴァランダーはそれが危険を察知した人間の本能的なものなのか、それとも突然自分がまた島に現れたことに対する自然な疑いのためなのかわからなかった。

「動機はなんだ？」フォン＝エンケが言った。「真夜中に、突然やってくるとは？」

「話をしたかったからです」

「ベルリン旅行のことを？」

「いや、そうではない」

「説明してくれ」

ヴァランダーは、窓の外のノルドランダーにいまのこの会話が聞こえているか、心配になった。フォン＝エンケが窓を閉めたらどうなる？　もう時間がない。はっきり言おう。これ以上待つことができない。

「どうした？　説明してくれ」フォン＝エンケが繰り返した。

「ルイースのことです。彼女について本当のことを知りたい」

「それはもう知っているだろう？　この間、ここでその話はしたではないか？」

「確かに。ただ、あなたは真実を話さなかった」

ホーカン・フォン＝エンケは顔色も変えずにヴァランダーを見返している。

「ベルリンへ行ったときでした。何かがおかしいと突然気がついたのです。本当は足元の地面を見なければならないときに、空を見ているような気がした。ジョージ・タルボスは私の問いに答えているだけでなく、さりげなく巧妙に、私がどれだけ知っているのかを探っていることに私は気がついた。それがわかったとき、本当の姿が浮かび上がった。まったく恐ろしい、恥ずべきこと、腐敗と独善です。私は信じたくなかった。私がそれまで信じていたこと、イッテルベリが考えたこと、あなたが打ち明け、ジョージ・タルボスが説明したことは真実ではなかった。私は利用されたのだ。私は従順にあなたたちのしかけた罠にそのまま、疑いもせず嵌《は》まってしまった。だが、おかげで、ある人物のことがはっきりわかった」

「ある人物？」

「ええ。本当のルイースです。彼女はまったくスパイなどではなかった。嘘偽りなかった。彼女は終始まったく偽りがなかったのです。初めて会ったとき、私は彼女の美しい笑顔に魅せられた。ユーシュホルムで会ったときも同じでした。私は長い間、その微笑の裏に彼女は本当の姿を隠しているのだと思っていた。その笑顔は本物だったことに気がつくまで」

「君は死んだ私の妻の美しい笑顔の話をしに、わざわざやってきたのかね?」

ヴァランダーは力なく首を横に振った。すべてがあまりに醜く、この状況をどう御したらいいのかわからなくなった。本当は激怒するべきなのだ。だが、そんな力はもう残っていなかった。

「私がここに来たのは、探し求めていた真実がわかったからです。それは、ルイースはスウェーデンの国に対して裏切りを働いたことなどなかったということです。私はそのことにもっと早く気づくべきだった。だが、ずっと騙され続けていた」

「誰に?」

「私自身に、です。私も他の人間たちと同様、敵は東から来るものと思い込んでいた。しかし、本当に私を騙したのは、あなただ。本当のスパイであるあなただ」

ホーカン・フォン゠エンケはまったく顔色を変えなかった。いつまでそれが保てるか、とヴァランダーは思った。

「私が、スパイだと?」

「そう、あなたです」

「私がソヴィエトのために、ロシアのために、スパイ行為を働いていたと言うのか?」

「いや、私は旧ソ連ともロシアとも言ってはいない。あなたはスパイだと言っただけです。あなたはアメリカのために働いた。ホーカン、あなたは長年アメリカのためにスパイ行為をしてきたのだ。どのくらいの期間、いつから始まったのかはあなたのみが知っている。また私はあなたがスパイ行為をしてきた動機も知らない。あなたがルイースを疑ったのではなく、ルイースがあなたを疑ったのだ。あなたがアメリカ人のために働く情報員だと。それがしまいに彼女を死に追いやったのです」

「私はルイースを殺してなどいない！」

ついにヒビが入った、とヴァランダーは思った。ホーカンの声がしゃがれた。自己弁護が始まった。

「それはそうでしょう。他の人間がやったことでしょう。例えばジョージ・タルボスの協力を得たとか？　ルイースはあなたの正体が暴露されないように、あなたを守るために殺されたのです」

「それは何の証拠もないことだ」

「そのとおり。確かに私は証拠を持ってはいない。だが、警察が、軍隊が新しい見地から調査を始められるほどの状況証拠はある。長年スウェーデン軍の情報を持ち出していたのは女スパイではなかった。男だったのです。自分の妻の後ろに身を隠して完全に知らぬふりを決め込んでいたあなたです。誰もがロシアのためにスパイ行為をしている人間、それも女を探していた。そうです、本当はアメリカのためにスパイ行為を働いていた男を探すべきだったときに。誰もその可能性に気づかなかった。脅威は東から来ると。誰もが敵は東だと思い込んでいたからです。私もずっとそう思っていた。売国行為が他の方角のために、アメリカのために、行われるなどとはまったく考えられなかったからです。そんな声をあげる者がいたとしても、それは誰もいない砂漠で一人で叫ぶようなものだったでしょう。もちろんアメリカはスパイなど使わなくても我が国の防衛に関する情報は手に入れられたはずと言うかもしれない。だが、必ずしもそうではなかった。NATOは、なかんずくアメリカは、スウェーデンの防衛について、またスウェーデンがロシアの軍事力についてどれほど知っているか、その知識を得るために質の高い情報が必要だった」

ヴァランダーは一旦ここで口を閉じた。ホーカン・フォン＝エンケは顔色一つ変えずにそのヴァランダーを見据えていた。

「あなたは海軍にうるさいやつと嫌われたことを盾にとった」ヴァランダーは続けた。「スウェーデンの領海に侵入したソ連の潜水艦をなぜ逃したのかと、あなたは大きく騒ぎ立てた。その行為があまりにも目立ったので、誰もがあなたを大のロシア嫌いと確信した。また必要があれば、アメリカのことも批判した。だがあなたは知っていたはずです、あのときスウェーデン領海に潜んでいたのはNATOの潜水艦だったことを。あなたは芝居を打った。そして勝った。関係者全部にあなたの芝居を信じ込ませたのですから。ただ一人、例外があった。あなたの妻ルイースです。彼女は何かがおかしいと思い始めた。あなたがなぜこの島に隠れたのか、私は知りません。もしかすると雇い主から命じられた？　それはもしかしてあなたの誕生祝いのときユーシュホルムの垣根の外でタバコを吸っていた男ですか？　あれは申し合わせていた警告だったのですか？　この狩猟小屋はだいぶ前からあなたの隠れ家として用意されていた。ここはエスキル・ルンドベリの父親が、壊れた桟橋と破れた魚網の代償をあなたの助けで支払われた関係で、用意した場所だ。彼は決して秘密を漏らさなかった、アメリカ人たちがロシアの海中ケーブルに取りつけるのに失敗した盗聴器のことを。必要とあらば、あなたの友人たちが船で救出に来るということになっているのでしょう。おそらくあなたは、ルイースは死ななければならないとは聞いてなかった。だが、彼女を殺したのはあなたの友人たちです。そしてあなたは自分の行為の代償を知っていた。あなたには彼らを妨げることはできなかった。そうだったのではないですか？　ここに至って私が知りたいのは、いったい何があなたをして妻を犠牲にしてまでもスパイ行為に走らせたかです」

ホーカン・フォン＝エンケはじっと片手を見つめていた。ヴァランダーの話にはまったく興味がないように見えた。もしかすると、スパイ行為の代償として自分が払わせられたのは、ルイースの命とルイースがいなくなった自分の悲しみだとでも考えているのだろうか。もう悲しんでも仕方がないいまになって。

「ルイースの死は意図したことではなかった」ようやくフォン＝エンケは語り始めた。しかし、その目は自分の手を見つめたままだった。

「ルイースが死んだと聞いて何を思いましたか？」

ホーカン・フォン＝エンケの答えは実務的で、まったく感情がなかった。

「自殺しようと思った。しかし孫のことを考えて思いとどまった。いまはもうわからない」

二人は黙った。ヴァランダーはステン・ノルドランダーがそろそろ出てきてもいいころだと思った。だがまだもう一つ答えがほしい問いがあった。

「どうやったんです？」

「何を？」

「私はあなたがどのようにして情報を集めたかを聞いているんじゃありません。どうやって、いや、なぜスパイになったのか知りたいのです」

「それは長い話になる」

「時間はたっぷりあります。全部を詳しく話す必要はありません。私が理解できるだけで十分です」

ホーカン・フォン＝エンケは椅子に背中を預けて目を閉じた。ヴァランダーは目の前の男は高齢の老人であることがいまさらのようにわかった。

「遠い昔に始まったのだ」とフォン＝エンケは目を閉じたまま言った。「アメリカ人たちは一九六〇年代の初頭に私に近づいてきた。まもなく私はアメリカと北大西洋条約機構《NATO》はスウェーデンを守るために情報を必要としていることがわかった。スウェーデンは一国ではとても防衛しきれない。アメリカなしでは戦う前から負けることがはっきりしていた」

「あなたに接触してきたのは誰ですか？」

「あの時代がどんな時代だったかを思い出してほしい。アメリカがベトナム戦争に介入することに猛反対する人々、とくに若者たちの集団があった。しかし多くの人々は同時に、いつかヨーロッパに攻撃がしかけられたときに抵抗し戦うにはアメリカの助けが必要だと知っていた。私はそんなことも知らない、ロマンチックな左翼の人々に怒りを感じた。何かしなければならないと思った。そういう意識を持って行動した。言って見ればイデオロギーからの行動だった。状況はいまも変わらない。アメリカの協力なしには、我々はヨーロッパを完全制覇しようとする力に負けてしまうだろう。中国がどんな野心を持っていると思う？　ロシアは国内問題を鎮めたら、どんな行動をとると思う？」
「しかしそこには金も絡んでいたのじゃありませんか？」

フォン＝エンケは答えなかった。顔を背けて自分の思いに沈んでいるようだった。ヴァランダーはまたいくつか問いを出したが、答えはなかった。ホーカン・フォン＝エンケは会話を一方的にやめてしまった。

突然立ち上がり、彼はドアの開いていたパントリーに入った。そして引き出しを開けた。ヴァランダーはその動きを目で追った。

振り返ったとき、その手にピストルが握られていた。ヴァランダーはさっと立ち上がった。ピストルは彼に向けられていた。フォン＝エンケはゆっくりともう一方の手でビール瓶を台所の流し台に置いた。

フォン＝エンケがピストルを上げた。銃口がフォン＝エンケ自身の頭に向けられている。ヴァランダーが大声で叫んだ。フォン＝エンケの指が引き金に当てられた。

「もうおしまいだ。まったく未来はない」

銃口を喉元に当て、引き金を引いた。銃声が爆音となって部屋に響いた。血で真っ赤に染まったフォン＝エンケの頭部が床に落ちたその瞬間、ステン・ノルドランダーが飛び出してきた。

「大丈夫か！　撃たれたか？」

「いや、彼が自分を撃ったのだ」

二人は不自然な形に体を折り曲げて倒れている床の上の男を見た。流れる血で顔が見えない。目が開いているのか閉じられているのかもわからなかった。

フォン＝エンケがまだ息をしていることに気がついたのはヴァランダーだった。椅子の背にかかっていたシャツをつかむと、フォン＝エンケの顎に押し当てた。キッチンタオルを持ってこいとステン・ノルドランダーに叫んだ。弾は頬を貫いていた。まっすぐ脳を撃ち抜いてはいなかった。

「斜めに撃ったのだ」と引き裂いたシーツをノルドランダーに手渡しながら、ヴァランダーが言った。

ホーカンは目を開けていた。まだ意識があった。

「傷口を押すんだ！」と言って、ステン・ノルドランダーにやり方を見せた。

携帯を取り出して、ＳＯＳの番号を押した。通信不通だった。外に飛び出して家の裏の崖の上に駆け上がった。そこも電波が届かなかった。家の中に駆け戻った。

「出血多量で死んでしまう！」ステン・ノルドランダーが叫んだ。

「いいか、しっかり押すんだ。携帯電話が通じない。助けを呼びに私は海に出る。ときどき電波が届くところがあるんだ」

「もうダメだろう」ノルドランダーがうなった。

「ホーカンが死んだら、真実がわからなくなってしまう」ヴァランダーが言った。

ノルドランダーは血の海のそばにひざまずき、恐怖をたたえた目でヴァランダーを見上げた。

「あれは本当の話か？」

「聞こえたか？」

「一言一句、すべて聞こえた。あれは本当のことなのか？」

「そう、すべて本当だ、私が言ったことも彼が言ったことも。ホーカンはアメリカのスパイを四十年もやっていた。我が国の防衛情報を売っていた。よほど優秀なスパイだったに違いない。彼らはホーカンを守るためにルイースを殺すことも厭《いと》わなかったのだから」

「僕にはとても理解できない」

「それなら余計、ホーカンをここで死なせるわけにはいかない。真相を語れるのは彼しかいないのだから。私は助けを求めて本土へ向かう。時間がかかるかもしれない。とにかく出血を押さえていてくれたら、もしかすると助かるかもしれない」

戸口へ向かったとき、後ろからノルドランダーの声がした。

「間違いないのか？」

「ああ、残念ながら」

「僕は彼に一生騙されていたということか？」
「彼はすべての人を欺いていた」

ヴァランダーは小屋を出るとまっすぐボートまで走った。途中何度もつまずいて転んだ。ようやく海岸に着いたころには、強風が吹き始めていた。舫綱《もやいづな》をほどき、船を海辺まで引っ張り、飛び乗った。モーターは一回で動いた。あたりは真っ暗で、無事本土の港まで着けるだろうかと不安が横切った。舳先を沖の方向に定め、まさにボートが走り出そうとしたとき、乾いた銃声が聞こえた。それは銃弾が飛び出すときに発する独特の音だった。狩猟小屋の方角から聞こえた。モーターボートを止めて耳を澄ました。もしかすると、気のせいか？　ヴァランダーはボートをふたたび岸に向けた。ボートから跳び降りたとき、岩で滑って海に落ち、靴の中まで水が入ってしまった。その間もずっと新しい銃声が発せられはしないかと耳を澄ましていた。風はますます強くなっていた。散弾銃を取り出して、弾を込めた。自分が知らないうちに他の人間が島に入り込んでいたのだろうか？　銃を構えたまま、彼は狩猟小屋に向かい、カーテンを通して弱い光が見えたところで足を止めた。聞こえるのは木々を通り抜ける風の音と波の音だけだった。

ふたたび小屋に向かって歩きだしたとき、また乾いた銃声が聞こえた。ヴァランダーはパッと地面に伏せ、顔を湿った土に擦りつけた。両手は頭を覆い、散弾銃は放り出していた。そのまま静かに数秒間動かなかった。これですべてが終わりだと思った。

だが、何も起きなかった。ようやく起き上がると銃を手に取り、ゆっくりと、低い姿勢で狩猟小屋に近づいた。ドアを開ける前に、ドア枠を二度大きく叩いた。何の反応もなかった。ステン・ノルドランダーの名前を呼んだが、応える声はなかった。二度の銃声。これは何を意味するのか。

わからなかった。が、想像はついた。〝間違いないのか？〟と訊いたときのステン・ノルドランダーの顔が目の前に浮かんだ。

ヴァランダーはドアを開け、中に入った。

ホーカン・フォン＝エンケは死んでいた。ステン・ノルドランダーが彼の眉間を撃ち抜いていた。そうしてから彼は銃を自分に向けて撃ち放ち、いま旧友であり同僚である男のそばに横たわっていた。ヴァランダーは、これは予測可能なことだったと歯ぎしりした。ノルドランダーは小屋の外で、ホーカン・フォン＝エンケがいかに周りの人間を欺《あざむ》いてきたか、彼を信用してきた人々を、彼を海軍軍人としてというより友人として見てきた人々をいかに裏切ってきたかを語るのを、すべて自分の耳で聞いたのだ。

ヴァランダーは海水で濡れた靴が、床に広がる血で染まらないように気をつけた。さっきまでホーカン・フォン＝エンケが座っていた椅子にどかっと腰を下ろした。疲れが全身に押し寄せた。おれにとって真実は年々重くなる一方だと思った。それでも、自分はそれを求めずにはいられないのだ。

自分がユーシュホルムへ行ったとき、彼らの計画はどこまでできあがっていたのだろうか？　あのときすでにホーカンが、ルイースはスパイだと、自分に向けられる疑いを彼女に向けるつもりだったとしたら、肝心の部分はすでに決まっていたことになる。もしかすると、おれを利用したらいいということを思いついたのは、ホーカン自身だったのではないか？　彼の息子がいっしょに暮らしている娘の父親は、頭のにぶい田舎の警察官だ。その男を利用しよう、と？

目の前の床に倒れている男二人の姿を見ながら、ヴァランダーの心には悲しみと怒りが渦巻いていた。クラーラは父方の祖父にも祖母にも会えないのだと思った。あの子にはアルコール依存症の治療を受けている母方の祖母と、物忘れが激しくなる祖父しかいない。

そのまま一時間ほど、いやそれより長くかもしれないが、そこに呆然として座っていた。それからようやく警察官の自分に立ち返り、このまま、何にも手をつけずにここから引き揚げることに決めた。立ち去る前に、彼はステン・ノルドランダーのポケットを探り、車の鍵を取り出した。そのまま狩猟小屋を出て、真っ暗な夜のしじまにボートを出した。

だが、出発前に、彼は岸辺で目を閉じた。いままでのことがまるで雪崩のように自分に向かって圧倒的に押し寄せてきた。自分がこれまでまったく知らなかった世界だ。自分は大きな芝居のほんの端役に過ぎない。すべてが終わったいま、自分は何を知っただろう？　ほとんど何の違いもないのではないか？　おれは今までどおり、大きな政治的、軍事的事件の端《はし》っこにいる困惑した小さな人物なのだ。以前と同じく不安な、苦悩する人間だ。

ボートを出し、そのまま暗い海を渡って港に着いた。貸しボート屋のボート置き場にボートを返した。港には人一人いなかった。ノルドランダーの車に乗ってその場を離れたのは夜中の二時だった。駅の近くの駐車場に車を停めるとハンドルとギア、そしてドアの外側を丁寧《ていねい》に拭いた。車の鍵は道路の側溝に捨てた。それから長い時間、駅の近くの公園のベンチに座って朝一番に南へ下る電車を待った。父親の散弾銃が入っているバッグを持って、このまったく知らない町で朝一番の電車を待つのは、じつに非現実的に思えてならなかった。

明け方になって、小雨が降り始めた。駅の近くでその時間に開いているカフェを見つけ、雑誌をめくって少し休んでから、やってきた電車に乗り込んだ。ここに戻ることは決してないだろうと思った。

電車の窓からノルドランダーの車が駐車場に見えた。早晩誰かがあの車に気づくだろう。疑問が疑問を呼んできっと追跡が始まるに違いない。疑問の一つはどうやってステン・ノルドランダーがあの島へ渡ったかというものだろう。だが貸しボート屋の男がヴァランダーを悲劇の舞台となったあの小島に結びつけることはおそらくないだろう。何より、すべては重要機密の烙印を押され、闇に葬られるに違いない。

ヴァランダーは正午にはマルメに着き、ホテルの駐車場から車を出してイースタへ向かった。マルメの町の境でパトカーの抜き打ち検査に出くわした。警察官の身分証明証を見せ、風船を膨らませた。

「どうだ？　酒帯び運転は少ないか？」と同業者に声をかけた。

「ああ、だいたいは大丈夫だな。だが、まださっき始めたばかりだからわからんがね。イースタではどうだい？」

「いまは穏やかなもんだ。だが、例年、八月の方が七月よりも忙しいな」

ヴァランダーはうなずいてあいさつし、サイド・ウィンドーを上げて車を出した。ほんの数時間前、おれの目の前には死体が二つ転がっていた。だが、そんなことはおれを見てもわからない。人の体から記憶が透けて見えることはないのだ。

食料を買い、ユッシを連れに行き、ようやく家に戻った。

食料品を冷蔵庫に入れてから、テーブルに向かって腰を下ろした。すべてが静かだった。

リンダに何を話すか。

だが、その日、彼は電話をかけなかった。夜になってもかけなかった。

彼女に何を話せばいいか、どうしてもわからなかった。

エピローグ

二〇〇九年五月のある晩、ヴァランダーは夢から目を覚ました。よくあるのだ。目を覚ましたとき、夢の記憶がまだ残っていることが。以前は、目を覚ましたときにはもう夢のことなどすっかり忘れていたものだ。ユッシはこのところ体の調子が悪く、彼の寝室のベッドのすぐそばで寝ていた。ナイトテーブルの上の時計は四時十五分を示していた。もしかすると夢のせいで目が覚めたのではなかったかもしれない？　寝室の開け放たれた窓からフクロウの鳴き声のようなものが聞こえたような気がした。そういうことがいままでにもあった。

だが、いまフクロウはいなかった。ヴァランダーは、あの青い礁とフォン＝エンケが名付けた小島から戻ってきたときにかけるべきだったリンダへの電話を、さっきまで夢で見たのだった。そう、夢の中でヴァランダーはリンダに電話をかけ、あの島で起きたことを話した。リンダは一言も言わずに話を聞いた。それだけ。途中で目が覚めてしまったのだ。腐った枝が落ちるように。

ヴァランダーはひどく不愉快になった。実際には、彼は一度もリンダとこの話をしていない。それを彼は自分自身にこう言い訳していた。あの悲劇を招いたのは自分ではない。あのとき実際に何が起きたかをリンダに話したら、自分はきっと救いようのないカオスに引っ張り込まれたに違いない、そして自分も関係者の一人であると疑われたに違いない、と。あの悲劇が一般に知られるようになったときに、リンダもハンスも何が起きたかを知ればいい。そして自分自身はできれば見えない存在でいたいものだ、と。

ヴァランダーはこの事件は彼がいままで経験した中でももっとも嫌な事件の一つだったと思っていた。これと同じほど不愉快な経験は、職務上人を一人殺してしまい、警察官をやめようと真剣に考えたあのときしかなかった。あのとき彼は、いまマーティンソンが考えているように警察官をやめて他の仕事に就こうと思ったのだった。

ヴァランダーはベッドサイドに体を動かし、床の上のユッシを見た。ユッシは眠っていた。夢を見ているのだろうか、尻尾を振っている。ヴァランダーは元の位置に体を戻した。開いている窓から、涼しい風が入ってくる。布団を剥いだ。頭はいつのまにかキッチンテーブルの上にある紙の束のことを考えていた。青い礁の狩猟小屋であの悲劇が起きる以前からのことを、本当は何があったのかを、彼は去年の秋から書き綴っていた。

二人の遺体を見つけたのはエスキル・ルンドベリだった。イッテルベリはノルシュッピング警察から連絡を受け、協力するために現場に行った。またこれは公安《セーポ》警察と軍の情報機関が関わる事件だったのですぐに蓋をされ、これに関係するすべてが重要極秘案件とされた。ヴァランダーはイッテルベリの特別の配慮で、そのような動きを知ることができた。この間ずっと彼は自分があの場にいたことが暴かれるのではないかと心配していた。彼が一番心配だったのは、あのときステン・ノルドランダーが妻にヴァランダーに会いに行くと話してはいなかったかということだった。だが、明らかに彼は話していなかったようだ。ヴァランダーはノルドランダーの妻が夫の死を困惑をもって受け止めていること、また夫が親友を撃ち殺し自分も自殺するなどということはあり得ないと否定しているという記事を読んで、複雑な気持ちになった。

イッテルベリはときおりヴァランダーにこぼすことがあった。警察の捜査を指揮する立場にいる彼さえも、秘密のカーテンの向こうで何が行われているのか知らされなかったからである。だがステン・ノルドランダーが二発の銃弾の一発目でホーカン・フォン＝エンケにトドメを刺し、二発目で自殺したことは疑いの余地がなかった。しかし、誰にとっても疑問だったのは、ノルドランダーがどうやってあの小島まで行ったのかということだった。イッテルベリはことあるごとに、そこには三番目の人間がいたのではないかと主張した。だがそれが誰なのか、その人間の役割は何だったのかということになると彼にも答えられなかった。その小島で展開された悲劇のそもそもの原因もまた解明されなかった。

マスコミは大々的にこの事件を報道した。狩猟小屋での惨事を事細かに、しかも大げさに伝えた。リンダとハンス、そしてクラーラまでが追いかけ回され、しまいには好奇心むき出しのジャーナリストたちを避けるために身を隠さなければならなくなった。中には妄想としか言えないようなでっち上げまであった。ホーカン・フォン＝エンケとステン・ノルドランダーの死はオーロフ・パルメ暗殺事件に関連するものであるとか。

ヴァランダーはイッテルベリと話しているとき、用心しながら、ルイースがソ連のスパイだという噂はどうなったと訊いたことがあった。イッテルベリはそんなとき、気のない返事をした。

「ルイース・フォン＝エンケに関しては何の噂も動きも聞かないね。公安《セーポ》が捜していること、あるいは彼らが隠したいことに関しては、おれは何も知らない。熱心なジャーナリストがこの件を特別に調べて本にでも書いてくれれば別だろうが」

この間、ヴァランダーは、ホーカン・フォン＝エンケがスパイだったのではないかという疑い、しかもアメリカのために働いていたのではないかという疑いを、一度も耳にしなかった。つまりそれは、あの小島での惨劇は、まさにそれこそが、つまりスパイ行為を働いていた人物がいたこと、その人物は誰なのか、そしてどの国のために働いていたのかということこそが原因の結果だったのだということに気がついた人間はいなかったということだ。ヴァランダーはしかし、一度だけイッテルベリに訊いたことがあった。ズバリ、ホーカン・フォン＝エンケはアメリカのためにスパイ行為を働いていたということは考えられないかと。

「それはあり得ない。そもそもなぜホーカン・フォン＝エンケがアメリカのスパイになる必要があったんだ？」

「いや、おれはあらゆる可能性を考えているだけだ」とヴァランダーは言った。「ルイースがソ連のスパイだったと疑うのなら、ホーカンがアメリカのスパイだったのではと疑ってもいいじゃないか」

「うん。じつは公安《セーポ》や軍の情報機関がその方向で調べているという噂がおれの耳にまで届いているんだ」

「いや、おれはただその可能性を声に出して言ってみただけだよ」ヴァランダーは控えめに言った。

「あんた、何か、おれの知らないことを知っているんじゃないか？」イッテルベリの声がいつになく鋭くなった。

「いや、あんたの知らないことをおれが知っているはずなどないさ」


その電話のあとだった、彼が書き始めたのは。思いついたことや考えを付箋メモに書き、それをリビングの壁にペタペタと貼り付けた。だが、リンダが来るときは——ハンスとクララがいっしょのときもあったが——彼はそんなメモは全部外した。他の人間と関係なく、いや、他の人間に彼が何をしているかなどと関心を持たれることなく、自由に書きたかったからだ。まず記憶の中にごちゃごちゃにぶち込まれている様々な糸を整理するところから始めた。すぐにまっすぐに伸ばせる糸もあった。ベルリンのジョージ・タルボスの住んでいる建物の看板にあった〝USGエンタープライズ〟という名前はコンサルティング会社だとわかった。そしてそれはフロント企業ではなく、真面目な事業を展開しているということも判明した。だが、彼の家に二度も忍び込んだのは誰だったか、またニクラスゴーデンへシグネを訪ねていったのは誰だったかはどうしてもわからなかった。おそらくホーカン・フォン＝エンケの仕事になんらかの方法で協力していた人間であることは見当がついたが、目的がわからなかった。考えられるのは、ヴァランダーがあの部屋で見つけたフォン＝エンケのバインダー、ヴァランダーが〝シグネのノート〟と呼んでいるあのバインダーを探したのだろうということ。それはいまでもユッシの小屋の床下に隠してある。

書き始めてからまもなく、ヴァランダーは自分のしていることの意味がわかった。自分自身のこと、自分自身の人生について書いているのだ。そしてそれと同じくらい、ホーカン・フォン＝エンケという人間のことも。頭の中で、昔聞いた冷戦について、中立性、同盟を結ぶことからの自由、NATOと密接な関係を持つことの重要性などについて考えるとき、彼は自分が生きているこの世界について、なんと少ししか知らないことかと愕然とした。昔まったく関心を持たなかったような事柄を、いま頑張って勉強し理解するなどということはもちろん不可能だった。現在彼が世界について学べることは、あくまで過去を振り返っての知識に過ぎなかった。これは自分の世代に特徴的なことなのだろうか、と彼は思った。自分がいま生きている世界に関して学ぶことを拒否する、終始変化する政治的状況に対する無関心。いや、それとも彼の世代は分裂しているのだろうか？　それに関心を持つ者たちと、無関心な者たちとに分かれるのか？

父親は彼自身よりもずっと様々なことを知っていた、といま彼は思っていた。それはマルメのフォルケッツパルケン公園でのターゲ・エールランダーのことばかりではなかった。一九七〇年代の初めごろのある日、ヴァランダーはその数日前にあった選挙に投票に行かなかったということで父親に猛烈に怒られたことがあった。ヴァランダーはいまでもそのときの父親の激怒を思い出せた。彼を〝怠け者の愚かな雄牛〟と呼んで絵筆を投げつけ、出て行けと怒鳴ったのだった。もちろん彼は言われなくともそうしたのだったが。あのとき彼は父親のことをただ〝変なやつ〟と思っただけだった。政治家の喧嘩などどうでもいいではないか？　当時彼がかろうじて関心があったことといえば、賃金を上げろ、税金を下げろ、ということぐらいだった。

当時はよく、友達もそんなものじゃないかと思ったものだ。政治的無関心。関心があるのは個人的なことにかぎられていた。たまに政治のことを話したとすれば、政治家たちの決まり文句のばからしさ、個々の政治家の口論にうんざりすることなどで、その先にどんな可能性があるか、選択肢があるかというところまで話したことも考えたこともなかった。

よくよく考えると、一度だけ、スウェーデンの、ヨーロッパの、そして世界の政治的な状況のことを真面目に考えた時期があった。それはいまからおよそ二十年ほど前に、レンナルプに住む農家の老夫婦がひどく残酷なやり方で殺された事件が起きたときのことだった。まもなく、非合法にスウェーデンの中に入り込んでいる移民とか亡命申請している難民に疑いがかけられる。ヴァランダーはスウェーデンに押し寄せる大勢の移民・難民に対する自分自身の考えを明らかにせざるを得なくなる。そしていつも親切で寛容な態度をとっている自分の中に、暗い、移民に対する反感があるかもしれないと感じた。それを発見して彼は驚き、恥じ入った。そして考え直した。いまではまったくそんな考えはない。だが、シーヴィックの市《いち》で殺人者の二人の男を捕まえたあの事件のあと、彼が政治的に物事を考えたりすることはあまりなかったと言っていい。

二〇〇八年の秋、イースタの図書館に何度か行って、スウェーデンの戦後の歴史に関する本を借りた。そしてスウェーデンが核兵器を持つべきか、NATOに加盟するべきかに関する議論について読んだ。この議論が交わされた当時、ほぼ成人していたにもかかわらず、彼は政治家たちの激しい討論をまったくと言っていいほど知らなかった。まるで自分はグラスの泡の中で生きてきたようだと思った。

あるとき彼は、自分が人生をどのように見ているか、リンダに話したことがある。それでわかったのは、リンダは政治的な議論に関するかぎり、彼とはまったく別だということだった。いままでそれに気づいていなかったので、ヴァランダーは驚いた。彼女の方はまったく驚きもせず、人の政治的な意識は表面には表れないものよと言った。

「パパがわたしと政治的なことを話したことある？　政治的なことにまったく関心がないとわかっているのに、私があなたと政治的なことを話すわけがないでしょ」

「ハンスは？」

「彼はすべてに関して大きな知識を持っているわよ。でもいつもわたしと同意見とはかぎらないけど」

ヴァランダーはよくハンスのことを考える。二〇〇八年の秋、正確には十月の半ば、リンダが興奮して電話をかけてきた。デンマーク警察がハンスのオフィスを予告なしに立ち入り検査したと。不動産屋が数人、中でもアイスランド人二人が、自分たちの利益のために虚偽に株価を操っていた。そしてその年の秋世界が一斉に金融危機に陥ったとき、バブルがはじけた。一時期、会社の社員たちは、ハンスも含めて、アイスランド人たちのしかけた芝居に協力していたのではないかと疑われた。それからほぼ半年後の二〇〇九年の三月に、ハンスはようやくこの株価の偽装事件には関係ないと判断された。不幸はこのことばかりではなかった。ハンスはその時期に母親に続いて父親まで思いがけない死に方をしたことを受け止めなければならなかった。彼は何度もヴァランダーに会いにきて、真相を教えてくれと迫った。ヴァランダーはできるかぎり説明したが、どんなに請われても、真実を話すことは到底できなかった。


ヴァランダーは自分の知っていることのすべてを人々に知らせるにはどう行動したらいいかといつも考えていて、それが頭から離れなかった。政府に匿名で知らせるのはどうか？　だが、本気にしてくれるだろうか？　そもそも誰が、スウェーデンとアメリカの良い関係が壊れることを望むだろう？　もしかすると、ホーカン・フォン＝エンケのスパイ行為の上に沈黙の帳をかけることは、すべての関係者たちの望んでいることではないか？

ノートを書き始めたのは九月の初めだった。すでに八ヵ月経っている。ヴァランダーはあの島で起きたことが秘密の扉の中に永遠にしまわれることには納得がいかなかった。思うだけで怒りがこみ上げた。

この間、彼はこのことを書くだけでなく、イースタ警察の仕事もこなしていた。その秋、残酷な暴力行為の捜査が二つあった。二〇〇九年の春は、イースタの近郊で起きた放火殺人犯の捜索に当たっていた。

この間ヴァランダーを悩ませたもう一つのこと。それは例の突然の記憶喪失だった。もっともひどかったのは、クリスマスのころだった。夜、雪が降った。朝になって家の入り口の雪かきをするために支度をした。着替え終わって外に出たとき、突然自分がどこにいるのかわからなくなった。ユッシさえ見覚えがなくなった。長い時間、自分のいる場所がわかるまでその場に立っていた。しかし彼はそのあと、当然するべきことをしなかった。医者に行かなかったのである。理由は簡単だった。怖かったのだ。

働きすぎだと自分に言い聞かせた。自分は燃え尽き症候群だと。ときには本当にそう思えることもあった。だが、物忘れが次第にひどくなっていくという恐れは常にあった。自分は認知症ではないか、自分はアルツハイマー病にかかっているのではないかという恐れが常にあった。

ヴァランダーはベッドから起きなかった。日曜の朝で、彼は非番だった。午後になったらリンダがクラーラを連れてやってくる。もしかするとハンスもいっしょに来るかもしれなかった。

体力に余裕があれば。

六時に起きて、ユッシを外に出し、朝食の用意をした。そのあと、午前中いっぱい書き物に向かった。その朝彼は初めて、いま自分が書いているこの書き物は〝遺書〟のようなものだと思った。自分の人生はこういうものになったのだと。このあと十年、あるいは十五年生きようとも、大きな違いはないだろう。一方彼は心の内に、ぽっかりと穴ができているように感じていた。退職したら何をすればいいのだろう。ニーベリの話を思い出した。もうじきニーベリは深い森のある北へ引っ越すと言っていた。

生き甲斐。答えは一つしかなかった。クラーラがそばにいれば、いつも嬉しい。楽しい。すべてが終わったとき、クラーラがいればそれでいい。

五月のその朝、彼は最後の文章にピリオドを打った。これ以上先はない。これ以上書くものはなかった。すべてをパソコンに打ち込み、プリントアウトしたものがいま机の上にある。大変だったが、こつこつと妻がスパイだと彼に信じさせた男の話を書き上げた。自分はこの話を書く人間であると同時にこの話の登場人物でもあった。

中に不審な事柄が多々あった。それらは答えを得ず、宙に浮いたままになった。例えばルイースの靴のことだ。なぜ靴はきちんと揃えられて彼女の遺体のそばにあったのか？　ヴァランダーの推測では、彼女は他の場所で殺された、そこでは彼女は靴を履いていなかった、それで急遽適当な靴がヴァルムドウーの彼女の遺体のそばに一足置かれたということだった。そこに靴を置いた人間は、ルイースがその場で死んだように見せかけるには靴がなければおかしいと思ったのだろう。彼女がどこで殺されたかは謎のままだ。彼女は捉えられ、夫ホーカンのために死ななければならないと何者かが決定を下すまでの間、どこかに閉じ込められていたに違いなかった。

もう一つ、ヴァランダーにとって謎だったのは、石のことだった。フォン＝エンケのアパートメントで見た石、アトキンスから彼がもらった石、そして最後にジョージ・タルボスのバルコニーのテーブルの上にあった石。これらは記念の石だろうということは彼にも見当がついた。誰か、スウェーデンの海の小島や群島にいるはずのない人間がみやげ物として持ち帰ったのではないか。だがホーカン・フォン＝エンケの机の上にあった石がなぜ消えたのか、それがわからなかった。いろいろな可能性は思いついたが、そのどれとも言えなかった。

ときどきアトキンスと電話で話をした。ホーカンが亡くなったと報告すると、アトキンスは電話口で泣いた。彼はいつも〝亡くなった友人たち〟と複数形で言った。ルイースも親しい友人だったと。アトキンスは葬式には必ず出席すると言ったが、八月末に挙げられた葬式にアトキンスの姿はなかった。その後、アトキンスからは一度も連絡がなかった。ヴァランダーは、フォン＝エンケとアトキンスはいったいどんな関係だったのだろうと思った。それも彼にはわからなかった。

他にも、ホーカンとルイースに訊きたかったことがあった。なぜホーカンの机の中はあんなにごちゃごちゃだったのか？　もしどうしても逃げなければならないときは、外国にでも逃げるつもりだったのか？　またルイースはなぜ銀行から二十万クローナを引き出したのか？　彼らの死後ストックホルムのアパートメントが整理されたとき、金は出てこなかった。二十万クローナは跡形もなく消えた。

死んだ人間たちは秘密も持っていってしまった、とヴァランダーは思った。ステン・ノルドランダーがホーカン・フォン＝エンケを殺害したのち自殺したことも、ヴァランダーには決して理解できない謎だった。これからも謎であり続けるに違いない。

ときどき、理解できる、わかった、と思うことがあった。同じくらい、謎だ、わからないと思うことがあった。

十一月末、ヴァランダーはストックホルムで開かれたセミナーに参加した。そのときレンタカーでニクラスゴーデンへ行った。同じ時期ストックホルムに来ていたハンスも同行した。それまでハンスは存在さえ知らなかった姉に会っていなかった。ハンスがシグネのベッドのそばにたたずんだ姿は、ヴァランダーにとって忘れられない光景になった。また彼はホーカン・フォン＝エンケが必ず月に一度娘を訪ねていたことも思い出した。誰よりも彼女を信じていたのかもしれない。だから彼は彼女にあの大事なバインダーを預けておいたのだ。

ヴァランダーは書き上げた文章に何というタイトルをつけようかとずいぶん迷った。しまいになにも書かずに真っ白い表紙のままにした。ペーパーは全部で二百十二ページになった。最後にもう一度目を通して文字を直したりした。そして完璧でないまでも、可能なかぎり真実に近いものができあがったと思った。

これをイッテルベリに送ることに決めた。まず姉のクリスティーナに送り、彼女に送り主の名前は書かずに送ってもらうことにした。イッテルベリはもちろん送り主はヴァランダーだと見当がつくだろうが、それには確実な証拠はないはずだ。

イッテルベリは賢い男だ。彼ならこの文章を一番良いように利用するだろう。また彼ならきっと、なぜおれが匿名で彼にこれを送るという手段を選んだかを理解するだろう。

だがヴァランダーは、イッテルベリといえども、決して崩せない堅固な壁に突き当たるだろうと思った。アメリカは依然として多くのスウェーデン人にとって救世主なのだ。アメリカなしのヨーロッパはほとんど防衛力ゼロと言っていい。自分がこの文章に書き記した真実など誰も知りたくないかもしれない。

ヴァランダーはアフガニスタンに送り込まれたスウェーデンの兵士たちのことを思った。アメリカがアフガニスタン派兵を要求しなかったら、決してあんなことは起きなかったに違いない。同じように、一九八〇年代初頭にスウェーデン領海に隠れていたのはアメリカの潜水艦だったに違いないのだ。それもスウェーデン海軍とスウェーデンの政治家たちの了解のもとに。オープンにではなく、沈黙のうちに。もう一つ例を挙げれば、二〇〇一年十二月十八日、CIAのエージェントたちはスウェーデン在住の二人のエジプト人をテロリストだとして国外に連れ出し、極度に屈辱的な状況でエジプトの刑務所に監禁して拷問した。これらのことが実際に行われたことを考えると、ホーカン・フォン＝エンケの正体が明らかになったとしても、彼は唾棄すべき売国奴としてではなく、英雄とみなされるかもしれない。

確実なことは何もない。今回のできごとがどう解釈されるか、あるいはおれの人生がこのあとどうなるか。

臨時のものであれ、永遠のものであれ、とにかく彼は文章の最後にピリオドを打った。


五月の空気はまだ冷たかったが、素晴らしい天気だった。昼頃、ヴァランダーはユッシを連れて長い散歩に出かけた。ユッシはようやく元気になっていた。ハンスは来ず、リンダはクラーラだけを連れてきた。そのころにはすっかり掃除も終わっていた。ヴァランダーはペーパーを片付けた。リンダに見られたくなかった。クラーラは車の中で眠っていた。ヴァランダーはそっとクラーラを抱き上げて、ソファの上に寝かせた。クラーラを抱き上げるとき、ヴァランダーはいつも幼いリンダが戻ってきたような気持ちになるのだった。

二人はキッチンテーブルでコーヒーを飲んでいた。

「お掃除したの?」

「ああ、朝からずっと」

リンダは笑い、頭を振った。それからすぐに真剣な顔になった。ハンスがこのところ遭遇した様々な問題はもちろんリンダにとっても大きなショックに違いなかった。

「もう産休はいらない。働きたいわ」とリンダが言った。「母親だけの役割でいるなんて、もうたくさん」

「あと四ヵ月経ったら、いやでも働かなくちゃならないじゃないか」

「あと四ヵ月！　冗談じゃないわ。長すぎる。もう限界、我慢できないわ」

「クラーラに、か？」

「ううん、私自身によ！」

「お前にはおれから受け継いだ性格がある。その短気だ」

「警察官にとってもっとも大事なのは忍耐強さだといつも言っていたわね？」

「いいか、忍耐強さというものは自然にできるものじゃないんだ」

リンダはコーヒーを一口飲み、いま言われたことを黙って考えた。

「おれは年取ったと感じる」ヴァランダーが言った。「毎日、目を覚ました瞬間から、一日がものすごい速さで過ぎると感じる。何かのあとを追いかけているのか、それとも何かに追いかけられているのかわからないが、とにかくいつも走っているような気がするんだ。正直に言うと、おれは年取ることに大きな不安を感じている」

「おじいちゃんのことを思い出してよ！　おじいちゃんはいつも同じことを続けていて、年取るなんてこと気にもかけていなかったわ」

「それは本当じゃない。親父は死ぬのを恐れていた」

「たまにはそうだったかもしれないけど、いつもじゃなかった」

「親父は変わっていた。誰も親父と比べることはできないと思うよ」

「私は比べるわよ」

「お前はいつも親父とはいい関係だった。おれは若いときにそれを失ってしまったんだ。ときどき思うんだ。姉のクリスティーナも親父といい関係を築いていた、と。もしかすると、親父は女性との方がいい関係が持てたのかな？　もしかして間違った性別に生まれたんだ。本当は親父は息子などほしくなかったんじゃないか」

「なに言ってるの。いまのはバカな言葉よ。わかってるでしょ」

「バカな言葉かどうか知らないが、おれはときどきそう思う。おれは年取るのが怖いんだ」

リンダは急にヴァランダーの腕に手を伸ばした。

「わかってるわ、パパが怖がってるってこと。でも心の奥では、そんなことをしても意味がないと知っているのよね。年齢ばかりはどうすることもできないのだから」

「ああ、そのとおりだ。だがときどき、不平不満を言いたくなる、いや、逆に、それだけはやってもいいと思うんだ」

リンダはそのあと数時間いっしょにいて、クラーラが目を覚ますまでしゃべっていた。クラーラは目を覚ますと、嬉しそうに笑って、ヴァランダーの方へ駆け出した。

突然ヴァランダーは猛烈な恐怖に襲われた。記憶が完全に真っ白になった。彼に向かって走ってくる小さな女の子が誰なのか、わからなかった。いままで見たことはある。だが、何という名前か、ここでなにをしているのか、まったくわからなかった。

それはまったく音のない世界だった。まるで色という色がなくなり、すべてが黒と白だけになってしまったようだった。

闇が深く、濃くなった。クルト・ヴァランダーはゆっくりとその闇の中に消えていった。それから数年後、彼はアルツハイマーという名前のぽっかりと空いた宇宙に送り出された。

そのあとは、何もない。クルト・ヴァランダーの物語はこれですべて終わりである。残された十年、いや、それ以上かもしれないが、もし残された時間があるとすれば、それは彼自身のための時間、彼と娘のリンダだけの、彼と孫のクラーラだけの時間で、他の誰のものでもない。

著者あとがき

フィクションの世界では、多くのことが自由にできる。例えば、私は地形を変えることができる。そこに行ったことがある！　とか、ここで事件が起きたのよ！　とか、誰にも言わせないために。

そう主張するのは、いうまでもなくフィクションとドキュメンタリーの違いを強調するためである。私が書くことは、本当に起きたかもしれない。が、必ずしもそうならなかったかもしれない。

この本には、まさにそのような類のことがたくさんある。実際に起きたことと、そうなったかもしれないと考えられることの間で。

私は、他の多くの作家と同じように、世界がなんとかもう少し理解できるものになるようにとの思いから物を書く。そこではフィクションはときにドキュメンタリーのリアリズムを超えることがある。

そういうとき、中部スウェーデンのどこかに実際にニクラスゴーデンという施設があるかどうかなどどうでもいいことだ。あるいはストックホルムのウステルマルムに海軍士官たちが集まる秘密のパーティー会場があるとか、ストックホルム郊外にあるカフェが同様の目的に使われたとか、そこに例えば潜水艦艦長のハンス＝オーロフ・フレドヘルが現れたとか。また、二〇〇八年に本当にマドンナがコペンハーゲンでコンサートを開いたのかとか。

しかし、この本のもっとも重要な部分は、現実の世界という揺るぎない土台の上にある。大勢の人々に協力をいただいた。ここで礼を述べたい。この本の内容と物語の最後は、すべて私の責任である。すべて。一つの例外もなしに。

二〇〇九年六月　ヨッテボリにて

ヘニング・マンケル

訳者あとがき

ヘニング・マンケルのクルト・ヴァランダー・シリーズ第十一作『苦悩する男』（*DEN OROLIGE MANNEN*）をお届けする。原作はこの二作の間に十年の年月をおいて刊行されている。『ピラミッド』（邦訳二〇一八年）以来のクルト・ヴァランダーの登場である。

ヴァランダーは相変わらずスウェーデン南部スコーネ地方の人口一万七千人ほどの田舎町イースタで働く、定年間近の警察官である。娘のリンダも警察官で、本書の中で明らかになるが現在出産育児休業中。ヴァランダーにとっては思いがけなくも、リンダは金融関係の仕事に携わるハンス・フォン＝エンケと一緒になり、女の子を産んだ。そのハンスの両親ホーカン・フォン＝エンケとルイースが今回の主要人物である。

話は社交が苦手なヴァランダーと、ハンスの両親との付き合いから始まる。ヴァランダーが初めてハンスの両親と会うときに、何を着ていけばいいんだ、ネクタイを締めなければならないのか、何を話したらいいんだと腹立たしげにリンダに訊くシーンがある。ヨーロッパの立憲君主国の一つであるスウェーデンには、現在でも貴族が存在し、それはたいてい名前で識別できる。フォンのつく名前なら貴族の家系だと誰にでも見当がつく。平民ヴァランダーがリンダの相手の家族がフォン＝エンケという名字であることを知って難色を示す所以《ゆえん》である。（かつてマックス・フォン・シドーというスウェーデン人俳優がいたが、彼もその階級の出身者である)。

しかしフォン＝エンケ夫妻は会ってみると偉ぶることもなく、警察官であるヴァランダーの仕事にも関心を示して話が弾み、ヴァランダーは好感をもつ。そして、かつて海軍の司令官で潜水艦艦長でもあったホーカン・フォン＝エンケの七十五歳の誕生パーティーに招待されると、ちょうど思わぬ失敗から謹慎中だったヴァランダーは気分転換に首都ストックホルムへ向かう。

スウェーデン海軍の元司令官ホーカン・フォン＝エンケとその妻で以前は女子校の語学教師だったルイースは、息子のパートナーの父親であるヴァランダーを丁重にパーティーの主賓席に迎える。百人を超える参加者の多くが海軍関係の人間とその家族で、ヴァランダーは控えめに人々を観察する。このとき二人きりの小部屋でヴァランダーはホーカン・フォン＝エンケから思いがけない話を聞かされる。二十年以上も前、フォン＝エンケが現役の潜水艦艦長だった時代にスウェーデン領海に潜伏していた国籍不明の潜水艦の話だった。

今回の物語は、その潜水艦の話とヴァランダーの個人生活が微妙に絡み合って展開される。ストックホルム沖の群島の海中に潜んでいた国籍不明の潜水艦が姿をくらまし追跡不能になった事件。じつはこれはこの作品のためにマンケルが考えついた話ではなく、実際に一九八二年の秋にスウェーデン領海で起きた事件である。この不可解な事件に関しては、今まで多くの軍事評論家、研究者やジャーナリストが調査研究し、憶測が発表されてきたが、いまだに真相は明らかになっていない。ヘニング・マンケルはこの作品でその闇に光を当てる試みをしている。

十年の時を経て読者の前に現れたヴァランダーは、苦悩する男になっている。健康面の不安、人間関係を振り返っての悔恨。六十歳という定年間近の年齢と糖尿病を抱えているヴァランダーは、まるで人生はもうこれで終わったかのような絶望感を抱いている。加えてときどき生じる記憶喪失……。唯一の希望と慰めは、孫が生まれたことだと吐露しているが、今まで怒りに満ちた正義感をもって、迷いながら悩みながらも事件に真正面から取り組んできた彼の激しい性格を思うと、この心境はちょっと意外で唐突な感じがする。社会正義感だけではもうやっていけない、年取った、疲れた、と言いたいのはわかるが、彼が人生の意義は孫の存在であるとするのを希望と見るか、口当たりのいい言い訳と見るか。ヴァランダー・シリーズの読者の方々に聞いてみたい気がする。

スウェーデン語の原題は *DEN OROLIGE MANNEN*。私はこれを『苦悩する男』と訳した。英語訳のタイトルは *The Troubled Man* となっている。形容詞の orolig には心配する、不安を抱える、ビクビクする、落ち着かない、気持ちが休まらない、苛立っている、苦しみ悩むなどの意味があり、今回の作品で一貫して気分の晴れない悩める男ヴァランダーをよく表す言葉として「苦悩する」を選んだ。

さて、今回この苦悩する男の前に彼の過去の女性たちが登場する。一人は別れた妻モナである。モナはクルトと別れたあと男性関係がうまくいかず、アルコール依存症になり、今ではヴァランダーとはめったに会わないが、会えば感情のコントロールがきかず大喧嘩になるか泣き崩れるかの醜態を演ずる。リンダたちの助けで依存症のリハビリ施設に入るが、そのモナに対してヴァランダーは可哀想とは思っても嫌悪感の方が強い。リンダに請われて一緒にモナに会うために施設へ行くが、すぐに来たことを後悔する。自分とは関係ないとしか思えないのだ。

もう一人の女性は元恋人、ラトヴィア人女性バイバ・リエパである。かつて遠距離恋愛で結婚まで考えた相手だ。病気ですっかり弱っているのだが、自分で車を運転してラトヴィアから会いに来る。ヴァランダーは嬉しさと当惑が半々の様子だ。

二〇一九年に私は同じくヘニング・マンケル著の『イタリアン・シューズ』を翻訳刊行したが、その本も末期的な病状の昔の恋人が主人公の男を訪ねてくるという筋立てだった。昔の恋人、もう決して長くない命の女性が最後の力を振り絞って会いに来る。こういうことがあったら男性はこれこそ本当に愛された証拠と思うのだろうか？　これは世の男性たちの密かな願望なのだろうか？　ヴァランダーはモナに対してもバイバに対しても受動的である。別れた後も、彼女たちが別れた自分にどう接するか、どう思っているのかが彼の最大の関心事だ。この点において『イタリアン・シューズ』の主人公フレドリック・ヴェリーンとクルト・ヴァランダーはよく似ている。

そんなヴァランダーに対して、愛情を持ちながらもきっぱりとした厳しい態度を取るのが娘のリンダである。ヴァランダーが糖尿病と真剣に取り組まないこと、なにかと理由をつけて酒を飲みたがることなど、父親の出鱈目さ、いい加減さを厳しくチェックしている。ちゃんと付き合う女性を探せと、ことあるごとに父親に対してズバズバ言う。ヴァランダーはそんなリンダを疎ましく思うが、一方において客観的で冷静なリンダを信頼している。リンダの見守りで自分がなんとか日常生活を送れていることもわかっている。リンダを対極に置くことで、著者マンケルが冷静にヴァランダーという人間を見ていることがわかる。

リンダはまた母親に対する態度もフェアで、批判しながらも愛情をもって接する。ヴァランダーにとっては面白くないことだが、父親の味方だけをすることはない。人を容易に受け入れないヴァランダーだが、リンダだけは別である。リンダの存在があることで、彼の二面性、単純でエゴイスティックな面と素直な優しさが浮き彫りにされているように思う。

ここで、ヴァランダーがリンダのパートナー、ハンスの父親のことに言及するときに常にホーカン・フォン＝エンケとフルネームで、あるいはフォン・エンケと名字だけを言うことに注目していただきたい。スウェーデンでは一九六〇年代まで名字で相手の名前を呼ぶのが一般的だった。成人男性なら herr（ヘル）、未婚女性なら fröken（フルーケン）、既婚女性なら fru（フル）を名字の前に付けて相手を呼んだ。日本の「さま」「さん」を名字の後に付けて呼ぶのに近い（ただし日本の敬称には性別も既婚・未婚の区別もない。ひょっとしてこの点では日本は民主的かもしれない？）。また、軍隊では相手を常に名字で、また、司令官とか大佐とかいう肩書きを名前の前に付けて呼ぶ習慣がある。もう一つ、一般社会では相手と距離を持って接するときも、肩書きをつけて名字で呼ぶことがある。ディレクトル（社長、取締役など）、プロフェッスール（教授）、ドクトール（医者）などがそれで、いわゆるフォーマルな関係で呼ぶ場合である。ヴァランダーがリンダの相手の親をフォン＝エンケと名字で言及することにこだわっているのは、この最後の理由、距離を持って接する関係を保ちたいからなのかもしれない。いずれにせよ、娘の相手の親を常に名字で言及するのは今のスウェーデンの社会ではほとんどあり得ないことだ。もっとも、作者はこの一連のヴァランダー・シリーズで主人公クルト・ヴァランダーをクルトとは書かず、常にヴァランダーと名字で記してきた。男女ともに職場でも社会でも名字ではなくファーストネームで呼び合う現代の男女平等のスウェーデン社会では見られない、ある時代、あるタイプの人間を思わせる表現である。

この作品では、ヴァランダーがついに長年の願望だった田舎の一軒家に引っ越し、同じく長年の願望だった犬を飼い、その犬に大好きなテノール歌手ユッシ・ビュルリングからユッシという名前をつけ、ひとり気ままな暮らしをしている、個人的な生活面が描かれる。スコーネのウスタレーンと呼ばれる地域のなだらかな丘陵、その向こうに見える青い海原のバルト海、その前に広がる麦畑、黄色い菜の花畑。そしてユッシを連れて散歩に出かける小道、広く海が眺められる高台。これらすべてが長年ヴァランダーの夢見てきた田舎、ウスタレーンの風景である。ヘニング・マンケル自身、イースタの郊外に一時サマーハウスを持っていたから、ウスタレーンの描写はじつにいきいきとしている。

とくに目を引くのは海の場面の多さである。消えた潜水艦がテーマであることもあって、ストックホルムの群島、中でも海軍の本拠地ベリヤのある本土の側の海岸を中心に、ベリヤの周辺のウートウー島、ムスクウー島などの島々、ゴットランド島近辺の群島など、東海岸とその周辺の島々の描写が多い。調べてみると、スウェーデンは世界で一番島の多い国で、その数二十二万千八百島。ストックホルム周辺の群島だけで三千島もある。ちなみに日本の島の数は世界で八番目で、六千八百五十三島。

ストックホルムの群島の景色はじつに美しい。大小様々な島々。それらの島に一年を通して居住する人々もいるし、簡単な家を建てて夏の間だけサマーハウスとして利用する人々もいる。何しろ夏休みが生きがいという国民だから、スウェーデンの人々はみんな夏になると都会を離れて、海で、田舎の木陰で、海外のリゾート地で過ごすのを楽しみにしている。一度、ストックホルムの群島を友人の大きなヨットで回ったことがある。ある海域まで来たとき、「ここから先は行けない。外国人立ち入り禁止区だから」と言われたのを憶えている。群島の美しい景色にただただ感嘆していた私は、軍事的にもこの国はしっかりしているのだと、初めて自分が外国人であることをはっきり自覚した瞬間だった。

海のシーンが多いのは、この作品の後半が海を舞台にしたものであることに加えて、マンケル自身が一九九八年に映画監督のイングマル・ベルイマンの娘エヴァ・ベルイマンと結婚してから、ベルイマンを頻繁に訪れ、氏の住んでいたフォールー島（ゴットランド島の北東）に住居を構えていたこともあり、海や島での暮らしがその頃は日常的であったかららしい。ベルイマンは気難しいことで有名だったが娘婿のマンケルがことのほか気に入ったらしく、二〇〇七年に死去するまでの数年間はめったに外の人に会わずマンケルだけが例外だったとスウェーデンの新聞が伝えている。

ここで本書で直接的にも間接的にもしばしば登場するオーロフ・パルメ首相のことに少し触れたい。オーロフ・パルメ（一九二七―一九八六）はスウェーデン社会民主党党首で、首相を二度務めた。初回は一九六九年から一九七六年の七年間、二度目は一九八二年から一九八六年の四年間。パルメ首相は一九八六年二月の夜ストックホルムの街中で夫人とともに映画館から出てきたところを射殺された。犯人は三十四年後の今も不明である。オーロフ・パルメの名前は一九六八年、当時教育相だった彼がベトナム戦争反対のストックホルムデモの先頭に立って行進する姿が世界中に報道されて一躍知れ渡った。アメリカはスウェーデンから大使を引き上げ、二年間スウェーデンとの国交を断絶した。現在アメリカとスウェーデンは友好的関係で、社会文化的にはアメリカはスウェーデン社会の隅々にまで受け入れられている。第二次世界大戦後、スウェーデンは経済的には西側ブロックに属しながら軍事的には北大西洋条約機構（NATO）の加盟国にはならず、フィンランドとともに〈平和のためのパートナーシップ〉という立場で現在に至っている。

翻訳の上で注意した言葉が二つある。一つはオーロフ・パルメがかつて党首を務め、現在もスウェーデンの第一党である社会民主党という名称。正式名は社会民主労働党であるが、今では党名に労働党という名称は入れず、選挙でも社会民主党 Socialdemokraterna を名乗っている。日本の報道では常にスウェーデン社会民主労働党と正式名で紹介されているが、今回の翻訳では原文にあるとおり、「労働」という文字を入れずに社会民主党という名称にした。

もう一つ、この作品全般に「ロシア」「ロシア人」という表現があるが、現在のロシアが政治体制上ソ連＝ソビエト連邦＝ソビエト社会主義共和国連邦（一九二二―一九九一）であった時代でも、スウェーデンではソビエトとは呼ばず、ロシアと呼ぶのが一般的だった。マンケルは一般の人々の言葉どおりにロシアと書いているので、原文がロシアである場合は、それがソ連の時代のことでも、あえて訂正しないでそのままロシアとした。

この『苦悩する男』は二〇〇九年にヴァランダー・シリーズ最後の作品として発表された。しかしじつはマンケルはさらにそれから四年後の二〇一三年に『手』*Handen*（未訳）を発表している。『手』は二〇〇四年にさかのぼってイースタ署で働くヴァランダーを描いたもの。つまり作品発表の時期は二〇一三年だが扱っている内容は二〇〇四年を舞台にしたものである。この本はタイトルと同じ『手』という百二十ページほどのヴァランダーを主人公にした中編作品と、〈ヴァランダーの世界〉という百九十ページほどの索引からなっている。これは今まで発表したクルト・ヴァランダー十二作品全部の中心的人物、登場した場所、ヴァランダーの趣味などを短く説明したもの。

スウェーデンにはこのシリーズは十作であると主張する人々がいる。その理由は『霜の降りる前に』の主人公はリンダで父親のヴァランダーは少ししか登場しない脇役であるからシリーズの一作とは数えないということと、最後の本『手』は主にヴァランダー・シリーズの索引だからシリーズの中に入れないというものだ。しかし、マンケルがヴァランダーを登場させる作品を十二作書いていることは確かである。そして『苦悩する男』はその十一作目の作品であることは間違いない。

この『苦悩する男』を読めば、これがスウェーデンにおける、いや、四十以上もの言語に訳されている世界の人気クライム・ノヴェル、クルト・ヴァランダー・シリーズの、内容的に最後の作品であることは明らかである。勇気ある、苦悩する我らがクルト・ヴァランダー警部は残念ながらこれで私たちの前から姿を消すことになる。第一作の『殺人者の顔』からこの『苦悩する男』まで、クルト・ヴァランダーは本当によく働いた。翻訳するのがいつも楽しみだった。著者のヘニング・マンケルは二〇一五年に他界した。そして同じ年に絶筆となった *Svenska gummistövlar*（スウェーデン製のゴム長靴、未訳）が出版されている。

現在、この『苦悩する男』に続いて『手』を翻訳中である。これこそ本当にヴァランダー・シリーズ最後の出版物となる。ヴァランダー・シリーズのスケールを知るのに最適の索引であり手引き書である。ご期待ください。

柳沢由実子

二〇二〇年　夏

《刑事クルト・ヴァランダー・シリーズ作品リスト》

1 Mördare utan ansikte 1991 『殺人者の顔』
2 Hundarna i Riga 1992 『リガの犬たち』
3 Den vita lejoninnan 1993 『白い雌ライオン』
4 Mannen som log 1994 『笑う男』
5 Villospår 1995 『目くらましの道』
6 Den femte kvinnan 1996 『五番目の女』
7 Steget efter 1997 『背後の足音』
8 Brandvägg 1998 『ファイアーウォール』
9 Pyramiden 1999 『ピラミッド』
10 Innan frosten 2002 『霜の降りる前に』
11 Den orolige mannen 2009 本書
12 Handen 2013 創元推理文庫近刊
番外 Danslärarens återkomst 2000 『タンゴステップ』

検印
廃止

訳者紹介　岩手県生まれ。上智大学文学部英文学科卒業、ストックホルム大学スウェーデン語科修了。主な訳書に、インドリダソン『湿地』『厳寒の町』、マンケル『殺人者の顔』『イタリアン・シューズ』、シューヴァル／ヴァールー『ロセアンナ』等がある。

苦悩する男 下

2020年8月28日　初版

著　者　ヘニング・マンケル

訳　者　柳《やなぎ》沢《さわ》由《ゆ》実《み》子《こ》

発行所　(株)東京創元社
代表者　渋谷健太郎

162-0814/東京都新宿区新小川町1-5
電　話　03·3268·8231-営業部
03·3268·8204-編集部
URL　http://www.tsogen.co.jp
精興社・本間製本

ISBN978-4-488-20922-3　C0197